La GUILDE des AVENTURIERS

Zack Loran Clark et **Nick Eliopulos** sont éditeurs à New York. Ils jouent à *Donjons et Dragons* chaque semaine depuis des années. Si Zack rêve que la magie existe, Nick, lui, espère surtout que les monstres n'existent pas. *La Guilde des Aventuriers* est leur première série.

Pour maman, papa et Matt.
Vous n'êtes pas des elfes, mais grâce à vous
ma vie est pleine de magie.
ZLC

Pour mes parents et pour Jason et Lindsay,
mes premiers compagnons de guilde, et mes préférés.
NE

Ouvrage publié en langue originale aux États-Unis
par Disney • Hyperion Books, une maison d'édition
du Disney Book Group, sous le titre : *The Adventurer's Guild*

18, rue Barbès 92128 Montrouge Cedex
ISBN : 978-2-7470-9209-8
Dépôt légal : avril 2020

Loi n° 49-956 du 16 juillet 1949 sur les publications destinées à la jeunesse.

ZACK LORAN CLARK & NICK ELIOPULOS

La GUILDE des AVENTURIERS

Traduit de l'anglais (États-Unis)
par Françoise Nagel

bayard jeunesse

Voie d'Or
Eclats d'Argent
Fils de la Pierre
Marchands
Temple de la Voie d'Or
La Guilde des Aventuriers
VIRTUS

La cité de
PIERREFRANCHE
Terrains agricoles
Parcelles boisées
Guilde des Chevaliers
Guilde des Marchands
Tour des Éclats d'Argent
Haute-Ville
Marché
Basse-Ville
Guilde des Aventuriers
Routes incertaines

Chapitre un

ZED

Même si le monde avait pris fin bien avant sa naissance, ce jour-là n'en était pas moins pour Zed le plus angoissant de toute sa jeune vie.

Il attendait sur la place du marché de Pierrefranche, un mélange pittoresque d'étals et de tentes coincés entre les maisons cossues de la Haute-Ville et les taudis de la Basse-Ville. Plusieurs échoppes étaient entassées les unes sur les autres en un fouillis bariolé, pareilles à des cubes peints, empilés aussi haut que la ville les y autorisait.

Pour l'heure, le marché lui-même semblait éprouver une certaine appréhension. D'ordinaire, à cette heure matinale, l'air bourdonnait des échanges de salutations entre les marchands et du jacassement affairé des domestiques palabrant avec les épiciers.

Mais pas ce jour-là. Ce jour-là, le marché était silencieux. Seuls de lointains bruits de marteau retentissaient sur la place.

Pierrefranche se préparait pour la cérémonie du Recrutement, au cours de laquelle les différentes guildes de la ville sélectionneraient leurs futurs apprentis.

Brock, le meilleur ami de Zed, se tenait à ses côtés. Les deux garçons contemplaient fixement une vaste tente pourpre, dont la porte de toile était surmontée d'un panneau de bois gravé d'une écriture soignée :

Makiva, prophéties et talismans

Si la Vieille Makiva se décrivait elle-même comme une mystique, certains la qualifiaient plutôt de sorcière. Elle vendait des amulettes pour toutes les circonstances de la vie : pour les mariages et les morsures de chien, pour se prémunir contre les mauvais présages, il y en avait même pour obtenir un linge plus propre.

La moitié des paysans de Pierrefranche portait l'un de ces porte-bonheur glissé au fond d'une poche ou suspendu sous la chemise. On racontait que bon nombre de nobles faisaient pareil, même si aucun ne l'admettait ouvertement.

Les talismans les plus prisés étaient ceux que Makiva proposait à l'occasion du Recrutement : des fétiches destinés à guider leurs propriétaires sur la voie de leur destin. Ceux-là comptaient aussi parmi les plus chers.

– Je parie qu'en réalité elle n'est pas si effrayante que ça, chuchota Brock. Jett dit que c'est un charlatan. Sa mère lui a acheté un charme magique « spécial air pur », supposé empêcher son père de lâcher des vents la nuit, et maintenant l'odeur est deux fois plus infecte qu'avant. De toute façon, si Makiva possédait vraiment des pouvoirs magiques, elle ferait partie des Éclats d'Argent.

Sous le regard que lui lança Zed, Brock ne put réprimer une grimace contrite.

– Tout ce que je voulais dire, reprit-il avec précaution, c'est qu'elle ne te jettera pas de sort. Enfin… probablement pas.

– À ton avis, c'est du gaspillage ? demanda Zed.

Il sortit une pièce de monnaie de sa poche et sentit ses oreilles s'enflammer à la pensée de tout ce que sa mère aurait pu faire avec cet argent.

Brock baissa les yeux sur la piécette puis les releva vers son ami.

– Si ça peut te tranquilliser, je te donne ma parole que tu ne l'auras pas dépensée pour rien.

Zed esquissa un pauvre sourire. Brock n'était pas du genre à se faire du souci. Mais, évidemment, les choses se passaient toujours bien pour lui. Ses parents étaient tous deux membres de la guilde des Marchands, l'une des quatre Hautes Guildes de la ville. À proprement parler, ils n'appartenaient pas à la noblesse, mais ils n'en étaient pas loin. Aussi Brock était-il pratiquement assuré d'obtenir une place parmi les Marchands.

Son ami était aussi la personne la plus généreuse que Zed eût jamais connue. C'était Brock qui lui avait donné cette pièce d'argent. Pour l'obtenir, il avait, des semaines durant, assailli son père de jérémiades continuelles, faisant valoir qu'il avait besoin d'une nouvelle paire de chaussures pour le Recrutement. Il prévoyait de raconter plus tard à ses parents qu'on la lui avait volée.

D'aussi loin qu'il s'en souvînt, Zed avait attendu et redouté ce jour, celui où les enfants de Pierrefranche ayant atteint l'âge requis seraient choisis par l'une ou l'autre des nombreuses corporations de la ville. Pour la plupart des amis de Zed, cet évènement ne serait qu'une simple formalité, une sorte de rite de passage. Comme Brock, ils apprenaient le métier de leurs parents depuis l'enfance et deviendraient officiellement apprentis dans la guilde dont leur famille était déjà membre.

Toutefois, on pouvait toujours s'attendre à quelques surprises. Surtout quand il s'agissait des Hautes Guildes.

– Les gens ne vont pas tarder à arriver, remarqua Brock en balayant d'un coup d'œil la place silencieuse.

Au-delà, les hautes murailles de Pierrefranche dominaient la ville, visibles de toutes parts.

– Je pensais qu'ils seraient déjà plus nombreux, ajouta-t-il.

Zed hocha la tête et rempocha la pièce d'argent.

– Autrement dit, j'ai intérêt à me dépêcher, suggéra-t-il.

Il inspira un grand coup, sourit à son ami et, à grandes enjambées, s'avança vers le pavillon, dont il ouvrit le rabat à deux mains.

Il fut aussitôt surpris par l'obscurité qui régnait à l'intérieur. Malgré la couleur violine de la toile – une teinte un peu tape-à-l'œil pour quelqu'un ne faisant pas partie de la noblesse –, Zed s'était attendu à ce que celle-ci laisse filtrer davantage de lumière. En général, les marchands veillaient à ce que leurs stands soient bien rangés et exposés au soleil afin de montrer leurs marchandises sous leur meilleur jour. Cette tente-là semblait au contraire conçue pour créer une atmosphère lugubre.

Lorsque ses yeux se furent habitués à la pénombre, Zed s'aperçut qu'il était entouré des objets les plus étranges et les plus invraisemblables qu'il eût jamais vus dans une boutique, rendus d'autant plus bizarres par l'ombre qui les enveloppait. Il y avait un panier rempli de montres et de pendules – toutes cassées. Les pièces d'horlogerie en état de marche étaient si rares à Pierrefranche que seuls les nobles pouvaient se les offrir. Zed remarqua que plusieurs étaient fabriquées en métal ou en bois, tandis que quelques spécimens particulièrement insolites étaient sculptés dans de l'os.

Dans tous les coins, des feuilles séchées et des poudres aux senteurs d'encens se consumaient lentement dans des coupelles, remplissant la partie supérieure du pavillon d'un nuage de fumée douceâtre et écœurante. Les pans de toile étaient tapissés de petits squelettes, provenant, pour la plupart, d'animaux que Zed ne connaissait pas.

Mais ce qui occupait véritablement l'espace, c'étaient les talismans. Partout où Zed posait les yeux, de petites amulettes en bois étaient suspendues par des fils à des crochets le long des parois de la tente ou entassées pêle-mêle sur des tables.

Un grand nombre de ces fétiches pendaient du plafond, émergeant des nappes de fumée bleu lavande, juste à portée de main. Ils évoquaient à Zed les filaments visqueux dont se servaient les araignées pour capturer leurs proies et emporter leurs infortunés repas dans des terriers secrets.

La majorité des emblèmes gravés dans le bois représentaient des animaux, mais quelques modèles plus abstraits se détachaient du lot : un crochet, un crâne grimaçant, une main avec un œil au creux de la paume.

La diseuse de bonne aventure était assise au centre du pavillon, derrière une étroite table de divination.

Jusqu'à ce jour, Zed n'avait qu'à peine entrevu cette femme énigmatique. Petit, il avait une fois passé une soirée entière avec des camarades à épier sa tente de loin, dans l'espoir de voir la Vieille Makiva au moment où elle quitterait le marché.

Les uns après les autres, les amis de Zed étaient rentrés chez eux ce soir-là, jusqu'à ce qu'il ne restât plus que Brock et lui. Mais, une fois tous les éclairages des stands éteints et la place retombée dans une profonde obscurité, les deux garçons avaient finalement renoncé à leur surveillance.

À la connaissance de Zed, la devineresse n'était jamais sortie de sa tente.

Pour une femme que tout le monde appelait la Vieille Makiva, elle était plus jeune que Zed l'avait imaginé, avec sa jolie peau brune et lisse.

Quelques siècles auparavant, Pierrefranche avait été une importante cité commerçante, où se croisaient pèlerins, marchands et dignitaires venus du monde entier. Si de tels voyages étaient devenus impossibles désormais, la ville avait néanmoins conservé sa diversité. Tous les amis de Zed semblaient avoir hérité de patrimoines génétiques différents ; ensemble, ils formaient une mosaïque de couleurs et de motifs aussi disparates que possible. Ainsi la peau ocrée et les traits fins de Zed n'avaient-ils rien de commun avec le visage pâle et le large sourire de Brock.

Cela dit, les origines de Zed étaient encore plus complexes que celles de la majorité des gens.

La marchande de talismans leva les yeux et l'observa un long moment en silence. Zed ouvrit la bouche pour parler, mais son audace première l'avait déserté, en même temps que sa voix.

Il s'apprêtait à battre en retraite – écarter la porte de toile et prendre ses jambes à son cou – lorsque, d'un regard, la femme lui désigna le tabouret de bois placé en face d'elle.

– Tu es le premier, ce matin, énonça-t-elle d'une voix chaleureuse, pas effrayante pour un sou. Bravo. La promptitude est en soi une sorte de charme magique.

Zed eut beau déglutir, une boule resta coincée dans sa gorge. Il s'approcha de la table et, lentement, prit place sur le tabouret.

Il remarqua alors que la Vieille Makiva taillait un nouveau fétiche dans un morceau de bois. Dans la pénombre, le métal de son élégant couteau à lame incurvée luisait curieusement de reflets verts.

– Tu es venu chercher un talisman pour le Recrutement, reprit-elle.

Bien que ce ne fût pas une question, Zed opina de la tête.

– Cela fait des années que je n'ai pas vu un enfant de sang elfique s'y présenter, ajouta-t-elle.

À ces mots, Zed sentit des picotements lui envahir les oreilles, signe infaillible qu'elles devenaient écarlates. Élevé par sa mère depuis sa naissance et ayant hérité d'elle la majorité de ses traits, il avait l'air, pour l'essentiel, tout à fait humain. Sauf que ses longues oreilles pointues trahissaient une part d'ascendance elfique. Pour autant qu'il le sût, il était le seul dans tout Pierrefranche à avoir du sang d'elfe dans les veines. Et, même si la plupart des autres gamins avaient depuis longtemps cessé de se moquer de ses oreilles, Zed surprenait parfois encore le regard perplexe des adultes qui les remarquaient pour la première fois.

– Eh bien, dis-moi, demi-elfe, continua Makiva. Dans quelle guilde espères-tu entrer ?

– Ma mère fait partie de celle des Serviteurs, répondit Zed d'une voix rauque avant de se racler la gorge. Elle est fière de son travail, mais elle dit que ma seule chance de pouvoir mener une vie agréable, c'est d'exercer un métier qualifié. Elle a économisé sou par sou pour me permettre d'apprendre à lire et à écrire.

La femme hocha la tête, mais elle ne regardait plus Zed. Ses yeux étaient de nouveau rivés sur le talisman qu'elle gravait, maniant le couteau avec aisance de ses doigts habiles.

– Ta mère doit espérer que les Scribes te recruteront. Mais je n'ai jamais rencontré de garçon de ton âge qui ne rêve pas d'être sélectionné par l'une des Hautes Guildes.

Elle lança à Zed un bref sourire avant de reporter son attention sur son ouvrage.

– Alors, *toi*, Zed, à quelle guilde aimerais-tu appartenir ?

Il tressaillit. Il ne se souvenait pas de lui avoir dit son nom. Il s'humecta les lèvres d'un coup de langue avant de répondre dans un murmure embarrassé :

– Les Éclats d'Argent. Je possède déjà un peu de mana – enfin, je crois. J'ai entendu dire que la plupart des magiciens mettaient un certain temps à développer la leur. Moi, en fait, je suis un... Enfin, je me suis dit que je devais tenir ça de mon père. Alors, je leur ai écrit pour leur en parler, seulement je n'ai trouvé personne pour me parrainer ni se porter garant pour moi. Et je n'ai jamais reçu de réponse.

Zed prit une profonde inspiration et secoua lentement la tête.

– Je sais bien que c'est ridicule. Si les Scribes me choisissaient, ce serait déjà une grande chance pour moi, la meilleure chose qui me soit jamais arrivée. Mais, si j'étais accepté dans la guilde des Mages, ça changerait complètement la vie de ma mère. Avec l'argent, je pourrais lui acheter une vraie maison, et avec le titre...

Il se tortilla sur son siège.

– Enfin, peut-être qu'on ne nous mépriserait plus autant si j'étais le *mage* Zerend Kagari.

Makiva émit un léger grognement pour exprimer sa sympathie.

– Les gens ont toujours inventé des excuses pour regarder les autres de haut, quelle que soit leur ascension dans la société. Moi, je ne trouve pas ridicule de rêver. La guilde des Mages...

Soudain, le son discordant d'un hennissement s'engouffra dans le pavillon.

– Euh, pardonnez-moi, messire..., entendit-on Brock protester au-dehors. Mais il y a déjà quelqu'...

– Ôte-toi de mon chemin ! ordonna une voix juvénile chargée de dédain. Je ne te le dirai pas deux fois !

Zed se retourna sur son tabouret. Il y eut un silence, puis le *tip-tap* des pas de Brock qui, à contrecœur, s'écartait de l'entrée de la tente.

Le rabat de toile s'ouvrit à la volée et, dans la lumière aveuglante du soleil matinal, Zed distingua les contours d'une armure étincelante.

L'armure d'un noble.

Il se leva en toute hâte et recula vers le fond du pavillon, faisant au passage cliqueter des ribambelles de talismans. Le jeune noble pénétra dans la tente, et Zed se rendit compte avec étonnement qu'il s'agissait d'un garçon de son âge. Sans doute était-il venu lui aussi acheter une amulette pour le Recrutement. Mais pourquoi ? Il n'avait nullement besoin d'un porte-bonheur. Les nobles réussissaient toujours à se faire accepter dans les guildes les plus prestigieuses.

Zed jeta un coup d'œil furtif par l'ouverture de la porte de toile avant que celle-ci se refermât. Il eut juste le temps d'entrevoir la mine affolée de Brock, puis la tente fut de nouveau plongée dans la pénombre.

Le nouveau venu survola les lieux d'un regard dégoûté, n'accordant pas plus d'attention à Zed qu'aux curiosités qui l'entouraient. Mat de peau, solidement bâti, il était beau, exactement tel que les jeunes filles qui habitaient le quartier de Zed imaginaient les fils de la noblesse. Il avait l'air méchant aussi, comme Zed s'y attendait de la part de ces mêmes jeunes gens.

Makiva fut la première à prendre la parole :

– Bonjour, jeune messire. Je regrette, mais je suis occupée avec un autre client pour l'instant. Ça ne vous dérangerait pas d'attendre dehors ?

L'expression méprisante du garçon s'accentua. Il décocha un regard hostile à Zed. Celui-ci inclina aussitôt la tête, comme sa mère le lui avait appris.

– Je vous en prie, messire, vous pouvez prendre ma place.

– Qu'est-ce que tu as aux oreilles ? demanda le jeune seigneur, d'un ton qui toutefois trahissait un manque flagrant d'intérêt.

Les oreilles de Zed s'embrasèrent, puis tout son visage s'empourpra. Comme le silence se prolongeait, il comprit que le garçon attendait bel et bien une réponse.

– Je suis... elfe..., bredouilla-t-il, trop embarrassé pour oser en dire davantage.

Si Brock avait été là, il n'aurait pas manqué de trouver une réplique bien sentie. Mais les fils de serviteurs ne pouvaient se permettre de ripostes percutantes.

– Ce jeune garçon a la gentillesse de vous céder son siège, messire, intervint Makiva avec un geste de la main en direction du tabouret. Zed, tu veux bien attendre dehors ?

– Je n'en ai pas pour longtemps, affirma le noble en levant les yeux au ciel. Je serai reparti avant qu'il ait fini d'articuler le reste de sa phrase.

Il jeta un regard sur le siège qu'on venait de lui offrir et le repoussa du pied. Visiblement, il préférait rester debout.

Makiva se pencha en arrière. Elle posa sur la table le fétiche qu'elle était occupée à sculpter, mais garda le couteau dans sa main.

– Eh bien, commença-t-elle, dans quelle guilde espérez-vous entrer, messire ?

Levant un sourcil, le jeune noble la dévisagea fixement pendant un instant. Puis il effleura d'une main son imposante armure et répondit :

– La guilde des Boulangers, ça se voit, non ?

– Les Chevaliers, donc, soupira Makiva.

Elle se leva avec un grognement et fouilla parmi les talismans suspendus au plafond, qui s'entrechoquèrent avec un crépitement de pluie nocturne.

– Mais je ne vois pas pourquoi vous auriez besoin d'une de mes amulettes. À en juger par la façon dont vous portez cette armure, seigneur Micah Guerra...

Makiva avait prononcé le nom du jeune homme presque distraitement avant de poursuivre :

– ... j'aurais pensé que les Fils de la Pierre vous choisiraient sans hésiter.

Gêné, Zed se balançait d'un pied sur l'autre. Il avait déjà entendu parler des Guerra, bien sûr, toutefois il en savait très peu sur eux. Les nobles habitaient le centre de Pierrefranche, dans les quartiers huppés de la Haute-Ville. Un endroit où l'on se préoccupait beaucoup de lignées familiales, d'alliances dynastiques et d'acquisitions de nouveaux titres.

La mère de Zed travaillait comme servante dans un élégant manoir, mais tous deux vivaient au milieu de l'effervescence des habitations de la Basse-Ville. Ce qui revenait pratiquement à résider dans une ville différente. Pour sa part, Zed n'avait jamais aperçu que de loin les toits des demeures de la noblesse.

Le jeune seigneur fit rouler ses épaules sous ses spalières.

– Vous avez tout compris.

– L'aîné et le cadet de chaque famille noble sont pratiquement certains d'obtenir une affectation au sein des guildes les plus éminentes, continua Makiva, sans cesser de farfouiller dans ses fétiches qui oscillaient comme des vagues au-dessus de leurs têtes. En tant que garçon, vous êtes autorisé à vous mettre sur les rangs pour décrocher une place parmi les Chevaliers. Faute de quoi, vous seriez tout de même accepté par la guilde des Intendants, pour administrer notre belle cité.

Makiva posa une main sur sa nuque, qu'elle fit craquer en tournant la tête d'un côté puis de l'autre.

– Mais cela ne vaut que pour les deux premiers-nés, n'est-ce pas ?

Micah Guerra plissa les yeux.

– Ça y est ? Vous avez fini ?

Makiva secoua humblement la tête.

– Mes excuses, messire.

Zed comprit alors à quoi elle avait fait allusion. Quand une famille de Pierrefranche avait plus de deux enfants, le troisième – ainsi que les suivants – était automatiquement réclamé par le Temple de la

Voie d'Or, autrement dit la guilde des Guérisseurs. Comme les Mages, les Chevaliers et les Marchands, la Voie d'Or était l'une des quatre Hautes Guildes de Pierrefranche. La ville vénérait ses guérisseurs, mais ceux-ci formaient un ordre monastique. Ses membres, en tant que moines et nonnes, faisaient solennellement vœu de vivre selon les règles de la Voie d'Or. Ils renonçaient à leurs noms et à leurs titres – et à la possibilité de jamais fonder une famille.

C'était là un des moyens utilisés par Pierrefranche pour contrôler la croissance de sa population. Les murs d'enceinte de la ville ne pouvaient contenir qu'un certain nombre d'habitants tout en continuant d'assurer leur protection contre les Dangers du dehors.

Si Micah Guerra avait la malchance d'être le troisième enfant de sa famille, alors il devrait entrer au temple comme novice le jour même – à moins que la guilde des Chevaliers ou celle des Mages le revendiquent d'abord. Ces deux-là avaient la priorité.

– Ah ! pépia Makiva d'un ton enjoué. Nous y voilà !

Elle tira d'un coup sec sur un brin de ficelle qui pendait du plafond pour en détacher un talisman, qu'elle tendit à Guerra.

Le jeune seigneur examina l'objet avec méfiance.

– C'est... Qu'est-ce que c'est ?

– Ça s'appelle un blaireau, expliqua Makiva. Ces animaux vivaient hors des murs, autrefois. Il y en a peut-être encore. Ils peuvent se montrer remarquablement méchants quand on les attaque, mais ils sont très dévoués à leur famille. Ça fera trois pièces d'argent, s'il vous plaît.

À l'annonce de ce prix, Zed transpira à grosses gouttes. Brock lui avait juré ses grands dieux qu'il ne lui en coûterait qu'une pièce.

Micah Guerra sortit trois pièces étincelantes d'une bourse accrochée à sa ceinture et les jeta sur la table de divination. Puis, il sortit de la tente d'un pas majestueux, sans ajouter un mot, les yeux braqués sur son fétiche de bois.

Au moment où le rabat de toile retomba, Zed, qui avait retenu son souffle pendant tout ce temps, sentit un soupir s'exhaler brusquement de ses poumons. Ses épaules s'affaissèrent.

– Eh bien, voilà qui était... vivifiant ! remarqua Makiva.

Elle reprit place sur son siège rembourré derrière la table et tendit une main vers le tabouret que le jeune Guerra avait dédaigné.

– Où en étions-nous ? demanda-t-elle en reprenant son travail de sculpture.

– Je n'ai aucun souvenir d'avant l'arrivée du jeune seigneur, répondit Zed avec un petit rire nerveux.

Il en avait encore les oreilles qui lui brûlaient. Il remit le tabouret d'aplomb, se pencha au-dessus de la table avec hésitation et reprit :

– D'ailleurs, je ferais sans doute mieux de partir. Trois pièces d'argent, ce n'est pas dans mes moyens.

– Le petit messire a eu droit au tarif spécial noblesse, déclara la devineresse avec un clin d'œil. Je suis sûre que toi et moi parviendrons à un accord de notre côté.

De nouveau, elle désigna le tabouret. Son regard s'était fait insistant. Zed s'assit avec un sourire de gratitude.

– Puisque tu as été interrompu, poursuivit Makiva, et plutôt rudement, dois-je préciser, je vais te proposer un défi, Zed.

Le garçon fronça les sourcils.

– Quel genre de défi ?

De son poignard, Makiva décrivit un grand arc de cercle à l'intérieur de la tente.

– Si tu trouves le talisman qui t'est destiné, tu pourras l'avoir gratuitement.

Zed en resta bouche bée. Il leva les yeux et promena son regard sur la myriade de médaillons en bois qui se balançaient à des bouts de ficelle. Il devait y en avoir des centaines dans cette tente obscure. Peut-être même plus.

– Et si je ne réussis pas ? demanda-t-il, inquiet.

Dans les légendes, échouer à franchir l'épreuve imposée par une sorcière se payait toujours d'un prix exorbitant.

– Oh, ce ne sera pas grave. Une bagatelle, vraiment, affirma Makiva dans un murmure. Tout ce que tu auras à faire... c'est de me donner une partie de ton âme.

Zed ne put réprimer un hoquet. Il baissa le regard sur la marchande de sortilèges.

Celle-ci partit d'un grand éclat de rire, laissant le couteau posé sur son ventre – un peu imprudemment, tout de même, jugea Zed.

– Les paysans sont si faciles à effrayer ! conclut-elle. Non, non, ne t'inquiète pas. Si tu ne devines pas correctement, tu devras seulement payer le prix normal. *Une* pièce d'argent. Mais tu n'as droit qu'à un essai.

Zed acquiesça d'un signe de tête. Son sourire ne parvenait pas à dissimuler son appréhension. Il reporta son regard vers le plafond, réfléchit un moment. Il y avait là-haut autant d'amulettes que d'étoiles dans le ciel. Impossible d'en choisir une en particulier. Il se tourna finalement vers Makiva.

– Celui-ci ? demanda-t-il en pointant le doigt sur le talisman dans la main de la devineresse – celui qu'elle taillait.

La mystérieuse femme leva les yeux, un grand sourire étira ses lèvres.

– Ma foi, oui, c'est bien celui-ci, répondit-elle doucement.

Elle déposa l'objet sur la table de divination et le poussa vers Zed.

Il osait à peine y croire. Il avait tenté le coup, totalement au hasard. Il ramassa le talisman et le leva à hauteur de son visage. Une petite créature était ciselée dans le bois, sa queue touffue enroulée autour de son corps. Le médaillon comportait, tout en haut, une boucle dans laquelle on pouvait enfiler un brin de ficelle.

– Ça s'appelle un renard, précisa Makiva. Ce sont de petits animaux au pelage roux, très malins et agiles. Ils sont aussi farouches mais très joueurs. Un peu comme toi, à mon avis. Jadis, on leur prêtait des pouvoirs magiques.

– Il est très beau, reconnut Zed. Vous êtes sûre qu'il est pour moi ?

La marchande de talismans hocha la tête.

– Disons que le jeune seigneur Guerra, dans sa grande générosité, a payé pour toi.

Zed fourra le médaillon dans la poche de son pantalon. Il devait avoir l'air idiot à sourire béatement, comme ça.

– Merci infiniment.

– J'ai autre chose pour toi, ajouta Makiva en

farfouillant sous la nappe. Une récompense supplémentaire pour ta perspicacité.

Elle sortit la main et tendit son poing fermé au-dessus de la table. Puis, lentement, elle déplia les doigts.

Au creux de sa paume reposait une chaîne argentée. Dans la pénombre de la tente, l'objet luisait de sa propre clarté. Il ressemblait plus à un joyau qu'à un lien de métal. Chaque maillon de la chaîne était une minuscule œuvre d'art, et l'ensemble formait un véritable chef-d'œuvre.

– C'est..., commença Zed.

Mais qualifier cet objet de beau n'aurait pas suffi à lui rendre justice. Il y avait quelque chose dans cette chaîne qui parlait à Zed. Il n'avait jamais rien vu de pareil, et pourtant elle éveillait en lui un désir familier.

– Elle doit valoir une fortune, hasarda-t-il.

– En effet, elle n'a pas de prix, convint Makiva. Pourtant, je suis sûre que la guilde des Marchands serait prête à payer n'importe quoi pour l'acquérir. Tu me rappelles son dernier propriétaire, Zed. Cela fait combien de temps que les elfes ont envoyé des éclaireurs dans notre ville ?

– C'était... il y a douze ans, répondit Zed à voix basse.

– En effet, acquiesça Makiva avec un sourire.

Il n'y avait pas d'elfes à Pierrefranche. Pas de pure race, en tout cas. Les elfes avaient leur propre ville – Llethanyl –, avec leurs propres murailles, leurs coutumes et leurs guildes spécifiques, ou quel que fût le nom qu'ils leur donnaient.

Zed jeta un nouveau coup d'œil à la chaîne, nichée dans le creux de la main brune de la devineresse, pareille à un clair de lune réfléchi dans un étang.

– Je ne peux pas accepter, refusa Zed. C'est beaucoup trop.

Makiva lui décocha un sourire de fausse timidité.

– Tu es la seule personne dans cette ville qui soit digne de la recevoir. Cette chaîne a été fabriquée dans un métal appelé mithril, le préféré des elfes. Elle est moins fragile qu'elle en a l'air, je t'assure. Mais, si ça peut te convaincre, j'accepte que tu me la paies plus tard. Quand tu auras trouvé ta voie, nous en reparlerons.

Zed soupesa la proposition.

– Merci, dit-il en prenant la chaîne dans la main tendue de Makiva.

Il en glissa une extrémité dans la boucle de son talisman et remarqua avec plaisir le bel effet rendu par le pendentif de bois au bout d'une chaîne si délicate.

Au-dehors, le premier coup de cloche se fit entendre en provenance du Temple de la Voie d'Or, signalant le début officiel de la matinée.

– Je dois y aller, dit Zed. Ma mère va s'inquiéter si elle ne me trouve pas sur la place. Et je suis sûr que d'autres personnes attendent leur tour pour vous voir.

Makiva laissa échapper un soupir d'exaspération feinte.

– Certainement. Au revoir, Zed. Garde la tête haute… et les oreilles fièrement dressées.

Zed s'esclaffa et hocha la tête. D'un pas vif, il sortit de la tente et partit à la rencontre de son destin.

Chapitre deux

Brock

Brock avait promis à son père de se tenir tranquille en ce matin particulier entre tous. Comme ses parents ne se lassaient jamais de le lui répéter, le Recrutement était le jour le plus important dans la vie d'un jeune. Brock s'était donné beaucoup de mal pour se montrer digne de la guilde des Marchands : il avait gâché d'innombrables journées d'été à trier des requêtes provenant de pelletiers, de tanneurs et de forgerons. Pires encore avaient été les longues nuits passées à résoudre des problèmes mathématiques à la lueur d'une bougie, jusqu'à en avoir les yeux aussi douloureux que les doigts. Et, malgré tous ses efforts, il n'avait aucune garantie.

Après le petit-déjeuner, son père lui avait donc offert une pièce d'argent. Mais, lorsque le garçon avait tendu le bras pour la prendre, le marchand lui avait saisi la main et pressé la pièce contre sa paume.

– Pas de bagarre, avait-il exigé. Pas d'ennuis. Pas de bêtises.

De sa main libre, Brock avait pointé un index sur sa propre poitrine, comme pour dire : « Qui ? Moi ? »

– Oui, c'est ça ! L'image même du fils obéissant et respectueux ! avait lancé son père avec un regard noir. Je veux t'entendre jurer que tu ne feras pas de sottises. Sinon, tu n'auras pas un sou, ajouta-t-il en haussant les épaules.

Brock avait été à bonne école auprès des seigneurs marchands, en tout cas assez longtemps pour apprendre à reconnaître une mauvaise affaire quand on lui en proposait une. Mais il pensa aussitôt à son meilleur ami, Zed, et à la promesse qu'il lui avait faite.

Il décida de ne plus jamais prononcer de serments à l'avenir. Celui-là serait le dernier.

– Marché conclu, déclara-t-il à son père. Je ne ferai pas de bêtises.

Or, à présent, alors qu'il attendait devant la tente de la diseuse de bonne aventure, cette promesse lui pesait comme un plastron de métal. Parce qu'il fallait bien que quelqu'un donne une bonne leçon au petit seigneur Micah Guerra.

Brock colla son oreille contre la porte de toile, le temps de confirmer sa première impression à propos du jeune noble. Puis, lorsqu'il devint évident que Micah allait sortir d'un instant à l'autre, Brock s'approcha furtivement du cheval du garçon et s'empara des rênes.

L'animal le fixa d'un regard impassible. Apercevant son reflet dans ses grands yeux bruns, Brock saisit l'occasion pour remettre de l'ordre dans sa tunique.

– Tu joues le jeu, d'accord ? suggéra-t-il au cheval. Il y a une carotte à gagner si tu marches avec moi.

– Hé, toi ! lança la voix agressive de Micah. Ôte tes sales mains de mon cheval.

– Je vous demande pardon, messire, répondit Brock en détournant les yeux avec un sourire timide. Il avait l'air sur le point de s'emballer. Je me suis dit que j'allais le tenir jusqu'à votre retour.

– Une monture bien dressée ne s'emballe jamais, espèce de crétin !

Brock ravala sa riposte. Il s'imposa silence et se concentra sur le personnage dont il avait entrepris de jouer le rôle : celui d'un garçon docile et craintif. Le regard baissé, il souleva les rênes. Comme il s'y était attendu, Micah ne se contenta pas d'accepter la bride qu'il lui tendait, il en profita pour le heurter d'un grand coup d'épaule.

Le choc fut douloureux. En fait, c'était comme se faire renverser par une enclume.

Brock n'en sourit pas moins de satisfaction en regardant le jeune noble sauter en selle et s'éloigner au trot, tandis que sonnait la première cloche du matin.

Zed émergea de la tente quelques instants plus tard. Ses oreilles avaient viré au rose vif, ce qui signifiait que la devineresse s'était montrée particulièrement gentille avec lui... ou particulièrement méchante. Ou bien qu'il avait dit ou fait quelque chose d'embarrassant, ou encore, plus simplement, qu'il se rappelait un évènement gênant, arrivé des années plus tôt. Zed était complètement nul dès qu'il s'agissait de dissimuler ses émotions. Il n'avait aucun don pour bluffer. Il aurait fait un marchand pitoyable.

Brock espérait ardemment que son ami ferait en revanche un mage convenable.

– Comment ça s'est passé ? lui demanda-t-il.

Zed lui montra son nouveau talisman.

– C'est encore mieux que ce que j'espérais. Ça s'appelle un renard.

Le porte-bonheur lui-même évoquait un chien à la queue touffue, mais l'œil de Brock fut surtout attiré par la chaîne scintillante. Ce n'était pas de l'argent, mais ça y ressemblait.

– Oh, tu as eu droit à un accessoire ? C'est pas juste !

Il ouvrit la main pour montrer l'amulette qu'il avait subtilisée à Micah Guerra.

– Moi, tout ce que j'ai eu, c'est cette horreur.

Zed en eut le souffle coupé.

– Brock, tu n'as pas fait ça !

Puis il éclata de rire, ce que son ami prit pour un encouragement.

– Qu'en penses-tu ? demanda celui-ci. Ai-je l'étoffe d'un Fils de la Pierre, maintenant ?

– S'ils veulent de toi, nous aurons la preuve que cette chose possède des pouvoirs magiques extrêmement puissants.

– Oh, je ne sais pas, objecta Brock en gonflant ses malheureux biceps. N'oublie pas que j'ai quand même eu le dessus dans une ou deux bagarres.

Zed leva les yeux au ciel.

– Tu veux dire que tu as échappé de justesse à une ou deux bagarres. Ce n'est pas la même chose.

– En tout cas, je n'ai pas perdu, rétorqua Brock avant d'examiner le fétiche de bois avec un froncement de sourcils. Sérieux, il y a vraiment quelque chose dans ces trucs-là ? Tu sens qu'il s'en dégage de la mana ?

– Pas exactement, répondit Zed.

Il renifla avec hésitation le renard en bois.

– Il paraît que la magie émet une odeur mentholée.

Brock donna un coup de langue sur son amulette.

– La mienne sent plus le bois que la menthe, je dirais. Mais aussi davantage le bois que l'animal des bois. Heureusement, d'ailleurs !

– Dégoûtant ! protesta Zed. Oh, j'allais oublier !

Il sortit la pièce d'argent de sa poche.

– Tu vas pouvoir t'acheter tes chaussures, finalement.

Un large sourire éclaira le visage de Brock.

– Tu as ensorcelé la marchande de sortilèges, hein ? fit-il en gratifiant son ami d'une tape dans le dos. Je sais exactement comment dépenser cet argent.

– C'était bien pour des chaussures, non ? demanda Zed avec méfiance. Je suis pratiquement certain que tu étais supposé t'acheter des chaussures avec.

– Non, pas des chaussures. Attends-moi, je reviens tout de suite.

Sur ce, Brock traversa à toute allure la place, qui se remplissait déjà de spectateurs. Dans sa partie est, sous les rayons du soleil levant, plusieurs membres de la guilde des Bâtisseurs s'affairaient à monter l'estrade sous la surveillance d'un intendant à l'air pincé.

– Garde-moi une place ! cria-t-il à son ami par-dessus son épaule.

Brock fit irruption dans une tente récemment installée, le pavillon vert pâle du tout premier parfumeur de la ville. C'était son père qui avait fait accorder la licence autorisant l'artisan à exercer son activité. Il avait parlé à son fils de l'étrange alchimie pratiquée par cet homme, dont l'art consistait à mélanger des huiles, des herbes et des poudres pour tromper l'odorat et évoquer des senteurs inattendues.

– Pouvez-vous faire en sorte que quelqu'un sente la menthe ? demanda Brock.

Le parfumeur inclina la tête pour le saluer.

– En effet, c'est en mon pouvoir, messire. Je dispose des ingrédients nécessaires.

– Excellent ! s'exclama Brock, à présent dans la peau d'un nouveau personnage – celui d'un jeune homme ayant de l'argent à dépenser. J'aimerais que l'un de mes amis empeste littéralement la menthe d'ici cinq minutes.

Non qu'il n'eût pas confiance dans les pouvoirs du renard fétiche, mais il fallait reconnaître qu'il existait deux sortes de chance : celle qui vous était donnée et celle que vous vous forgiez vous-même. Les plus malins ne pariaient jamais que sur la seconde.

Brock observa le parfumeur à l'œuvre – d'abord avec un mortier et un pilon puis avec le feu et le verre –, peu à peu envahi par un sentiment de respect et d'admiration. Les gestes de l'homme étaient à la fois minutieux, précis et rapides. On aurait dit qu'il perfectionnait son art depuis la nuit des temps.

Brock se pencha et huma la mixture qui commençait à bouillonner dans son flacon.

– Ce n'est pas la bonne odeur, remarqua-t-il.

– Pas encore, convint l'homme. Mais attendez, vous allez voir.

Sans quitter son mélange des yeux, il joignit les doigts par leurs extrémités et continua :

– Il faut encore que je transforme le contenu en quelque chose de nouveau. Tenez, ajouta-t-il en extirpant de sa poche une fiole fermée par un bouchon, qu'il tendit à Brock par-dessus le comptoir. Sentez !

Brock prit le récipient et examina le liquide à l'intérieur. Il avait la couleur jaune terne d'un thé très léger. Mais, lorsqu'il déboucha le flacon et en approcha son nez pour le humer, ce fut tout autre chose qui s'imposa à son esprit.

– On dirait une odeur de petit-déjeuner, déclara-t-il, sans pouvoir s'empêcher de saliver. Le petit-déjeuner le plus succulent que j'aie jamais mangé !

Le parfumeur sourit.

– Sirop d'érable et cannelle. Du moins, en illusion.

Il observa Brock un bref instant avant de reprendre :

– Mais je vous déconseille fortement d'en boire, quoi qu'en dise votre odorat.

– Incroyable ! s'exclama Brock.

Et il le pensait sincèrement. C'était ce qu'il préférait dans le quartier des marchands, là où la Haute-Ville et la Basse-Ville se rencontraient et où se mêlaient librement des gens de tous horizons. Chaque fois qu'il croyait avoir vu tout ce que la ville avait à offrir, un artisan faisait une nouvelle trouvaille totalement originale. Dès qu'il aurait pris sa place au sein de la guilde des Marchands, Brock ne se priverait pas d'intervenir pour veiller à ce que les meilleurs d'entre eux, ceux qui, parmi eux, étaient de véritables artistes, connussent la réussite qu'ils méritaient.

Après tout, il n'y aurait jamais autant de demande pour les produits d'un parfumeur que pour le blé, le sel ou la laine. N'empêche, Brock était absolument convaincu que Pierrefranche serait une ville beaucoup plus morne et désolée sans les parfumeurs, les verriers et même les gens comme l'énigmatique Makiva avec ses talismans de bois.

Il surveillait le mélange glougloutant avec autant d'attention que le parfumeur lui-même, se demandant s'il y aurait un signe quelconque de changement pour annoncer que l'opération était arrivée à son terme. Il était si absorbé qu'il ne prêta pas attention au claquement de la porte en toile qui s'ouvrit derrière lui.

Le soupir de frustration poussé par son père, en revanche, ne lui échappa pas.

– Ah, te voilà enfin !

Brock blêmit, se retourna lentement. Il sentit son ventre se nouer et l'enthousiasme qui s'était emparé de lui une minute plus tôt tomber aux oubliettes en un instant.

– Père, laissez-moi vous expliquer...

Brock se préparait à recevoir un sérieux savon, lorsque son père lui posa une main sur l'épaule.

– Le voilà, mon petit voyou de fils, jamais où il est censé se trouver, débita-t-il avec un sourire forcé.

Il serra l'épaule de Brock avec l'énergie d'un homme qui se noie. Sa main dégoulinait de sueur.

Quelque chose ne tournait pas rond.

Deux silhouettes pénétrèrent dans la tente derrière lui. La première était celle d'un homme grassouillet, au teint pâle et aux lèvres minces, vêtu de pied en cap d'une tenue d'apparat noire. Un pas derrière lui se tenait une femme de grande taille – elle le dépassait d'une bonne tête – portant l'uniforme gris terne de la guilde des Serviteurs.

Brock reconnut l'homme immédiatement. Tout le monde à Pierrefranche connaissait de vue le seigneur Borace Quilby. Non seulement celui-ci dirigeait la guilde des Marchands, mais la rumeur voulait qu'il fût plus riche que le roi.

Toutefois, le parfumeur fut le premier à prendre la parole.

– C'est... c'est un honneur pour moi de vous recevoir dans ma modeste échoppe, dit-il en saluant ses visiteurs beaucoup plus bas qu'il ne l'avait fait pour Brock.

– Merci, répondit Quilby. Votre hospitalité est fort appréciée, nous ne l'oublierons pas. Maintenant, nous vous en serions encore plus reconnaissants si vous vouliez bien nous laisser seuls un moment.

– Bien... bien sûr, bredouilla l'artisan.

Et, la tête toujours baissée, il se dirigea vers l'entrée de sa tente, sans un regard pour la préparation qu'il avait surveillée comme le lait sur le feu quelques instants auparavant.

– J'attendrai dehors et veillerai à ce que personne ne vous dérange, annonça-t-il avant de s'esquiver.

Brock eut presque l'impression qu'il s'adressait à la femme, alors qu'elle était, selon toute vraisemblance, la servante de Quilby.

Il observa cette dernière avec plus d'attention. Terne de la tête aux pieds, exception faite d'une broche en forme de toile d'araignée épinglée sur sa poitrine.

– Monseigneur, commença son père, en venant se placer à côté de lui, je vous présente mon fils, Brock Dunderfel. Brock, voici le seigneur Quilby, le maître de la guilde des Marchands.

La bonne éducation de Brock se manifesta à point nommé : d'un mouvement plein d'aisance, il mit un genou en terre.

– Seigneur Quilby, salua-t-il.

– Debout, mon garçon, l'invita le maître de guilde.

Brock se releva et croisa son regard inquisiteur.

– Si mes genoux n'étaient pas aussi vieux, c'est moi qui devrais me prosterner à vos pieds. J'ai tant entendu parler de vous. Un postulant si prometteur !

Pour une fois, Brock aurait aimé que son visage fût du genre à s'empourprer aussi facilement que celui de

Zed. Son intuition lui soufflait qu'une légère rougeur à cet instant précis eût été touchante, en témoignage d'une certaine modestie. Sauf qu'il ne se sentait pas particulièrement humble sur ce point. Il était bel et bien un candidat plein d'avenir, cela ne faisait aucun doute.

Il n'en esquissa pas moins un sourire poli.

– Merci, monseigneur.

D'une langue rapide comme l'éclair, Quilby humecta la petite estafilade qui lui servait de bouche.

– Oui, bon, je suis très heureux d'avoir pu vous rencontrer avant la cérémonie. Il est très rare, voyez-vous, et tout à fait contraire au protocole, qu'une guilde annonce ses intentions à l'avance. Notamment parce que les Chevaliers ou les Mages pourraient très bien s'interposer et revendiquer le droit de vous prendre chez eux. N'ai-je pas raison ?

Brock haussa les épaules d'un air malicieux.

– Je n'ai aucun don pour la magie. Quant à être adoubé chevalier, j'ai entendu dire qu'il fallait pour cela pouvoir soulever une épée.

Quelque peu embarrassé, Quilby tressaillit, hésitant sur l'attitude à adopter devant pareil manque de sérieux. Brock sentit son père se raidir à côté de lui.

– Ce que je voulais dire, monseigneur, ajouta-t-il, c'est que je suis certain d'être fait pour la guilde des Marchands. J'ai travaillé très dur dans l'attente de cette journée, suivant en cela l'exemple méritoire de mes parents. Je n'ai jamais rien souhaité d'autre.

Il joignit les mains devant son ventre et décela un infime soupçon de menthe flottant dans sa direction, en provenance des flacons de verre derrière lui.

– Bien, parfait, approuva Quilby.

Il se tourna à demi vers la femme près de lui et lui adressa un petit sourire.

– En vérité, jeune messire Dunderfel, ce ne sont pas les Chevaliers ni les Mages qui me préoccupent aujourd'hui, mais une tout autre guilde. Dites-moi, que savez-vous de la Mer d'Étoiles ?

– La guilde des Aventuriers ? demanda Brock, réprimant à grand-peine un haussement d'épaules. Je ne connais presque rien à son sujet.

– Oui, c'est bien là le problème, remarqua Quilby.

Une fois encore, il darda sa langue pour se lécher les lèvres, aussi rapide qu'une grenouille pour attraper une mouche.

– Jeune messire, voici ce que vous devez savoir à propos de cette prétendue guilde des Aventuriers. Elle est composée d'illuminés à la cervelle ensorcelée et autres créatures corrompues par les démons. Nul ne connaît leur nombre exact, mais ils sont lourdement armés. La chef de la guilde s'est révélée totalement réfractaire à toute autorité. Elle place ses propres intérêts au-dessus des édits royaux et des lois de la nature, au point que beaucoup pensent maintenant que la guilde met en péril la population même qu'elle a pour rôle de protéger.

La langue jaillit de nouveau, rose sur fond blanc.

– Elle a aussi pris l'habitude, ces dernières années, de réquisitionner les apprentis les plus doués des autres guildes.

– Réquisitionner... ? répéta lentement Brock.

Il profita de cette interruption pour détourner son regard du seigneur Quilby et jeter un coup d'œil furtif en direction de la femme. Elle l'observait, mais son visage ne trahissait aucune émotion.

– En vertu d'un décret très ancien, et eu égard aux dangers que la guilde doit affronter pour la défense de Pierrefranche, la Mer d'Étoiles a, chaque année, toute autorité pour recruter de force un apprenti de n'importe quelle autre guilde. Traditionnellement, c'est là un droit qu'elle n'exerçait pas – elle se contentait depuis longtemps de garnir ses rangs de criminels, de parias et d'orphelins. Mais les choses ont changé sous la direction du Basilic.

Brock faillit sursauter en entendant ce nom. Alabasel Frond était la maîtresse de la guilde des Aventuriers, et il avait toujours cru que seuls les jeunes de la ville lui donnaient – tout bas – ce surnom. Apparemment, les adultes également l'appelaient ainsi dans son dos. Le sobriquet faisait allusion à la dureté de son regard, qui, de même que celui du Basilic, avait, disait-on, le pouvoir de transformer ses victimes en pierre. Mais Brock se doutait que, dans le cas de cette femme, la magie était moins en cause que son visage ravagé.

Il ne l'avait aperçue qu'une seule fois, depuis l'autre extrémité de la place du marché, et ses yeux avaient été immédiatement attirés par les étranges balafres qui lui descendaient sur tout un côté du visage, depuis la naissance de ses cheveux couleur de fer jusqu'à son cou. Les cicatrices avaient la forme d'étoiles ou de signes plus. Le bruit courait qu'elles résultaient d'une prise de bec avec un monstrueux Danger qui s'était emparé d'elle, lui avait enroulé un de ses longs tentacules autour de la tête et enfoncé ses redoutables piquants dans la peau.

Brock n'osait imaginer la douleur qu'elle avait dû endurer en essayant de se libérer de cette horrible étreinte.

– Il y a six mois, poursuivit Quilby, ils ont enrôlé une jeune magicienne talentueuse juste au moment où elle prenait sa place – une place gagnée de haute lutte – au sein de la guilde des Mages. Et, au cours des deux années précédentes, ils ont mobilisé des Fils de la Pierre dès le début de leur apprentissage.

Brock sentit de nouveau la main de son père sur son épaule et se rendit compte qu'il se balançait d'avant en arrière sur les talons. Tous les adultes présents le dévisageaient, dans l'attente de sa réaction.

– Vous craignez qu'ils ne prennent un apprenti chez les marchands ? hasarda-t-il.

– Au contraire, répondit Quilby.

Brock plissa les yeux.

– Alors, vous... *voudriez* qu'ils prennent un apprenti chez les marchands ?

– Un apprenti particulièrement doué, oui.

Le seigneur Quilby sourit, et Brock sentit ses joues perdre toute couleur.

– Pas question !

– Fils, plaida son père, cela fait maintenant des semaines que le seigneur Quilby fait circuler des rumeurs. Pour faire en sorte que certaines personnes entendent parler... d'une jeune recrue très prometteuse...

– Vous voulez que *moi*, je...

– Le seigneur Quilby a besoin de quelqu'un dans la place, intervint la femme – et Brock aurait juré qu'au même instant la température dans la tente dégringolait d'un seul coup. Nous pensons que vous pourriez être cette personne.

– Je ne comprends pas, objecta Brock. La guilde des Aventuriers aurait-elle besoin d'un comptable ? Parce que mes talents...

– Vos talents dépassent de loin la comptabilité, insista Quilby. Voyons, messire, ce n'est pas le moment de jouer les modestes. Il nous faut un jeune homme au regard assez acéré pour découvrir ce que Frond dissimule et assez malin pour le faire en toute discrétion.

– Vous avez besoin d'un espion, vous voulez dire.

– Exactement.

Le seigneur marchand se tapota l'aile du nez d'un geste décidé, puis sortit un petit médaillon de sa poche de poitrine.

Brock accrocha le regard de son père pour implorer silencieusement son aide. Mais celui-ci se contenta d'opiner de la tête d'un air grave, avant de pousser Brock en direction de Quilby.

– Vas-y, mon fils.

Brock fit un pas en avant, puis un autre. Tout au fond de lui, il sentit monter sourdement une vague de panique. Mais ses mouvements restaient calmes et mesurés. Il avait plusieurs fois assisté à cette cérémonie, assez pour savoir en quoi elle consistait et comment il devait se comporter. Il se tint debout devant Quilby, les bras le long du corps, raides comme des piquets, et leva les yeux pour croiser le regard du seigneur marchand.

Le Recrutement devait se dérouler en plein air et en public. Il était censé être le moment où Brock serait enfin reconnu, devant le roi et le peuple, comme le digne héritier de ses parents et du rang élevé qu'ils occupaient dans la société de Pierrefranche.

À la place d'un spectacle en bonne et due forme, il n'avait droit qu'à ce théâtre d'ombres d'arrière-cour. Il eut soudain l'impression de s'être surtout montré digne de tout ce qu'il ne fallait pas.

– Brock Dunderfel, commença Quilby, d'une voix plutôt chevrotante, par la présente déclaration, je vous reçois dans la guilde des Marchands.

– Merci...

– Et je réclame votre appartenance aux Ombres de la guilde des Marchands.

Brock n'avait aucune idée de ce que Quilby entendait par là. Cette déclaration ne faisait partie d'aucune des cérémonies dont il avait été témoin. Il attendit un instant, pour être sûr que l'homme en avait terminé. La préparation du parfumeur, qui continuait à bouillir sans surveillance, lui emplit les narines d'une odeur âcre de substance chimique carbonisée.

– Merci, dit-il enfin, la bouche sèche. J'accepte humblement.

Quilby lui remit le médaillon, et Brock devint officiellement membre de la guilde des Marchands. Exactement comme il s'y était toujours attendu. Et pourtant rien ne s'était passé comme il l'avait imaginé.

– Désormais, annonça Quilby, quoi qu'il se passe – quels que soient les autres insignes que vous accepterez sur cette estrade ou dans les jours à venir – vous êtes d'abord et avant tout l'un des nôtres. Ne l'oubliez jamais, mais...

Quilby se tapota de nouveau le nez.

– ... *cela doit rester secret.*

Brock prit alors conscience, avec effarement, qu'il venait de faire une autre promesse. Peut-être la plus difficile de toutes.

Il baissa les yeux sur la pièce de bronze dans sa main. Elle était frappée de l'emblème bien connu de la guilde des Marchands.

Au revers était gravée l'image d'une toile d'araignée.

Chapitre trois
Zed

La mère de Zed l'examina d'un œil soupçonneux.

– Tu n'es parti qu'une heure et tu es déjà tout débraillé, remarqua-t-elle sèchement.

Elle se lécha le pouce et entreprit de lui frotter le visage pour lui effacer une salissure sur la joue.

– Tu t'es démêlé les cheveux, au moins ?

Elle portait la tunique et le tablier gris des membres de sa guilde. Sa maîtresse – une dame de la noblesse – lui avait donné sa matinée, mais elle serait obligée de reprendre son service dès la fin de la cérémonie du Recrutement.

– J'ai l'air idiot quand je me peigne, ronchonna Zed.

– Et à moitié sauvage quand tu ne le fais pas. Mieux vaut l'air idiot.

Zed leva les yeux au ciel puis tourna son regard au loin tandis que sa mère bataillait contre un de ses épis rebelles.

Un attroupement s'était formé autour de l'estrade, où les Bâtisseurs achevaient leurs préparatifs. La place paraissait particulièrement majestueuse ce jour-là, avec les bannières des différentes guildes flottant au-dessus de la tribune, comme autant de fleurs multicolores dans le jardin d'un géant. À la vue de ce spectacle, Zed sentit un nœud lui serrer le ventre.

Le grand amphithéâtre de la place était le centre de la vie sociale de Pierrefranche. C'était là qu'avaient lieu pratiquement toutes les proclamations royales, ainsi que les mariages, les Recrutements et même les exécutions. Zed se demandait souvent quel effet cela ferait de marcher seul sur cette estrade vers sa propre mort, sous les acclamations et les sifflets de la foule.

Si l'aspect de la place se transformait selon les évènements, quatre silhouettes immortelles demeuraient immuables. Les statues des Défenseurs de Pierrefranche se dressaient sur quatre immenses piédestaux autour de la grande fontaine, séparant les tentes des marchands de la tribune.

Sire Jerra Pierrefranche, le Paladin.

Zahira Éclat-d'Argent, l'Enchanteresse.

Mère Aedra, Prêtresse de la Voie d'Or.

Dox Eural, l'Assassin.

Les quatre héros surveillaient en silence tout ce qui se passait sur la place. Jadis, ils avaient été de grands aventuriers, liés par de solides liens d'amitié.

Après avoir sauvé la ville le Jour des Dangers, chacun d'eux avait fondé l'une des quatre Hautes Guildes.

Pas comme Foster.

Le regard de Zed se tourna vers le piédestal vide dans la fontaine, là où aurait dû se trouver la statue du cinquième compagnon, celui dont toute image était bannie à jamais de la cité de Pierrefranche.

Foster Pendleton. Le Sorcier. Le Traître. Le Père des Monstres.

Foster le demi-elfe.

La vie n'était pas toujours facile pour un garçon de sang elfique dans une ville où le représentant le plus connu du peuple des elfes était l'homme qui avait détruit le monde.

Comme de bien entendu, les habitants de Pierrefranche en rejetaient généralement toute la faute sur l'ascendance elfique de Foster. Après tout, la passion débridée de Llethanyl pour la magie était légendaire. De leur côté, les elfes, ainsi que l'avait entendu dire Zed, accusaient la folie humaine.

Malgré tout, les deux cités entretenaient une sorte de fraternité, encore qu'un brin tendue. Tous les six ans, à tour de rôle, Pierrefranche et Llethanyl envoyaient des aventuriers sur les Routes incertaines pour entretenir des relations commerciales et renouer l'amitié entre leurs deux peuples. Le père de Zed avait fait partie d'un de ces groupes venus passer deux semaines à Pierrefranche. Sa mère parlait de cette visite comme d'un rêve.

Quand Zed avait eu six ans, sa mère avait déboursé une semaine entière de ses gages pour faire écrire une lettre aux Aventuriers de la Mer d'Étoiles, les suppliant de s'enquérir du père de Zed au cours de leur prochain voyage chez les elfes. Outre qu'il était une sorte de mage et d'éclaireur, tout ce qu'elle savait de lui était son nom : Zerend. Nom qu'elle avait donné à leur fils.

Mais, au moment où les Aventuriers s'étaient mis en route, elle n'avait toujours reçu aucune réponse de leur part.

Aussi avait-elle été surprise lorsque le message était arrivé quelques semaines plus tard, scellé du sceau de la guilde des Aventuriers. C'était une lettre de condoléances : Zerend était mort peu de temps après son séjour à Pierrefranche.

Zed n'avait jamais vu sa mère se refermer sur elle-même aussi totalement. Pendant plusieurs jours, elle ne lui avait pas adressé la parole... ni à personne d'autre, d'ailleurs. Elle avait même failli se faire exclure de sa guilde.

– Tes oreilles deviennent toutes rouges, lui dit-elle doucement, l'arrachant à ses souvenirs douloureux.

Zed crut déceler un tremblement dans sa voix.

Il baissa la tête pour contempler ses pieds. Sa mère se faisait constamment du souci pour lui, peut-être encore plus que lui-même. Parfois, il la surprenait à l'observer fixement, d'un regard empreint d'une telle tristesse qu'il en avait des picotements dans les oreilles.

– Oh, Zed, dit-elle en l'entourant de ses bras. Écoute-moi bien, quoi qu'il arrive aujourd'hui, quelle que soit la guilde qui te recrutera, je veux que tu saches que je suis déjà très fière de toi.

– Et si... si aucune ne voulait de moi ? hasarda-t-il.

C'était là une inquiétude qu'il pouvait à peine exprimer tout haut. Que se passerait-il si aucune guilde ne souhaitait accepter le premier enfant né de sang elfique depuis des générations ?

N'appartenir à aucune guilde était exceptionnel, mais pas sans précédent. Les quelques rares laissés-pour-compte que personne n'avait réclamés lors des Recrutements étaient en même temps plaints et honnis par les habitants de Pierrefranche. En général, ils se voyaient contraints de vivre comme des mendiants... ou pire.

La grande majorité des exécutions qui avaient lieu sur la place s'appliquait à des criminels sans guilde. Au cours des derniers mois, Zed avait même entendu dire que de pauvres diables s'étaient... purement et simplement volatilisés. À croire qu'ils n'avaient jamais existé !

La mère de Zed le tint serré contre elle, sans prononcer un mot. Finalement, elle laissa échapper un soupir étouffé et dit :

– Alors, je te prendrai dans ma guilde à moi. Nous nous appellerons la Meilleure Guilde du monde, ça leur apprendra !

Zed pouffa dans son tablier.

Du temple de la Voie d'Or, la deuxième cloche du matin résonna à travers la place. Zed s'écarta.

– Je dois y aller.

Sa mère lui déposa un baiser sur le front.

– Ils pourraient s'estimer heureux de t'avoir, tous autant qu'ils sont. Ce serait une chance pour eux, comme ça l'a été pour moi.

Les yeux de Zed commencèrent à lui brûler. Il hocha brièvement la tête, s'essuya les paupières et tourna les talons. Il se fraya un chemin à travers la foule pour gagner le devant de l'amphithéâtre, où les autres postulants arrivaient en file indienne.

Les jeunes nobles avaient tous pris place au premier rang, au plus près de l'estrade. Zed aperçut Micah Guerra, fourrageant désespérément dans sa bourse, sans doute à la recherche d'un blaireau de bois qui n'y était plus. Assise à côté de lui, une jeune fille au teint olivâtre, qui lui ressemblait étonnamment, lui imposa silence.

Les autres adolescents, massés derrière les nobles en petits groupes agités et fébriles, avaient revêtu leurs plus beaux habits. Zed n'eut pas besoin de regarder autour de lui pour savoir que ses plus beaux habits à lui étaient parmi les plus piteux.

Se souvenant que Brock lui avait demandé de lui garder une place, il le chercha des yeux dans la foule. Ça ne ressemblait pas à son ami d'arriver en retard à ce point. Qu'est-ce qui lui prenait tant de temps ?

Il y avait un peu moins d'une centaine de candidats en tout. La plupart étaient humains, mais une petite troupe de nains trapus – ils mesuraient bien une trentaine de centimètres de moins que les autres – s'étaient regroupés un peu à l'écart. C'étaient les descendants des nains marchands et forgerons qui s'étaient retrouvés piégés dans Pierrefranche le Jour des Dangers, coupés de l'antique cité de leur peuple.

Zed croisa le regard de l'un d'eux – son ami Jett – et échangea avec lui un sourire anxieux. Comme la plupart des nains de son âge, Jett se rasait déjà, mais depuis quelques semaines il avait décidé de se laisser pousser la barbe – pour voir. Jusque-là, il avait réussi à obtenir une imposante moustache et de respectables touffes de poils au menton.

– Pas terrible, comme place, fit gaiement remarquer une voix derrière Zed.

Il se retourna avec un sursaut ; Brock le regardait en souriant.

– Tu as trouvé ce que tu cherchais ? demanda Zed, tâchant de chasser son appréhension.

Il baissa les yeux : son ami portait les mêmes chaussures qu'auparavant.

Brock ignora son regard inquisiteur.

– J'ai été retenu.

– Par quoi ?

– Par mon père.

Zed retint son souffle.

– Tu ne t'es pas attiré d'ennuis, au moins ?

Son ami jeta un coup d'œil distrait sur l'estrade.

– Je ne sais pas. Peut-être.

Mais, voyant l'expression alarmée de Zed, il sourit.

– T'inquiète. Tu sais bien que je m'arrange toujours pour que les problèmes durent le moins longtemps possible.

Les maîtres de guildes s'étaient réunis sur l'estrade, chacun devant sa bannière. La plupart des symboles figurant sur les étendards étaient assez clairs : ainsi la bannière des forgerons représentait-elle un marteau et une enclume, celle des scribes, une plume d'oie.

Des emplacements plus spacieux avaient été réservés pour les maîtres des quatre Hautes Guildes, et leurs étendards dominaient tous les autres.

Une sonnerie de cors retentit. Zed sentit son estomac se nouer de nervosité.

Le Recrutement avait commencé.

Vêtue aux couleurs de la guilde des Intendants, Forta, la crieuse publique, s'avança vers le devant de l'estrade. D'un seul coup, le silence se fit sur la place.

– Oyez, oyez ! claironna-t-elle de sa voix aussi puissante que celle des cors. Aujourd'hui, fils et filles de Pierrefranche, vous allez devenir des citoyens de plein droit de notre belle ville, l'une des rares lumières à percer encore l'obscurité.

Zed connaissait la suite par cœur. Il avait entendu ce discours d'innombrables fois, année après année. Et pourtant il ne manquait jamais de s'en émouvoir.

– Il y a deux cent vingt-trois ans, continua Forta, Pierrefranche s'est éveillée à un monde nouveau. Avant cela, Terryn était un pays dynamique et plein de vie. De nombreux voyageurs parcouraient les routes de ville en ville en toute sécurité. Les paysans labouraient des champs de blé aussi vastes que le ciel.

La crieuse marqua un temps d'arrêt, et Zed essaya de s'imaginer le paysage : des fermes plus grandes que les maigres lopins de terre serrés entre les remparts de Pierrefranche, d'immenses étendues cultivées s'étirant jusqu'à la mer. Comment pouvait-on consommer autant de céréales ?

– C'était une période de grandes découvertes et d'aventures, reprit Forta. L'époque de l'amitié, où les humains, les nains et les elfes œuvraient *ensemble* pour un monde meilleur.

« Puis vint le jour où tout a changé : le Jour des Dangers.

À cet instant précis, comme s'il n'avait attendu que ce signal, un nuage passa devant le soleil. La place tout entière fut plongée dans l'ombre. Zed en eut la chair de poule.

– Des monstres – d'horribles bêtes affamées et contre nature, autrefois reléguées dans leurs propres plans d'existence cauchemardesques – surgirent de nulle part. Ils s'abattirent sur les terres de Terryn comme la peste. Ils sillonnèrent les routes à la recherche de proies et saccagèrent les fermes. Ils massacrèrent tous ceux qu'ils trouvèrent, humains, elfes et nains, hommes, femmes et enfants.

« Des monstres détruisirent notre monde, martela Forta avant de s'interrompre de nouveau, le temps de survoler longuement la foule du regard. Et cela, en une seule journée !

« Seules les villes capables de se défendre ont survécu, continua-t-elle.

Elle baissa la voix, mais l'écho de ses paroles continua de résonner comme par enchantement à travers la place.

– Nous faisions partie des chanceux. Nous étions protégés par nos remparts...

De ses deux mains levées, elle montra la haute muraille qui entourait Pierrefranche.

Comme si la foule avait eu besoin qu'on le lui rappelle ! Le mur d'enceinte était visible de tous les points de la ville. La seule chose que Zed eût jamais vue au-delà était le ciel.

– Par nos barrières magiques..., poursuivit Forta, en désignant d'un signe de tête la Tour des Éclats d'Argent, la plus haute construction de la ville, qui s'élevait en son centre et où les magiciens entretenaient les écrans de protection invisibles.

« Et, ajouta Forta pour terminer, par nos champions.

Elle joignit lentement les mains et indiqua les statues des quatre Défenseurs de Pierrefranche.

– C'est grâce à eux que nous sommes encore en vie aujourd'hui, malgré les machinations de Foster le Traître. Et c'est parce qu'ils ont fondé les quatre Hautes Guildes que Pierrefranche résiste encore comme l'un des derniers bastions de la civilisation dans tout Terryn.

Un tonnerre d'applaudissements éclata parmi les spectateurs. Zed et Brock aussi poussèrent des acclamations. Zed leva et abaissa le poing à plusieurs reprises. Forta gratifia la foule d'un regard satisfait, laissant se prolonger quelques instants ces manifestations d'enthousiasme.

Enfin, elle leva les mains pour réclamer le silence.

– Nous allons commencer, comme nous l'avons toujours fait, par les revendications des Hautes Guildes. J'appelle tout d'abord le maître de la guilde des Chevaliers, sire Castor Brent.

Un homme de grande taille en armure étincelante, debout sous une bannière marron représentant un écu de pierres imbriquées, s'avança à longues enjambées. La foule se déchaîna de nouveau, tapant des pieds et scandant : « Fils de la Pierre ! »

La guilde des Chevaliers avait été créée par Jerra Pierrefranche, de loin le plus aimé des Défenseurs. Fils cadet de la famille royale, il était devenu le guerrier le plus admiré et le plus respecté de toute l'histoire de la cité. Le Jour des Dangers, il avait pris la tête des chevaliers qui défendaient les portes de la ville contre la horde des monstres, jusqu'à ce que Zahira Éclat-d'Argent et ses mages aient fini d'ériger leurs barrières magiques.

Sire Brent hocha la tête d'un air grave, puis leva la main pour demander à son tour le silence.

– Cette année, la guilde des Chevaliers réclame six garçons pour servir en tant qu'écuyers, annonça-t-il d'une voix tonitruante.

Zed vit Micah Guerra se redresser sur son siège. La fille assise près de lui croisa les bras, les lèvres pincées.

Le maître de guilde énonça à voix haute la liste inscrite sur une feuille de parchemin :

– Wil Merle, Niko Medina, Dav Levitan, Scot Blar, Trevis Berklund et Ed Dorty. Écuyers, veuillez approcher pour recevoir votre insigne d'appartenance à la guilde. Vous vous présenterez à la caserne à la première cloche demain matin.

Pour finir, le chevalier esquissa un sourire et ajouta :

– Le dernier arrivé sera de corvée de latrines.

Des éclats de rire fusèrent d'un peu partout sur la place, et les six garçons choisis grimpèrent sur l'estrade, s'attirant au passage huées et tapes sur la tête. Sire Brent remit à chaque nouvel écuyer un médaillon gravé de l'emblème de la ligue des Chevaliers.

Zed jeta un coup d'œil vers Micah Guerra. La bouche grande ouverte, le garçon affichait une expression d'horreur non dissimulée. La fille à ses côtés lui toucha le bras, mais Micah s'écarta avec colère.

– Et moi, alors ?!

Si Zed ne l'avait pas vue de ses propres yeux, il aurait eu peine à croire à la scène qui se déroula alors. Le jeune noble bondit sur ses pieds et pointa un doigt accusateur sur le maître de guilde.

Le sourire de sire Brent s'évanouit aussitôt. Il haussa les sourcils d'une manière qui ne pouvait être interprétée que comme une sévère mise en garde.

Lorsque les spectateurs se rendirent compte de ce qui se passait, des murmures étouffés parcoururent leurs rangs. Micah contestait la décision de la guilde ! Zed n'avait jamais entendu dire qu'une telle chose se fût déjà produite.

– Pardon, messire Guerra, intervint Forta, mais la cérémonie doit conti…

– J'étais votre meilleur candidat ! s'égosilla Micah, sans tenir compte de la crieuse. Wil peut à peine soulever son bouclier ! Et Ed n'est même pas *noble* !

Remarquant enfin que toute l'estrade le regardait avec effarement, il sembla hésiter.

– Je vous en prie, plaida-t-il en baissant la main, son emportement quelque peu retombé. S'il vous plaît, vous ne comprenez pas !

Sire Brent croisa ses gros bras sur sa poitrine et baissa les yeux sur Micah, les sourcils froncés, la mine sévère.

– Je crois que je vous comprends très bien, au contraire, dit-il. Le jour où vous avez pris part aux exercices d'entraînement, je vous ai vu faire trébucher un autre participant alors qu'il avait terminé loin derrière vous. Vous vous êtes moqué de lui lorsqu'il a quitté le terrain. Durant toute votre vie, je vous ai vu tourmenter de plus faibles que vous, messire Guerra. Or, le devoir d'un chevalier est de défendre les faibles. Nous sommes des protecteurs. Nous servons la population de cette cité, tout autant que les autres guildes représentées sur cette tribune. Oui, je vous comprends, et c'est exactement pour ça que vous ne serez jamais chevalier de Pierrefranche.

Le visage de Micah se crispa d'anxiété.

– S'il vous plaît..., implora-t-il une dernière fois.

– Wil acquerra de la force en s'entraînant, continua sire Brent, faisant fi des supplications du garçon. Et, quand Ed sera devenu chevalier à part entière, il aura gagné son titre de noblesse. Vous, messire, c'est un art différent que vous devrez apprendre. Peut-être l'une des guildes prestigieuses ici présentes aura-t-elle la bonté de vous l'inculquer.

Comme sire Brent retournait sous sa bannière, une rumeur fébrile se répandit de nouveau dans la foule. Un tel manquement à l'étiquette durant la cérémonie du Recrutement était sans précédent, et rares étaient ceux qui avaient déjà vu un noble – même un jeune – se faire ainsi humilier publiquement.

Micah s'affaissa sur son siège sans ajouter un mot, ratatiné sur lui-même. On aurait dit qu'il avait reçu un coup de poing dans l'estomac.

– Houla ! chuchota Brock. Il me ferait presque de la peine, ce pauvre type.

Zed ne put qu'opiner de la tête en silence. Bien qu'il eût au premier abord pris Micah Guerra en grippe, en tant que candidat au même Recrutement il ne pouvait s'empêcher de compatir.

C'était maintenant au tour des Éclats d'Argent.

Forta s'éclaircit la gorge pour calmer la foule, puis tendit une main vers la bannière suivante, sur laquelle une lune se détachait sur champ gris. Les emblèmes de la guilde des Mages étaient enchantés, si bien que la lune changeait de forme selon les phases de l'astre réel. Pour l'heure, elle avait l'apparence d'un large croissant.

Sous l'étendard se tenait la maîtresse de la guilde, une femme que Zed reconnut comme étant l'archimage Dafonil Grima. Chaque année, au moment où elle annonçait les choix de sa guilde, il l'avait observée avec fascination. C'était toujours les mages qui acceptaient le moins d'apprentis : jamais plus d'un ou deux enfants par an. Les magiciens formaient une espèce très rare.

L'archimage Grima s'avança sans bruit et inclina la tête devant la crieuse.

Le brouhaha prit fin instantanément, et l'assemblée attendit qu'elle prît la parole. Si les Fils de la Pierre suscitaient l'admiration, les Éclats d'Argent imposaient un respect mêlé de crainte. Peu de gens à Pierrefranche savaient vraiment que penser des mages. On racontait à l'envi qu'ils pouvaient vous transformer en toutes sortes d'animaux si d'aventure il vous arrivait de croiser l'un d'eux. La mission principale de la guilde consistait à entretenir les écrans ensorcelés qui protégeaient la ville, même si la façon dont les mages s'y prenaient restait un secret bien gardé. Bienveillants mais distants, ils vivaient à l'écart dans la Tour des Éclats d'Argent. Et, de temps en temps, des lueurs inquiétantes et des bruits bizarres jaillissaient de la flèche du bâtiment – pour ne rien dire des odeurs.

D'un geste nerveux, Zed glissa une main dans son col pour y chercher son renard fétiche. Il sentit le contact froid du métal lorsque ses doigts rencontrèrent la chaîne elfique que Makiva lui avait donnée. Après avoir farfouillé encore un peu, il trouva le médaillon de bois et le frotta de son pouce tout en formulant un vœu silencieux.

– La guilde des Mages souhaite prendre deux enfants comme apprentis magiciens, déclara calmement Grima, d'une voix aussi veloutée que sa cape chatoyante.

Peut-être était-ce un effet de son imagination, mais Zed eut l'impression que l'archimage avait accroché son regard en prononçant ces mots.

– Nous demandons Andrew Howl et Teri Uchi.

Des exclamations de surprise et des cris de joie retentirent parmi les amis d'Andrew et de Teri. La foule applaudit poliment, tandis que les deux enfants allaient recevoir leurs insignes.

Zed laissa échapper un soupir. Bien sûr, il s'y était attendu. Il s'y était préparé. Mais cela ne rendait pas pour autant la déception plus facile à avaler.

– Ce sont des imbéciles, si tu veux mon avis, murmura Brock à côté de lui. Des imbéciles terrifiants et puissants, mais surtout ne le répète à personne !

Le pauvre rire que Zed tenta de s'arracher sonna faux.

Il s'obligeait à reporter son regard sur la tribune, quand il s'aperçut avec surprise que l'archimage n'avait pas bougé. Elle attendait patiemment que le tohu-bohu eût cessé.

Avec un sourire malicieux, Grima leva enfin la main.

– De plus, énonça-t-elle par-dessus le brouhaha, nous désirons prendre Zerend Kagari comme apprenti *ensorceleur*.

Zed n'aurait su dire si la foule avait fait silence ou s'il était momentanément frappé de surdité.

Son nom. Elle avait prononcé son nom !

Il allait bel et bien rejoindre la guilde des Mages – non pas comme magicien, mais comme ensorceleur.

Quelle différence cela faisait-il ? Peu importait ! Il serait mage, avec le titre et tout !

Zed se rendit compte qu'à côté de lui Brock hurlait son nom. Son ami le saisit par l'épaule et le poussa en avant. Un grand sourire béat s'épanouit sur le visage de Zed, tandis qu'il se dirigeait vers l'estrade, salué par une véritable ovation. Les gens l'applaudissaient, *lui* ! Il sentit une vague de chaleur lui enflammer les joues et les oreilles, mais ça lui était bien égal. Il vivait le moment le plus important de sa vie.

L'archimage Grima lui adressa un signe de tête, un vague sourire flottait au coin de ses lèvres. Elle lui tendit son insigne, sur lequel un croissant de lune luisait comme par magie d'un pâle reflet.

Zed se retourna et chercha des yeux sa mère dans l'assistance. Il la trouva, les mains plaquées sur sa bouche, les joues ruisselantes de larmes de bonheur.

Bien que Zed n'eût pas cru cela possible, son sourire s'élargit encore plus.

Comme il regagnait sa place et l'archimage sa bannière, les acclamations retombèrent peu à peu. Forta s'avança vers le devant de l'estrade et présenta Mère Brenner, la maîtresse de la guilde des Guérisseurs. Celle-ci se tenait sous un étendard de soie blanche orné d'un soleil doré. Jadis, avant le Jour des Dangers, se faire soigner coûtait très cher et beaucoup de gens étaient morts faute de pouvoir se payer les soins nécessaires. Désormais, le Temple de la Voie d'Or s'occupait gratuitement de guérir quiconque en avait besoin – même les sans-guildes. Mère Brenner était très aimée de tout le monde. Issue elle-même de la noblesse, elle avait souvent été la voix de la clémence et de la prudence durant les périodes tumultueuses de la cité.

Zed éprouvait un tel soulagement et une telle joie qu'il avait quelque peine à fixer son attention, mais lorsqu'il entendit mentionner d'un ton sec le nom de Micah Guerra parmi ceux des nouveaux novices de la Voie d'Or, entre Lea Eovard et Zak Lews, il jeta un coup d'œil vers les premiers rangs. Sur le visage du jeune noble se lisait de la détresse à l'état pur.

Non, se corrigea Zed aussitôt, *il n'est plus noble*. Quand il aurait prononcé ses vœux, le jeune garçon deviendrait Frère Micah. Il perdrait jusqu'à son patronyme.

Après que les novices eurent reçu leurs insignes, ce fut au tour de la guilde des Marchands de faire valoir ses revendications. Sur le champ noir de sa bannière, on voyait trois anneaux entrelacés : de cuivre, d'argent et d'or.

La guilde des Marchands avait été instituée par Dox Eural. Avant de devenir l'un des Défenseurs de Pierrefranche, Dox avait été voleur et espion, le membre le plus tristement célèbre de la bande des héros.

C'était le Jour des Dangers qu'il avait finalement prouvé sa loyauté envers la cité.

Au cours des deux siècles qui avaient suivi, les détails de ce qui s'était passé ce jour-là avaient oscillé entre histoire et légende. On racontait que Foster Pendleton, lors d'une tentative pour rehausser ses prouesses en matière de magie, avait accompli un rituel prohibé hors de l'enceinte de la ville. Il espérait ouvrir une porte sur un autre plan et négocier de nouveaux pouvoirs avec les êtres qui y vivaient.

Au lieu de quoi, Foster n'avait réussi qu'à fragiliser les frontières entre *tous* les plans – permettant ainsi à d'immondes créatures venues d'autres univers d'entrer dans Terryn. En quelques heures seulement, les monstres déchaînés avaient dévoré des villes entières.

Pendant que les trois autres Défenseurs se battaient pour leur pays, Dox était parti seul au milieu du chaos pour affronter celui qui avait été son meilleur ami. Il avait trouvé Foster toujours plongé dans son rituel calamiteux, aveugle aux souffrances qu'il avait causées.

Le seul moyen de mettre fin à ses incantations magiques était de faire mourir le sorcier. Alors, le cœur lourd, Dox avait tué son ami devenu incontrôlable. Cet acte lui valut le surnom d'Assassin.

De retour à Pierrefranche, Dox s'était rendu compte qu'il était arrivé trop tard. Il avait certes empêché d'autres monstres de pénétrer dans Terryn, mais ceux qui avaient déjà franchi les frontières allaient y demeurer à jamais. Dox avait alors renoncé à ses ruses et à ses tromperies et fondé la guilde des Marchands, afin de favoriser un commerce licite dans une ville au bord du désastre.

Le maître de la guilde des Marchands, le seigneur Quilby, gagna d'un pas allègre le devant de l'estrade. Zed se força à focaliser son attention quelques minutes de plus. Le tour de Brock était arrivé. Quilby s'inclina profondément puis lut à haute voix une série de noms consignés sur un parchemin.

Celui de Brock Dunderfel était le premier de la liste.

Zed manifesta bruyamment son soutien à son ami, qui sourit avec timidité. Tous les participants autour d'eux le félicitèrent à leur tour avec de grandes tapes dans le dos et sur les épaules.

Brock grimpa sur l'estrade avec les autres recrues pour recevoir son insigne, puis retourna auprès de Zed en lui adressant un petit signe de tête. Zed s'était attendu à ce que son ami savourât les applaudissements encore un petit moment, mais Brock avait dû se douter qu'il valait mieux ne pas trop fanfaronner. Il avait toujours su déchiffrer l'état d'esprit des foules.

Dès que Quilby eut regagné sa place, Forta s'avança une fois de plus.

– J'accueille maintenant la dirigeante d'une guilde dont le rôle est essentiel pour la préservation de la vie de notre cité. Alabasel Frond va faire valoir les prétentions de la guilde des Aventuriers.

Un profond silence s'abattit sur la place, tandis que Frond – le Basilic – s'écartait de la bannière bleu nuit parsemée d'étoiles blanches de sa guilde pour se diriger d'un pas mesuré vers le devant de la tribune.

La maîtresse de guilde portait sans vergogne en travers du dos une épée dans son fourreau, à croire qu'elle faisait partie des Fils de la Pierre dûment adoubés au lieu de n'être qu'un vulgaire cerbère. Ses doigts tambourinaient avec impatience sur les pointes métalliques acérées qui hérissaient son ceinturon. Elle était la seule femme que Zed eût jamais vue porter des armes en public. Sa mère disait qu'elle avait l'air ridicule, avec ses armes et son armure comme un homme.

Zed, lui, la trouvait effrayante.

La Mer d'Étoiles ne faisait pas partie des Hautes Guildes, mais elle n'en avait pas moins des pouvoirs et des responsabilités dont aucune autre corporation ne pouvait se prévaloir. Après la création des quatre Hautes Guildes, les Défenseurs de Pierrefranche avaient pris conscience que leur cité ne survivrait pas longtemps, si quelques âmes courageuses n'acceptaient pas de s'aventurer dans le désert infesté de monstres pour y glaner des moyens de subsistance. Ils avaient donc formé une cinquième guilde, avec pour mission d'explorer les régions sauvages – et faire la chasse aux Dangers qui y rôdaient encore.

Rares étaient ceux qui demandaient à rejoindre la guilde des Aventuriers. Ces derniers étaient les seuls citoyens de Pierrefranche à se risquer hors des remparts de la ville, et souvent ils mouraient jeunes. Frond elle-même était couturée de cicatrices improbables, pareille à une vivante mise en garde contre ce qui les attendait dehors.

Si l'exploration des terres de Terryn était une mission vitale, c'était aussi une tâche ingrate. Beaucoup considéraient que les membres de la guilde étaient contaminés par les créatures mêmes qu'ils combattaient. Selon une rumeur très répandue, certains monstres pouvaient provoquer des affections permanentes : des maladies qui se propageaient par simple contact, ou des détériorations du cerveau qui transformaient les êtres les plus intelligents en fous furieux.

Mais, à l'occasion du Recrutement, la guilde des Aventuriers jouissait de privilèges qui compensaient son impopularité. Par exemple, quiconque se portait volontaire pour s'enrôler dans la confrérie était accepté automatiquement, quels que soient son sexe, son rang ou ses croyances, ou même son appartenance à une autre guilde. Ainsi un jeune pouvait-il éviter de se retrouver sans guilde, bien que pour beaucoup cette perspective ne semblât guère plus enviable.

Et puis, il y avait la conscription.

Alabasel Frond se racla la gorge tout en survolant la foule d'un regard dur. Zed baissa les yeux.

– Nous prendrons deux recrues cette année, déclara la maîtresse de guilde de sa voix râpeuse de contralto. Le nain Jett Marteau-de-Tonnerre et Liza Guerra, la sœur de ce petit morveux de noble.

Sur ces mots, elle cracha par terre.

Zed et Brock se tournèrent pour regarder Jett, dont le visage avait blêmi d'horreur. Les nains autour de lui maugréèrent en témoignage de solidarité, mais aucun n'osa protester comme Micah l'avait fait.

Micah non plus, pour défendre sa propre sœur. La jeune fille assise à côté de lui leva les yeux sur Frond avec une fermeté chancelante. Zed ne comprenait pas ce que la guilde des Aventuriers pouvait bien attendre d'une fille de la noblesse, choyée et dorlotée, qui n'avait probablement jamais tenu une arme de sa vie.

Jett et Liza s'approchèrent à pas lents de l'estrade, où Frond les attendait, les sourcils froncés. Sans s'embarrasser de cérémonie, elle leur lança d'une pichenette leurs insignes. Tous deux les attrapèrent au vol, ce qui fut tout à leur honneur. Dans le fond de la tribune, Zed vit le maître de la guilde des Intendants et celui de la guilde des Forgerons rayer chacun un nom de leurs listes respectives.

Quand les deux nouveaux Aventuriers se furent retirés, Frond parcourut encore une fois l'assistance du regard.

– Quelqu'un d'autre pour se porter volontaire ? demanda-t-elle au reste des postulants.

Un léger bourdonnement s'éleva de la foule : tous s'interrogeaient sur les choix étranges de la guilde. Zed regarda Jett retourner à sa place au milieu des autres nains. Lui qui n'avait jamais cru possible de voir un nain pleurer, il dut reconnaître que, pour une fois, cela risquait bien d'arriver.

– Dans ce cas, je prends aussi l'ensorceleur, décréta Frond. Le garçon de sang elfique. J'invoque mon droit de recourir à la conscription.

Le corps de Zed enregistra ces dernières paroles avant son esprit. Tous les poils de ses bras se hérissèrent.

– *Non*, murmura Brock, consterné. Non, ce n'est pas possible !

Il y eut un instant de silence figé, plus fracassant que toutes les sonneries de cors que Zed avait jamais entendues. Puis une immense clameur déferla sur la place. Tous les regards convergèrent vers lui. Pour la seconde fois ce matin-là, il était devenu le point de mire de l'assistance – et cette fois il sentit le poids de chaque regard fixé sur lui.

Tandis que tout ce qu'il avait jamais désiré dans sa vie s'écroulait autour de lui, Zed prit conscience qu'il allait entrer dans la légende, peut-être même encore plus que Micah Guerra. Il serait ce garçon de sang elfique qui avait failli s'en sortir. Pouvoir, noblesse et prestige s'étaient trouvés à portée de sa main... puis le destin avait rectifié son erreur.

– N'y va pas, lui souffla Brock à l'oreille. Ne prends pas l'insigne.

– Je n'ai pas le choix, répondit-il.

Les mots lui étaient venus machinalement, comme pour souligner une évidence.

– C'est une condamnation à mort ! insista Brock.

Une condamnation à mort. Zed pensa à sa mère. Son père, déjà, était mort en dehors de ces murs. Aurait-elle à pleurer son fils comme elle l'avait pleuré, lui ? Et qui veillerait sur elle, alors ?

De nouveau, Zed se dirigea d'un pas lourd vers l'estrade. La foule s'écarta pour lui ouvrir un passage, plus rapidement que la fois précédente. En s'approchant, il leva le visage vers Alabasel Frond, qui le fixait d'un air sombre. Il lui jeta en retour un regard noir.

Lorsqu'il arriva à quelques centimètres de la tribune, le Basilic envoya d'une chiquenaude l'insigne voler dans les airs. Zed le manqua, et l'objet atterrit dans une flaque de boue. Le visage écarlate, il se pencha pour le ramasser. Il entendit soudain la voix de Brock.

– Je désire m'enrôler ! clama son ami. Je veux rejoindre la guilde des Aventuriers !

Zed se redressa d'un seul coup.

– Non ! cria-t-il.

Mais sa voix fut noyée dans le tonnerre d'exclamations et de braillements qui suivit. À grands coups de coude, Brock se fraya un chemin jusqu'à Zed, défiant la maîtresse de la guilde du regard.

– Brock, s'il te plaît, ne fais pas ça ! supplia Zed. Tu as un avenir, toi !

Ses yeux tombèrent alors sur le seigneur Quilby, qui, imperturbable, observait la scène sans broncher. Des gouttes de sueur perlaient pourtant à son front, ce que Zed ne put s'empêcher de remarquer. En un éclair, le maître de la guilde des Marchands se passa la langue sur ses lèvres minces.

Brock ne lui prêta aucune attention, son regard était braqué sur le Basilic.

– Vous m'avez entendu ? J'ai dit que j'étais volontaire.

La bouche de Frond s'étira en un rictus diabolique.

– Oui, je t'ai entendu, fils de marchand. Je suppose que je devrais considérer cela comme mon jour de chance, répondit-elle d'un ton sarcastique. Il est rare de voir pareil altruisme. Ça vous réchauffe le cœur !

Son sourire s'effaça, et elle jeta un autre insigne en l'air.

Brock le rattrapa d'une main.

– Apprentis ! aboya Frond. Vous vous présenterez à la Maison de la guilde avec vos affaires dès la première cloche demain matin.

Comme elle faisait demi-tour en direction de sa bannière, elle ajouta :

– Que vous soyez à l'heure ou en retard, vous serez *tous* de corvée de latrines.

Chapitre quatre
Brock

Ce soir-là, Brock éprouva quelques difficultés à faire ses bagages. Il avait l'impression désagréable de devoir décider de ce qu'il allait porter à son propre enterrement.

Finalement, il opta pour la simplicité. Deux pantalons. Quelques tuniques et maillots, un pourpoint. Là où il allait, il n'aurait certainement pas besoin de tenues habillées.

Il survola sa chambre du regard et, en proie à une peur diffuse, s'apitoya sur son sort. Puis il se demanda ce que Zed ressentait en cet instant, et sa morosité s'évanouit, consumée par l'indignation que suscitait en lui le malheur subi par son ami. Il trouvait une sorte de réconfort dans sa colère. Surtout quand elle était justifiée et prenait fait et cause pour autrui.

N'ayant plus rien à faire, il descendit dîner.

La plupart des bâtiments de Pierrefranche comportaient plusieurs étages. Dans la Basse-Ville, à proximité des remparts, les familles vivaient entassées les unes sur les autres. Les immeubles étroits étaient si rapprochés que, de l'extérieur, il était difficile de distinguer où commençaient les uns et où finissaient les autres. En revanche, la famille de Brock, comme de nombreuses autres dans la Haute-Ville, disposait d'un manoir de trois étages pour elle seule.

Son père le croisa dans l'escalier.

– Tu as été parfait tout à l'heure, mon garçon, murmura-il, ce dont Brock ne put s'empêcher de tirer une certaine fierté. Un peu présomptueux, peut-être, mais efficace.

La joie momentanée du garçon s'éteignit d'un seul coup.

– Oui, eh bien, encore heureux que les Étoiles acceptent n'importe qui, même les présomptueux, riposta-t-il.

Son père lui fit signe de se taire.

– Ta mère, chuchota-t-il, avec un signe de tête vers le bas de l'escalier, en direction de la salle à manger.

– Tu ne le lui as pas dit ? siffla Brock.

– Que je t'avais poussé à faire ça ? Elle ne comprendrait pas. Et il n'y a rien de plus redoutable au monde qu'une femme qui défend son enfant.

Voyant le regard noir que lui décochait Brock, son père continua :

– Écoute, toute cette affaire me rend malade, tu peux me croire. Ce n'est pas du tout ce que je voulais pour toi. Mais on ne s'oppose pas à la volonté de Borace Quilby.

– Pas *toi*, en tout cas, grommela Brock.

Son père n'était pas du genre affectueux. Il était plutôt avare de compliments et ne vous gratifiait d'une poignée de main que le jour de votre anniversaire ou à l'occasion des fêtes. Aussi Brock fut-il très surpris lorsque son père l'attira contre lui et le serra dans ses bras.

– Fais profil bas, recommanda-t-il. Ne prends aucun risque, essaie d'en apprendre autant que possible ; ensuite, nous te ferons sortir de là.

Avant que Brock ait pu assimiler ce qui se passait, son père le relâcha, hocha la tête d'un air bourru et s'éloigna. Brock mit un moment à recouvrer son calme avant de le suivre au rez-de-chaussée.

Où sa mère l'attendait, une lueur assassine dans les yeux.

– Brock Lilyorchid Dunderfel, qu'est-ce qui t'est passé par la tête ?

Son père prit place au bout de la table, sur laquelle les serviteurs avaient disposé les mets préférés de Brock dans des plats d'argent : pommes de terre, poulet et petites galettes au fromage. Il ne fit pas mine de vouloir intervenir pour prendre la défense de son fils.

– Je vais régler ça, poursuivit la mère de Brock, passant en un clin d'œil de la colère à la détermination la plus farouche. Laisse-moi faire, je vais m'en occuper. J'irai à la Maison de la guilde et je dirai à cette horrible bonne femme que tu t'es trompé. Ou bien je... j'adresserai une supplique au roi en personne.

Elle serra son fils contre son cœur, et soudain toutes les émotions de la journée le submergèrent de plus belle. Ses genoux flanchèrent, mais sa mère le retint, et il sut qu'il ne tomberait pas. Pendant un instant, il se demanda si elle pourrait réellement le sortir de ce mauvais pas. Nul doute qu'elle n'hésiterait pas à tenir tête à Quilby. Elle ferait tout pour préserver son fils du danger.

Puis elle ajouta :

– Tout ça, c'est la faute de ce misérable petit elfe. Je t'avais bien dit de ne pas traîner avec lui. J'ai fait tout ce que je pouvais...

Brock se dégagea alors de son étreinte. Ses genoux ne se dérobaient plus, il était capable de tenir debout. Il regarda tour à tour sa mère, qui se tamponnait les yeux d'un geste théâtral, et son père, occupé à étaler du beurre sur un petit pain. Et ce fut avec une grande satisfaction qu'il laissa tomber :

– En fait, maman, le plus drôle, c'est que l'idée vient de papa.

Le père de Brock faillit s'étrangler sur son morceau de pain.

*

La bannière de la guilde des Aventuriers pendait lourdement dans l'air immobile du matin. Elle était censée évoquer un ciel nocturne – une « mer d'étoiles » –, mais en la voyant ainsi, tombant mollement dans la pénombre, Brock ne put distinguer la moindre tache blanche sur le fond sombre du tissu. L'étendard ressemblait plutôt à un linceul mis à sécher sur une corde à linge.

Pourtant, Brock était certain d'être au bon endroit. Tout le monde à Pierrefranche connaissait de vue la grande construction de bois délabrée où les Aventuriers avaient élu domicile. Elle se dressait contre le mur d'enceinte, presque adossée à lui, comme si elle n'en avait été qu'un simple pilier et non la dernière ligne de défense de la ville contre d'indicibles Dangers. Les enfants, qui la croyaient maudite, s'amusaient à se défier les uns les autres de passer sous ses fenêtres obscures. Les adultes, eux, n'avaient aucun doute quant à la malédiction qui pesait sur elle ; ils prenaient toujours soin de faire un grand détour pour l'éviter.

Au lieu de s'avancer vers le bâtiment, Brock resta à l'observer pendant un moment, caché dans l'ombre d'une écurie, sur le chemin de terre. Il était arrivé bien avant l'aube, et pendant tout le temps qu'il avait fallu au ciel pour s'éclaircir peu à peu, personne n'était entré ni sorti de la Maison. La laitière avec ses bouteilles et le petit postier chargé de colis et de dépliants avaient fait chacun leur tournée matinale sans s'en approcher.

Alors que le soleil commençait à pointer le bout de son nez au-dessus des remparts, une jeune fille arriva à grands pas sur la route. Elle dépassa Brock sans le voir, le regard fixé sur la bannière ballante au-dessus de l'entrée de la Maison des Aventuriers. Brock décela quelques-uns de ses propres sentiments dans la dureté de ses yeux et la rigidité de sa mâchoire. Elle avait tiré ses cheveux noirs en arrière en une queue-de-cheval serrée et effacé de son visage le fard à joues de la veille, si bien que Brock mit quelques secondes à la reconnaître. C'était la jeune noble, Liza Guerra. Une des nouvelles recrues. Comme lui.

Il s'apprêtait à l'appeler lorsqu'il vit Zed apparaître au détour du chemin. Même de loin, le garçon avait l'air malheureux. Il avait le teint blafard, les épaules affaissées. Pour un peu, Brock aurait dit que même ses oreilles étaient tombantes.

Il sortit de sous l'auvent de l'écurie et lui fit un petit signe de la main. Mais, au lieu de remonter le moral de Zed, la vue de son ami le fit se ratatiner encore davantage. Impossible de se méprendre sur l'expression de culpabilité qui assombrissait son visage.

– Dis-moi franchement, l'encouragea Brock d'un ton léger, en lui emboîtant le pas. Tu n'as pas fermé l'œil de la nuit, pas vrai ?

Zed se renfrogna et secoua la tête.

– Et toi ?

– J'ai dormi comme un bébé, répondit Brock. Un bébé qui se réveillerait en braillant dans sa couche souillée parce qu'il vient de faire un cauchemar peuplé de dents pointues qui essayaient de le mordre.

Zed baissa les yeux.

– Brock, tu n'étais pas obligé de... Je ne pourrai jamais...

– Arrête, l'interrompit son ami. Nous devons nous serrer les coudes.

Une bouffée de remords l'envahit lorsque Zed le regarda comme s'il venait d'accomplir un exploit héroïque.

– Je n'étais pas fait pour la guilde des Marchands de toute façon, reprit-il. Passe une journée aux archives royales à compulser des registres sur la rotation des cultures, ensuite tu pourras venir me parler des Dangers.

Zed leva les yeux au ciel, mais du moins ne les gardait-il plus obstinément fixés au sol.

Brock palpa la poche secrète cousue à l'intérieur de son pantalon, dans laquelle il avait caché son insigne de la guilde des Marchands – celui qui portait l'étrange motif de toile d'araignée sur l'une de ses faces. Ainsi dissimulé, l'objet était invisible aux yeux de tous, mais néanmoins impossible à oublier pour Brock qui le sentait constamment plaqué contre sa hanche.

Il désigna Liza d'un signe de tête. Elle se tenait à présent devant la porte de la Maison de la guilde et les regardait s'approcher.

– Tu la connais ? murmura Brock entre ses dents.

Elle avait l'air redoutable, avec son menton fièrement levé et ses poings sur les hanches, son impeccable tenue de chasse en cuir flambant neuve et ses deux poignards étincelants dans leurs gaines fixées à ses cuisses. Pourtant, Brock trouva qu'elle ressemblait moins à une aventurière qu'à une comédienne jouant un rôle.

– Ne me le demande pas à moi, répondit Zed. Elle et moi ne fréquentons pas exactement le même monde.

– Ça, à mon avis, ça risque fort de changer, observa Brock en lui donnant une grande tape sur l'épaule.

Quand les deux amis rejoignirent la jeune fille, elle les salua d'une légère inclinaison de la tête mais resta figée dans sa posture. Brock la vit jeter un regard sur les oreilles de Zed.

– C'est toi, l'ensorceleur, dit-elle.

– En fait, il s'appelle Zed, intervint Brock.

– Euh, enchanté de faire votre connaissance, bredouilla Zed.

Comme on pouvait s'y attendre, il devint rouge comme une pivoine et il esquissait déjà une révérence lorsque Brock le retint par le bras.

– Non, non, objecta-t-il en le forçant à se redresser. Nous sommes égaux maintenant. N'est-ce pas ?

Il soutint le regard de Liza, comme pour la défier.

– C'est exact, convint-elle sans ciller. Que chacun de nous soit donc jugé uniquement sur ses actes.

Elle s'inclina légèrement devant Zed.

– Ravie de vous rencontrer, messire.

Brock tâcha de dissimuler sa stupéfaction. Jamais il n'avait vu un noble saluer avec respect un roturier – surtout un roturier aux oreilles pointues.

– Enchanté de faire votre connaissance, lâcha Zed, oubliant visiblement qu'il l'avait déjà dit.

– Et moi, je suis heureux que tout le monde soit content, déclara Brock avec un petit sourire narquois.

Il y eut soudain un grand fracas métallique, et ils virent Jett débouler, un énorme sac sur les épaules. Il s'avança vers eux en titubant, le visage rouge, soufflant comme un bœuf.

– Désolé d'arriver à la dernière minute, s'excusa-t-il. C'est à cause de mes petites jambes.

– Tu dois y être habitué depuis le temps, non ? remarqua Brock. Elles n'ont tout de même pas raccourci ?

– En tout cas, te voilà paré, ajouta Liza.

Elle pencha la tête pour examiner les divers équipements suspendus au sac.

– C'est le chef-d'œuvre d'un maître artisan, ce maillet à manche de pierre incrusté de bronze ? Joli !

Jett dévisagea la jeune fille, ouvrit la bouche pour répondre, avant d'être pris d'une quinte de toux incontrôlable. Brock voulut lui taper dans le dos, mais, gêné par l'invraisemblable bric-à-brac, ne réussit pas à l'atteindre.

La porte de la Maison de la guilde s'ouvrit brusquement, à l'instant même où la première cloche du matin commençait à carillonner dans le lointain. Une bouffée d'air chaud et rance s'engouffra dans la fraîcheur matinale. Dans l'embrasure de la porte se tenait Alabasel Frond ; les hideuses cicatrices qui plissaient la peau de son visage luisaient dans la lumière de l'aube.

– Ça, par exemple ! lâcha-t-elle froidement. Voyez un peu ce que la wyverne nous a apporté.

Sur ces mots, elle se retira dans l'obscurité de la Maison.

Zed jeta un coup d'œil à Brock. Brock regarda Jett. Liza rejeta les épaules en arrière et entra.

Les garçons la suivirent.

La grande salle était un endroit sombre et mal aéré qui évoquait à Brock une taverne – une taverne de bas étage dans laquelle ses parents n'auraient jamais mis les pieds. Elle sentait le renfermé, et toutes les fenêtres étaient masquées par des rideaux laissant à peine filtrer une chiche lumière et imprégnés d'une odeur nauséabonde de corps non lavés. L'âtre était froid, la longue table de bois au centre de la pièce disparaissait presque sous de la vaisselle sale, et au fond de la salle se dressait une étrange statue représentant un jeune garçon, poing serré tendu devant lui comme pour dissuader quiconque de s'approcher.

Tous les compagnons de la guilde s'étaient rassemblés pour voir arriver les nouvelles recrues. Certains, adossés contre les murs, leur lancèrent des regards noirs ; d'autres, assis à la table, picoraient des miettes de viande sur les os restants du repas de la veille, avec une apparente indifférence. Brock se souvint des récriminations du seigneur Quilby : entre le taux de mortalité présumé de la guilde et le fait que ses effectifs fussent de temps à autre renforcés par des laissés-pour-compte en marge du Recrutement officiel, personne dans Pierrefranche ne connaissait le nombre exact des Aventuriers.

Brock compta deux douzaines d'hommes et de femmes et rangea cette information dans un coin de son cerveau pour plus tard.

Dans la Maison des Marchands ce matin-là, on donnerait un somptueux festin composé de cinq plats. On échangerait des cadeaux, et les citoyens les plus prospères et les plus respectés de la ville prononceraient des discours de bienvenue. Chez les Aventuriers, il en allait tout autrement. Alabasel Frond réclama l'attention en expédiant un jet de salive en direction d'un crachoir tout cabossé.

Brock se faufila entre ses camarades pour gagner la tête de leur petite troupe, obligeant Liza à lui céder la place. Dans son dos, il sentit Zed trembler de peur ou de colère à l'égard de la femme qui avait brisé son rêve. Il glissa un bras derrière lui pour saisir la main de son ami.

– Les Aventuriers côtoient la mort, commença Frond sans préambule.

Elle laissa un silence s'installer pendant de longues et pénibles secondes. La gorge sèche, Brock s'efforça de garder un visage impassible pendant qu'elle les survolait du regard.

– Ils connaissent des fins horribles et inutiles, reprit-elle enfin. Peu importe le nom que nous donnent les bonnes gens de Pierrefranche. « Aventuriers », si cela peut soulager leur conscience. Mais ne vous y trompez pas : vous êtes des *soldats*. Savez-vous quelle est la différence entre les deux ?

Elle balaya de nouveau le groupe des yeux. Brock ne savait pas trop si elle attendait une réponse ou si elle marquait un temps d'arrêt pour ménager ses effets. Liza, elle, n'hésita pas.

– La discipline, répondit-elle avec assurance.

Un sourire revêche crispa le visage couturé d'Alabasel.

– La discipline, en effet. Vous devrez respecter les voies hiérarchiques, obéir aux ordres en toutes choses et à tout moment. Mais la principale différence, c'est que, si les soldats aussi perdent la vie, leur mort a un sens.

– Tu parles d'une perspective réjouissante ! murmura Brock.

La remarque avait eu beau lui échapper, il ne la regrettait pas. Les manœuvres d'intimidation de cette femme ne lui plaisaient pas du tout.

Et il n'avait aucune intention de rester là assez longtemps pour se faire tuer, utilement ou pas.

Alabasel le considéra avec froideur, et il sentit que Liza lui décochait de biais le même regard glacial. Toutefois, les autres membres de la guilde ne semblaient pas accorder le moindre intérêt à ce qui se passait. Assis sur leurs bancs, ils bavardaient entre eux à voix basse ou se contentaient d'assister à la scène avec indifférence. Seule une jeune fille, debout près de la cheminée, l'observait en se tordant les mains. Elle ne paraissait guère plus âgée que les apprentis et portait une amulette d'argent autour du cou – un croissant de lune. Brock la reconnut aussitôt : c'était la jeune magicienne qui avait été enrôlée de force l'année précédente.

– Dis-moi, apprenti Dunderfel, dit Frond, attirant de nouveau l'attention de Brock sur ses yeux d'acier. Que signifie le symbole de notre guilde ?

Brock n'était pas tout à fait sûr de comprendre la question.

– Une mer d'étoiles ?

– Mais pourquoi ? Que représentent les étoiles ?

Brock n'y avait jamais vraiment réfléchi, mais une chose était sûre : plus il mettrait de temps à chercher une réponse, plus Frond le transpercerait de son étrange regard.

– Nous ? hasarda-t-il. Les brillantes nouvelles recrues éclairant le chemin de la gloire ?

Un barbu assis à la table pouffa dans sa chope.

– Voilà une idée charmante, admit Frond.

Elle extirpa de son ceinturon plusieurs disques de métal hérissés de lames en pointe. Des *hira shuriken*. Des étoiles à lancer.

– Et erronée, ajouta-t-elle. Comme pratiquement tout ce qui est charmant.

Elle pivota sur ses talons, décrocha une bannière étoilée du mur et l'étala sur la table, renversant du même coup une chope d'étain sans faire un geste pour la ramasser. Les murmures dans la salle s'interrompirent brusquement.

– Ici, c'est Pierrefranche, décréta Frond en plantant l'une de ses *shuriken* dans une étoile de l'étendard. Et là, Llethanyl, ajouta-t-elle en piquant une deuxième lame de la même façon. Et voici Dragnacht, Vloegstan et Everglen.

Elle enfonça les trois dernières étoiles dans l'étoffe de la bannière.

– Quelques taches de lumière dans l'obscurité, conclut-elle avant de relever les yeux sur les quatre nouvelles recrues. À notre connaissance, c'est tout ce qu'il reste. Tous les autres – villes, villages, maisons, tout le monde – sont tombés. Dévorés par les Dangers.

Zed retira sa main moite de sueur de celle de Brock.

– La seule chose que nous puissions faire, c'est empêcher la situation d'empirer, ajouta Frond. Au diable, la gloire !

Et sur ces mots, elle s'éloigna.

– Euh, chuchota Brock, on la suit ou... ?

Avec un soupir d'exaspération, Liza se détacha du groupe et s'en fut dans le sillage de Frond. Brock se tourna vers ses amis, haussa les épaules et lui emboîta le pas. La jeune fille se faufilait déjà dans la salle bondée, se glissant entre les hommes et les femmes qui les examinaient à présent en silence. Sous leurs regards inquisiteurs, Brock se sentit soudain mal à l'aise ; il ne savait plus que faire de ses mains. Il croisa le regard d'un homme au rictus méprisant – une déchirure de sa lèvre inférieure lui avait laissé une vilaine cicatrice –, tandis que, derrière lui, Jett s'ouvrait avec fracas un passage dans la foule en grommelant des excuses. La jeune magicienne fixait Zed avec intensité.

Frond les conduisait vers une sombre ouverture au fond de la salle. Quand ils passèrent devant la statue, Jett laissa échapper un sifflement discret.

– Travail remarquable ! jugea-t-il. L'œuvre d'un nain, sans aucun doute.

Brock jeta un coup d'œil perplexe sur le bras tendu de la sculpture de pierre et nota l'expression de terreur sur son visage. Il dut reconnaître qu'il n'avait jamais rien vu de pareil. Cela surpassait même les statues des Quatre Défenseurs sur la grand-place de la ville.

– Une des nouvelles recrues d'il y a quelques années, expliqua Frond. D'ailleurs, c'est assez drôle, vu qu'il avait débuté comme Fils de la Pierre.

– C'est un *chevalier* qui a sculpté ça ? s'étonna Jett avec une admiration non dissimulée.

– Tu as mal compris, rectifia Frond. C'est *lui*, la nouvelle recrue. Il a été pétrifié sur le terrain. Il a fallu trois hommes pour le ramener.

Jett en resta muet de saisissement, et Brock sentit son estomac se révulser. Instinctivement, il recula d'un pas pour se rapprocher de Zed, tandis que de sourds ricanements s'élevaient parmi les hommes assis alentour.

Traînant les pieds, ils franchirent la porte derrière Frond et descendirent un escalier aux marches inégales.

– Les chambrées sont à l'étage, annonça-t-elle. Mais inutile de vous installer confortablement tant que vous n'aurez pas été initiés.

Brock trouva ces paroles de mauvais augure.

L'escalier débouchait sur une immense salle souterraine aux murs lambrissés. Bien qu'en sous-sol, la pièce paraissait beaucoup plus claire que la salle à manger, grâce aux dizaines de lanternes suspendues au plafond. Des mannequins de paille, ainsi que plusieurs autres en armure, y étaient disposés un peu partout. Une quantité impressionnante d'objets étaient accrochés aux murs de chaque côté, au point de les recouvrir presque entièrement. Sur celui de gauche, il y avait des armes de toutes sortes, certaines que Brock connaissait déjà, et d'autres qu'il n'avait même jamais imaginées. À droite, il avisa une collection de têtes d'animaux empaillées. Il reconnut un loup et un grizzly pour les avoir déjà vus dans des livres de contes, mais il y en avait d'autres aussi, beaucoup plus insolites. Des créatures qu'il n'aurait pas aimé croiser en pleine nuit.

Deux silhouettes se détachaient parmi les mannequins. L'une était une petite femme corpulente au teint pâle. Elle portait plusieurs anneaux d'or à chaque oreille et des spalières étincelantes aux épaules. L'autre était un homme grand et mince, revêtu d'une lourde robe dont la capuche masquait ses traits. Brock distingua malgré tout une peau basanée, un nez pointu, des lèvres minces et une barbe poivre et sel. Aux anneaux métalliques de sa ceinture pendaient une multitude de clés.

– Lotte est notre intendante, annonça Frond en désignant la femme. Et Hexam est notre archiviste.

Lotte s'avança et leur adressa un sourire gracieux. Ses longues boucles blondes formaient un contraste saisissant avec les cheveux gris coupés ras de Frond. Brock scruta son visage à la recherche de la moindre cicatrice. N'en trouvant aucune, il se demanda si cette particularité la rendait unique parmi les membres de la guilde.

– Soyez les bienvenus, apprentis, les accueillit-elle. Vous allez passer beaucoup de temps dans cette salle au cours des mois à venir.

Tandis que la femme poursuivait son discours – lequel semblait avoir été beaucoup plus travaillé que tout ce que Frond leur avait débité –, Brock se pencha vers Zed, visiblement mal à l'aise dans ses bottes.

– Ça va ? lui chuchota-t-il.

– Cette odeur, répondit Zed. Qu'est-ce que c'est ?

Brock renifla l'air alentour. Ça sentait un peu plus le renfermé dans le sous-sol que dans la grande salle, mais il commençait déjà à s'y habituer.

– Les aisselles de Frond, à mon avis, murmura-t-il.

Zed ne sembla pas se détendre le moins du monde.

– L'une des choses les plus importantes que vous apprendrez ici sera de choisir et d'entretenir vos armes, énonçait l'intendante. Vous pouvez commencer par sélectionner une arme dans notre collection. En plus de ce que vous portez sur vous, elle sera tout ce dont vous disposerez pendant la durée de l'épreuve.

Zed fut le premier à lever la main.

– Euh… en quoi consiste cette épreuve ?

Alabasel lança un sourire en coin à Lotte et Hexam, comme pour partager avec eux une plaisanterie qu'ils étaient seuls à comprendre.

– L'ignorer en fait partie, répondit l'intendante.

– Heureusement que Jett a apporté sa maison avec lui, remarqua Brock, en tapotant d'un doigt une casserole en fer accrochée au sac de son camarade. Il s'agit peut-être d'une épreuve culinaire ?

Liza poussa un soupir agacé et, sans surprise, s'avança la première pour choisir son arme. Ce fut plutôt son *choix* qui étonna Brock. Passant sans s'arrêter devant plusieurs épées, des massues et une lance miniature, elle se saisit d'un bouclier étincelant terminé en pointe dans sa partie inférieure. Au travers de l'émail bleu qui le recouvrait brillaient cinq étoiles d'argent.

Jett choisit immédiatement un énorme marteau d'armes, qu'il décrocha du mur à deux mains.

– En l'honneur de tes ancêtres ? le taquina Brock.

– Je manie le marteau depuis que je suis un caillou dans la chaussure de ma mère, répondit Jett d'un ton bourru. Seulement... je ne m'en suis jamais servi contre un être vivant.

Longeant le mur à pas lents, Zed prit tout son temps pour examiner chaque objet. Brock crut tout d'abord qu'il hésitait à prendre sa décision, mais il se rendit bientôt compte que l'expression de son ami était calme et songeuse. Zed concentra son attention sur un bâton de combat et l'étudia avec soin. Aux yeux de Brock, l'arme n'avait rien d'exceptionnel. En fait, elle ressemblait à un vulgaire bâton d'entraînement pour débutants. Elle n'était même pas munie du plus élémentaire manche de cuir, au contraire du bâton plus massif accroché au mur un peu plus loin.

Brock effleura des doigts l'insigne secret caché dans son pantalon. Que faisait-il là ? Qu'était-il censé voir ?

Peut-être pourrait-il dresser un inventaire des armes rassemblées dans cette pièce. Ce devait être le genre de chose que Quilby voulait savoir. Cette armurerie était assez impressionnante et pourrait se révéler dangereuse si elle venait à tomber entre de mauvaises mains.

Brock reporta son regard sur les têtes empaillées, trophées d'anciennes victoires remportées sur les bêtes sauvages hors des murs de la ville. Une ménagerie plutôt effrayante, qui comprenait, entre autres, des lézards de toutes tailles et de toutes couleurs, ainsi qu'un insecte aux yeux à facettes, armé de mandibules grosses comme la main. Et pas seulement des têtes. Il y avait aussi, montés sur des plaques de bois, des ailes, des griffes et des mâchoires hérissées de dents pointues, sans oublier un long tentacule tapissé de ventouses et de piquants. Ces derniers rappelèrent à Brock les hideuses cicatrices qui balafraient le visage et le cou d'Alabasel Frond.

– Dunderfel, appela cette dernière. Il ne reste plus que toi.

Se retournant, Brock constata que Zed avait finalement pris le bâton d'entraînement. Tous les yeux étaient maintenant rivés sur lui. C'était à son tour de choisir une arme.

Le regard de Frond alla de Brock au tentacule, et elle fronça les sourcils. Il se douta alors qu'il tenait quelque chose d'intéressant.

Il décrocha le tentacule du mur, fléchissant légèrement sous son poids.

– Qu'est-ce que tu fais ? demanda Hexam.

– Je prends mon arme. Vous avez bien dit de la choisir parmi tout ce qu'il y avait aux murs, non ?

– Ne sois pas ridicule, s'emporta Frond, furieuse, en reculant d'un pas. Cette chose ne saurait être d'aucune utilité.

– Alors, elle doit avoir de la valeur, puisqu'elle est exposée ici, répliqua Brock. J'en déduis donc que j'aurai plus de chances de terminer cette épreuve sain et sauf tant que je la garderai avec moi. Ce qui en fait une arme, non ?

Frond serra les mâchoires.

– Comme tu voudras, grogna-t-elle. Mais, à mon avis, tu vas le regretter.

Elle pointa le doigt vers la porte voûtée au fond de la pièce.

– Suivez le couloir jusqu'à ce que vous arriviez à une porte. Franchissez-la tous ensemble et refermez-la derrière vous. Je viendrai vous donner des instructions.

Soulagé de savoir que ses compagnons et lui demeureraient ensemble pour affronter ce qui les attendait, Brock se remit à respirer plus calmement. Mais, comme ils sortaient de la salle d'un pas traînant, il sentit une sourde douleur se répandre dans le bas de son dos. Il se mordait déjà les doigts d'avoir pris le tentacule.

Ils longèrent un corridor éclairé à intervalles réguliers par des lanternes. Une fois la salle des trophées loin derrière eux, Liza s'écarta pour laisser passer Zed et Jett. Brock, qui peinait à porter son fardeau, restait à la traîne.

– Tu as besoin d'aide ? lui demanda-t-elle.

– En fait, si tu pouvais...

– Tant pis, le coupa-t-elle avec brusquerie. Maintenant, écoute-moi bien. C'est la deuxième fois que je te vois. Et, les deux fois, tu as réussi à te donner en spectacle, sans raison valable, d'après moi.

Les joues de Brock s'enflammèrent d'un seul coup.

– C'est ça ! Parce que ta famille à toi n'a pas fait de scène pendant la cérémonie du Recrutement, peut-être ?

Au souvenir de l'incident, Liza eut un mouvement de recul, et Brock éprouva une pointe de remords. Mais la jeune fille eut tôt fait de recouvrer son sang-froid.

– On ne parle pas de Micah, mais de toi. Tu dois réfléchir aux conséquences de tes actes. Parce que tu fais partie d'une équipe maintenant.

– Ah oui ? riposta Brock, incapable de renoncer à son attitude défensive. Et qui donc est mort, pour qu'on te nomme capitaine à sa place ?

Elle pinça les lèvres et jeta un regard lourd de sous-entendus sur le tentacule.

– Je crois que ça va bientôt t'arriver, murmura-t-elle.

Elle fit demi-tour, lui balançant au passage sa queue-de-cheval en pleine figure, et reprit sa marche en toute hâte, forçant Brock à batailler pour la rattraper. Il sentait une douleur cuisante irradier dans ses jambes, ses doigts lui faisaient mal et, pour couronner le tout, il avait nettement l'impression que le sol commençait à monter en pente douce.

– J'espère ne jamais rencontrer le monstre auquel on a tranché ce tentacule, grommela-t-il, avant de regretter aussitôt d'avoir gaspillé son souffle.

Il rejoignit les autres, arrêtés devant une lourde porte métallique qui leur bloquait le passage.

– Qu'est-ce qu'on va trouver là-dedans, d'après vous ? demanda Jett.

– À mon avis, c'est quelque chose qui ne nous voudra aucun bien, supposa Zed.

Brock tenta de lancer une plaisanterie, mais ne put que souffler bruyamment.

Liza leva son bouclier et, de sa main libre, dégaina l'un de ses poignards.

– Restez derrière moi jusqu'à ce que j'en décide autrement, ordonna-t-elle.

Brock voulut protester, par principe, mais il s'aperçut qu'il n'avait rien à opposer à ce plan. Alors, il se tourna vers Zed.

– On reste ensemble, lui rappela-t-il.

Zed lança un regard sceptique sur le tentacule.

– Tout ira bien, reprit Brock. Ils n'ont sûrement pas envie de faire tuer leurs nouvelles recrues dès le premier jour.

– Pas tous, en tout cas, intervint Liza.

Elle ouvrit la porte d'un coup de pied, et les quatre camarades s'élancèrent en avant… et se retrouvèrent dehors, en plein soleil. La porte claqua aussitôt derrière eux. Brandissant le tentacule comme une lance, Brock plaqua son dos contre celui de Zed, le temps de laisser ses yeux s'accommoder à la lumière.

– On est dehors, constata Zed.

– Évidemment, répondit Brock. Le soleil est…

– Non, je veux dire, on est *à l'extérieur*. À l'extérieur des remparts !

Brock cligna furieusement des paupières. D'un côté, il vit la grande muraille de pierre, et de l'autre… des *arbres*.

– Apprentis ! appela une voix désormais familière.

Ils se retournèrent et levèrent le regard vers le faîte du mur. La silhouette d'Alabasel Frond se profilait au-dessus d'eux.

– Voici la consigne : restez en vie jusqu'à demain matin.

Sur ces mots, elle disparut de leur vue et les abandonna à la forêt et aux bruits étranges et sinistres qui en parvenaient.

Chapitre cinq

Zed

Zed plissa les paupières pour laisser à ses yeux le temps de s'habituer à la clarté éblouissante du matin. Peu à peu, les images troubles se firent plus nettes, plus détaillées.

La première bribe de pensée qui lui vint fut : « vert ».

Le monde au-delà des remparts était vert vif. Les arbres formaient des bosquets touffus, aussi serrés les uns contre les autres que les étals sur la place du marché. Leurs branches se disputaient l'espace, comme des frères et sœurs qui se chamaillent. La lumière matinale se déversait entre les frondaisons, projetant des reflets mouvants sur le tapis d'herbe luxuriante juste en dessous.

Tout était tranquille derrière les murailles. Zed perçut ce qu'il prit tout d'abord pour un chœur de voix chuchotantes, avant de se rendre compte qu'il s'agissait du vent agitant le feuillage.

Sa seconde pensée fut : « Nous allons mourir ici. »

Il recula d'un pas, et son dos heurta la porte métallique qui s'était refermée hermétiquement derrière eux.

– Elle plaisantait, n'est-ce pas ? demanda-t-il, essayant en vain d'étouffer la note de panique perceptible dans sa voix.

– Mais bien sûr ! acquiesça Brock. Frond est une vraie comique, tout le monde sait ça !

– Hé ! lança Jett en direction du parapet où s'était tenu le Basilic quelques instants plus tôt. Hé, attendez ! On n'a pas de provisions. Comment on fait pour manger ?

Il n'obtint pour toute réponse que le glapissement d'un oiseau dans le lointain.

– Ça n'a rien à voir avec une épreuve, gémit Zed. C'est un meurtre ! Nous n'avons même pas suivi de formation !

Liza plissa le front. Depuis que Frond avait disparu du sommet des remparts, elle observait attentivement la lisière des arbres devant eux.

– Ne faites pas de bruit, recommanda-t-elle. Nous ne savons pas ce qui se cache là-bas.

– Je crois que c'est exactement à ça qu'il faisait allusion, commenta Brock.

Un tumulte assourdissant éclata dans un arbre. Zed poussa un cri et, laissant tomber le bâton qu'il avait choisi dans l'armurerie, se couvrit la tête de ses mains.

Une volée d'oiseaux surgit des branches et s'envola à tire-d'aile.

– Tu veux bien te *calmer* ? gronda Liza. S'il y a quelque chose ou quelqu'un là-bas, c'est sûr qu'il sait maintenant où nous trouver.

– Désolé, s'excusa Zed.

Se penchant pour ramasser son bâton, il surprit le regard protecteur que Brock posa sur lui avant de se tourner vers Liza.

– Je commence à en avoir assez de ton numéro de petit chef, protesta son ami à l'adresse de la jeune fille. Tu te crois meilleure que nous parce que tu as des habits de cuir pour faire chic et une paire de poignards ?

Liza fronça les sourcils, mais ne daigna pas lui accorder un regard.

– Meilleure que toi, en tout cas, riposta-t-elle. Je ne sais pas ce que tu essayais de prouver avec ce... cette chose..., mais j'espère pour toi que ça en valait la peine. Parce qu'elle est certainement plus inutile que le bâton de ton ami.

Brock serra le tentacule contre sa poitrine.

– Là, tu deviens carrément méchante. Messire Bras-de-Fer est très susceptible.

Jett pouffa.

Zed détourna son attention de la chamaillerie. Il y avait quelque chose d'étrange dans l'air, une particularité qu'il ne réussissait pas tout à fait à cerner. Quand une soudaine bourrasque agita le feuillage alentour, il inspira profondément et décela une pointe de fraîcheur piquante portée par le vent. Des fourmillements lui remontèrent le long de la colonne vertébrale, comme un frisson à la fois fébrile et vivifiant.

– Vous sentez cette odeur ? demanda-t-il. On dirait… de la menthe.

Brock haussa un sourcil, mais, pour une fois, Liza ne lui fit pas de remarque désobligeante. Au contraire, elle hocha la tête.

– Ça doit venir des écrans de protection que les Mages utilisent pour repousser les Dangers. Il paraît que la magie dégage une odeur mentholée.

– Je ne sens rien, remarqua Jett.

– Tu n'es pas magicien, rétorqua Liza. Ni ensorceleur, ajouta-t-elle, avec un mouvement du menton en direction de Zed. Ma mère a reçu un jour le mage Chhibber dans l'un de ses salons. Elle a dit qu'il fallait posséder des pouvoirs magiques pour être capable de déceler la magie.

– Donc, si les barrières en question refoulent les monstres, conclut Brock pensivement, nous devrions être en sécurité à proximité des murs, pas vrai ?

Liza ouvrit la bouche pour lui répondre – de toute évidence, par un commentaire acerbe – mais se ravisa.

– Ça me semble logique, en effet, concéda-t-elle.

– Oh, merci, soupira Brock, qui laissa tomber son tentacule à terre avec un grognement soulagé. Ce truc commençait vraiment à peser une tonne.

– Mais, je ne sais pas pourquoi, ajouta Liza, je doute que l'épreuve consiste simplement à rester près des remparts.

Elle n'en baissa pas moins son bouclier et fit rouler ses épaules pour les décontracter.

Jett déposa sur le sol son énorme sac à dos cliquetant, puis s'affala à côté.

– Ils veulent seulement nous faire peur, c'est tout, affirma-t-il d'un ton jovial. J'ai entendu dire que, pour leurs rites d'initiation, les forgerons se servaient de seaux ensorcelés qu'ils se procuraient auprès des mages. L'eau qu'ils contiennent est glacée en permanence.

Zed s'assit à son tour, mais prit soin de s'adosser fermement contre la muraille. Il posa le bâton d'entraînement sur ses genoux et se remit à scruter les arbres. Maintenant que son cœur avait cessé de battre à tout rompre, il pouvait se concentrer davantage sur ce qui l'entourait.

Même le mur paraissait plus vert de ce côté-là. Les branches de lierre agrippées à la pierre faisaient penser à des veines émeraude sur un gigantesque cou gris. Zed suivit des yeux la courbe de la muraille jusqu'aux portes de la ville, à quelque cent mètres de là.

Malgré tout le temps qui avait passé, on voyait encore les vestiges de l'ancienne route s'enfoncer dans la forêt. Elle avait jadis été l'artère principale permettant de faire entrer dans la ville ressources vitales et voyageurs de toutes sortes. Désormais, les pavés en étaient fissurés et recouverts de lichen.

Des oiseaux chantaient, de leurs voix flûtées et mélodieuses – beaucoup plus fort que leurs congénères dans l'enceinte de la ville –, et, partout où le soleil dardait ses rayons, des grains de pollen scintillaient dans l'air, comme de la poussière magique dans un conte de fées.

Derrière se dressait la forêt, froide et impénétrable. Elle donnait à Zed l'impression d'une unique et sombre silhouette, qui les observait de ses yeux noyés d'obscurité. Il évita de la regarder en face.

Plusieurs heures s'écoulèrent en silence. Zed passa sa première matinée en tant qu'Aventurier à cueillir des brins d'herbe et à écouter les cloches du temple carillonner par-dessus les remparts. Une sonnerie après l'autre, le matin s'estompa et, avant que Zed ait eu le temps de s'en rendre compte, le soleil était déjà haut dans le ciel.

Il se trouvait si près du mur qu'il percevait le bourdonnement de la ville, grouillante de vie de l'autre côté. Bientôt, de délicieuses odeurs de pain tout juste sorti du four vinrent leur chatouiller les narines.

– Je meurs de faim, annonça Jett d'un ton lugubre. Je croyais qu'ils nous donneraient au moins à manger.

– Nous donner à manger à qui ? railla Liza.

Se retenant de pousser la plaisanterie plus loin, elle s'empressa de se retourner vers les arbres.

– On devrait peut-être manger le tentacule ? suggéra Zed. Ça leur apprendrait.

– Laisse messire Bras-de-Fer en dehors de tout ça, protesta Brock.

Il se tenait debout, adossé au mur. Si son attitude paraissait un brin désinvolte, il scrutait les bois avec autant d'intensité que Liza. La jeune Guerra, pour sa part, faisait toujours le guet. Elle avait planté ses poignards dans le sol à ses pieds, mais gardait le bouclier de fer sur son bras.

– Vous croyez qu'on pourrait trouver quelque chose de comestible par ici ? demanda Jett. Des baies ou... je ne sais pas... des légumes sauvages ? Qu'est-ce qui pousse à l'extérieur des murs ?

– Comme si on le..., grommela Brock.

– L'herbe-aux-Elfes pousse autour de la cité, le coupa Liza. On peut en manger sans risque. Il y a aussi la laitue du chasseur.

Les trois garçons la dévisagèrent avec stupéfaction.

– Quoi ? fit-elle.

– Je m'étonne seulement qu'une jeune fille de la noblesse en sache autant sur les plantes sauvages, répondit Brock. Au fait, rappelle-moi, quelle fourchette doit-on utiliser pour manger l'herbe-aux-Elfes ? Je me trompe toujours.

Liza plissa le nez.

– Excuse-moi de m'être renseignée à l'avance, ironisa-t-elle. Au moins, il y en a une parmi nous qui ne sera pas prise au dépourvu.

– Mais comment ça se fait ? insista Zed. Je veux dire, comment pouvais-tu savoir que tu serais recrutée par la guilde des Aventuriers ?

Liza laissa échapper un gros soupir. Elle hésita un instant avant de se décider.

– Brock n'est pas le seul à s'être porté volontaire, expliqua-t-elle. Quelques semaines avant le Recrutement, j'ai écrit à Frond en secret pour lui demander de me prendre dans la Mer d'Étoiles. Même mes parents ne sont pas au courant. Mais, au contraire de Brock, je me suis préparée avant de venir.

Zed fut le premier étonné par la réaction que déclencha en lui cette révélation. Il ressentait… de la colère. Il jeta un coup d'œil à ses deux amis. Jett se mordillait la lèvre d'un air gêné. Brock semblait momentanément muet de stupeur.

– Pourquoi ? demanda finalement Zed d'une voix à peine plus forte qu'un murmure. Pour quelle raison t'es-tu engagée volontairement dans la guilde la plus dangereuse de Pierrefranche ?

Ses paroles sonnaient à ses propres oreilles comme une accusation, mais il était incapable de réprimer son indignation. Il percevait la décision de Liza comme une insulte à son propre enrôlement forcé. Quel genre de personne fallait-il donc être pour choisir de son plein gré de mener pareille vie ?

– Peu importent mes raisons, répliqua Liza, soudain sur la défensive. Je ne suis pas différente de vous tous.

– Aucun de nous n'est arrivé équipé de pied en cap, avec pantalon de cuir et armes étincelantes, grogna Brock. Combien ton noble père a-t-il dû débourser pour se les procurer dans un délai aussi court ? Probablement plus que ce que la mère de Zed gagne en une année.

La peau mate de Liza vira au rose éclatant. Zed se douta que ses propres joues avaient pris la même couleur.

– Tu ne sais rien de moi ni de ma famille, riposta-t-elle.

– Oh, mais c'est là que tu te trompes, poursuivit Brock, manifestement très en veine. Vois-tu, nous avons rencontré ton frère au marché, pas plus tard qu'hier matin. Et il n'a eu aucun scrupule à passer devant Zed pour lui prendre sa place. Comme s'il le considérait comme un moins que rien. Reconnais qu'il y a encore une semaine, tu aurais préféré cracher sur Zed plutôt que de lui serrer la main. Alors, ne viens pas nous raconter que nous sommes pareils !

– Brock..., intervint Zed. Laisse tomber, ce n'est pas grave.

– Écoute donc ton ami, gronda Liza. Tu ferais vraiment bien de la fermer.

Brock leva les bras en l'air.

– Et voilà la jeune noble qui ordonne aux gens du peuple de se taire ! Il n'a pas fallu longtemps. Et moi qui croyais que chacun serait jugé équitablement !

Une lueur glaciale s'alluma dans ses yeux, et il s'inclina dans une révérence exagérée.

– Veuillez nous excuser si notre ignorance crasse vous ralentit, Votre Seigneurie. Si seulement nous avions su qu'un membre de la très illustre famille Guerra avait *choisi* de s'encanailler avec nous lors de notre première sortie en tant que boucliers humains de Pierrefranche...

Le visage de Liza s'était totalement figé. Zed, qui s'attendait à ce qu'elle se jette sur Brock, s'apprêtait à la retenir. Aussi fut-il étonné de voir, à la place, une petite larme déborder du coin de son œil et descendre en tremblant vers sa joue. Liza l'essuya d'un geste impatient et tourna les talons.

– Je vais chercher de quoi manger, annonça-t-elle.

Et elle se mit en route avant qu'aucun d'eux ait eu le temps de protester. Quelques instants plus tard, elle avait disparu parmi les arbres.

Les trois garçons l'avaient suivie du regard, bouche bée.

– Elle… elle est partie, constata Zed. Elle s'est éloignée du mur.

– Elle ne risque rien, assura Brock d'un ton maussade. Elle s'est tellement bien *préparée* et tout.

– Tu as été plutôt dur avec elle, remarqua Jett. Même si tu n'avais pas tort.

Les sourcils froncés, Zed lança un regard à son ami.

– Je sais que tu voulais prendre ma défense, mais…

– Pas seulement la tienne, l'interrompit Brock. La mienne aussi. Un petit peu, ajouta-t-il avec un soupir.

Zed tourna de nouveau les yeux vers la forêt, sidéré par la rapidité avec laquelle celle-ci avait avalé la silhouette fugitive de la jeune fille.

– Alors… euh… vous croyez que j'ai mes chances avec elle ? demanda Jett, en caressant distraitement le duvet à son menton. J'ai eu l'impression qu'elle m'envoyait des signaux encourageants.

Zed éclata de rire malgré lui.

– À toi de jouer ! répondit Brock. Ce n'est pas moi qui t'en empêcherai.

Un jacassement strident éclata soudain dans la forêt, ponctué de brusques silences.

Ce bruit n'avait rien d'humain.

Zed et Jett bondirent sur leurs pieds et empoignèrent leurs armes.

– Oh, non…, gémit Zed. Qu'est-ce que c'était ?

– Liza ! appela Jett en direction des arbres. Ça va ?

Pas de réponse.

– Ses… ses poignards, bredouilla Brock, les yeux écarquillés. Elle a oublié ses poignards.

Il se précipita pour s'emparer des deux lames fichées dans le sol. Dans sa hâte, il dérapa, l'une des lames lui échappa des mains et s'envola par-dessus son épaule. Elle manqua Jett d'un cheveu et alla transpercer la peau du tentacule juste à côté de lui.

– Fais donc attention ! protesta le nain.

Brock se remit d'aplomb et arracha le poignard planté dans le tentacule. La lame était barbouillée d'une traînée d'un noir verdâtre qui collait au métal. Sans un mot, il se rua vers la forêt et s'enfonça parmi les arbres.

Indécis, Zed considéra d'un regard perplexe le pitoyable bâton qu'il tenait à la main. Qu'est-ce qui lui avait pris de choisir une arme aussi inutile ? Sur le moment, dans la Maison de la guilde, il avait trouvé…

Il secoua la tête. Il était trop tard pour y penser. Jett et lui s'élancèrent dans les bois à la suite de Brock.

*

Au cœur de la forêt, il faisait plus sombre et beaucoup plus froid qu'à la lisière des arbres. Des arbres, il y en avait *partout*. L'air alentour était vif et piquant, si tonique que Zed s'en sentait tout léger et empli d'énergie. Fouillant les alentours du regard, il repéra le pourpoint de Brock, qui se faufilait entre les troncs.

– Par ici ! cria-t-il à Jett, en s'élançant derrière son ami.

Les deux garçons progressaient vaille que vaille en haletant. Dans le silence des bois, Zed entendait son propre cœur tambouriner à ses tympans.

Il aperçut enfin l'éclat miroitant du bouclier métallique de Liza, qui captait la lumière filtrant à travers les branches. La jeune fille le maniait avec une dextérité que seul un long apprentissage permettait d'acquérir.

– Pas trop tôt ! s'écria-t-elle. Vite ! Venez vous placer derrière moi en formant un V. Ça nous donnera l'air plus impressionnant.

Devant eux se tenaient trois créatures comme Zed n'en avait jamais vu.

Un peu plus grandes que Jett, elles marchaient sur deux jambes, à l'instar des êtres humains, mais leurs corps étaient verts et recouverts d'écailles comme ceux des lézards. Leurs pieds nus se terminaient par d'horribles griffes et leurs visages, par de longs museaux pointus d'où sortaient des rangées irrégulières de dents acérées, pareilles à de répugnantes stalactites.

Curieusement, elles étaient toutes trois vêtues d'une sorte de patchwork de lambeaux de cuir. Deux d'entre elles étaient armées de lames courbes aux bords déchiquetés, qu'on aurait dites taillées dans de l'os.

La troisième tenait un gros fémur à l'extrémité duquel était attachée une pierre écarlate, en une sinistre imitation d'un sceptre de mage. Les écailles de cette créature-là étaient teintées de rouge.

Zed en croyait à peine ses yeux, pourtant cela ne faisait aucun doute. Ils avaient assurément affaire à des Dangers. Des monstres réels et bien vivants se dressaient devant eux.

Comme Liza le leur avait ordonné, Brock se hâta de se poster derrière la jeune fille, les poignards pointés devant lui. La lame qui s'était plantée dans le tentacule portait encore des traces noir verdâtre.

– Ne vous laissez pas tromper par leur petite taille, les avertit Liza. Ce sont des kobolds. Ils sont malins et très méchants.

En entendant la mise en garde de Liza, la créature au sceptre darda sur elle ses yeux jaunâtres et poussa un cri, une sorte de jappement aigu – on aurait presque dit un chien –, bientôt imitée par les deux autres, qui se mirent à aboyer.

Zed sentit aussitôt des picotements lui descendre le long des bras. Si les glapissements lui rappelaient les hurlements d'une meute de chiens de chasse affamés, il y percevait aussi autre chose : une intelligence féroce.

Ces kobolds communiquaient entre eux.

Les deux monstres munis de sabres bondirent en avant, leurs armes brandies. L'un d'eux se rua sur Brock. Il fut instantanément stoppé dans son élan par Liza, qui, levant haut son bouclier, dévia la redoutable lame de la créature et lui asséna en retour un grand coup d'écu.

Le second assaillant en profita pour décrire autour d'elle un arc de cercle.

– Ils essaient de nous contourner ! cria Liza. Jett, es-tu vraiment capable de soulever ce marteau ?

À l'appel de son nom, le jeune nain sembla reprendre ses esprits. Il leva son arme à bout de bras et se précipita en avant, avec un cri évoquant une tentative de rugissement. Quelques secondes plus tard, il percutait de plein fouet le kobold. Le monstre poussa un hurlement lorsque le marteau s'abattit sur lui et il alla s'effondrer comme une masse deux mètres plus loin.

Le kobold qui avait engagé le combat avec Liza réagit à l'attaque de son camarade par un glapissement furieux. Il plongea en avant, bras et jambes repliés, et se laissa agilement rouler derrière la ligne de défense de Liza.

– Non ! hurla Brock.

La créature se releva d'un bond, mais le garçon s'était déjà interposé, les deux poignards à la main, prêts à intercepter le sabre.

Zed n'avait jamais vu Brock se battre. Malgré la langue acérée de son ami, peu nombreux étaient les gamins assez stupides pour s'en prendre au fils d'un marchand. Et les imbéciles qui s'y risquaient se retrouvaient en général nez à nez avec un chevalier en armure. Mais le désespoir semblait avoir fait éclore un talent inné chez Brock. Il fit virevolter les poignards et, dans un crissement de lames, détourna un méchant coup de sabre destiné à Liza. Puis, le bras tendu devant lui, il agita le couteau maculé dans tous les sens pour repousser le kobold.

Zed, pour sa part, était pétrifié. Cloué sur place, il tentait désespérément de garder un œil sur tout en même temps. De ses mains moites de sueur, il se cramponnait au bâton d'entraînement qu'il tenait devant lui en guise de défense.

– Diantre, ils sont sacrément rapides ! jura Liza entre ses dents, tout en pivotant sur ses talons pour faire face au kobold forcé de reculer. Vous autres, rassemblez-vous ! tonna-t-elle à l'adresse de ses camarades. Formez un cercle !

Le kobold que Jett avait jeté à terre se releva en faisant claquer ses mâchoires. Le nain se glissa à côté de Liza, tenant bien haut son marteau d'armes, prêt à frapper si le monstre s'avisait de s'approcher.

Avec un jappement, les deux kobolds esquissèrent un mouvement en avant, mais se contentèrent de harceler les quatre compagnons tout en restant hors de portée de leurs armes.

Puis Zed la reconnut.

Une sensation familière l'envahit tout entier, semblable à celle qu'il avait éprouvée en présence des barrières magiques de Pierrefranche. Sauf que, au lieu d'un parfum de menthe, elle s'accompagnait d'une infecte odeur de brûlé qui lui donna un haut-le-cœur.

Il avait détecté cette puanteur une fois déjà, dans la salle des armes de la guilde.

Les yeux de Zed allèrent se poser sur le troisième kobold, celui qui tenait le sceptre. La pierre rouge qui couronnait le bâton brillait d'un éclat sinistre.

– C'est de la magie ! s'écria Zed.

Liza se retourna à la seconde où le kobold levait son sceptre. La pierre s'illumina de mille feux.

Tout se passa en un instant. Un terrible grondement résonna à travers la forêt, plus assourdissant que les cloches les plus bruyantes du temple de la Voie d'Or. L'air autour de la pierre rouge tourbillonna, prenant peu à peu une teinte verte des plus malsaines.

Un halo de brume verdâtre tournoya autour de l'extrémité du sceptre, pareil à un nuage d'orage, puis les miasmes pestilentiels déferlèrent en une vague grossissante, droit sur Liza.

La jeune noble s'arc-bouta sur ses jambes, les pieds fermement plantés dans le sol.

– Baissez-vous ! rugit-elle.

Jett et Brock en étaient encore à plonger derrière elle lorsque le sortilège frappa le bouclier de Liza. La nuée putride se fracassa contre le fer, crachant dans toutes les directions. Les deux guerriers kobolds s'écartèrent d'un bond, mais Zed ne fut pas aussi rapide. Un panache de brouillard l'engloutit.

Zed eut le réflexe de retenir son souffle, mais les émanations toxiques lui brûlèrent les yeux, qui s'emplirent de larmes. Il sentit ses membres se vider de leurs forces à mesure que les miasmes le submergeaient.

Zed toussa soudain et, incapable de s'arrêter, avala une grande goulée d'air empoisonné. La tête lui tourna, son estomac se révulsa, tandis que le monde autour de lui basculait. Il tomba à genoux et lâcha son bâton.

Il avait bel et bien envie de vomir à présent, et il aurait rendu tripes et boyaux s'il avait eu dans l'estomac quelque chose à régurgiter.

À travers le brouillard obscur, il pouvait à peine distinguer ses amis, blottis les uns contre les autres derrière le bouclier de Liza.

Puis il vit les kobolds.

Les deux monstrueux guerriers venaient de repérer le mouton qui s'était éloigné de son troupeau. Ils s'avançaient vers lui à grandes enjambées menaçantes, silencieux dans les ténèbres.

Zed ne tenait plus debout. Il n'était même pas sûr de pouvoir encore lever son bâton. Quel que fût le sort jeté par le kobold magicien, il avait produit son effet. Zed se retrouvait totalement sans défense.

L'odeur nauséabonde l'assaillit de nouveau – une pestilence d'œufs pourris en train de brûler. Elle flottait, comme portée par... autre chose. Zed se rappela l'étrange odeur qu'il avait détectée aux abords du mur d'enceinte de Pierrefranche.

Cette sensation curieuse, il l'avait également éprouvée dans la Maison de la guilde, le matin même. Lotte leur avait ordonné de choisir leurs armes, sans oublier de souligner l'importance de cette décision pour leur avenir. Zed avait été saisi d'appréhension en regardant ce mur couvert d'instruments dont il ne savait absolument pas se servir. Pour certains, il n'était même pas sûr de pouvoir les tenir correctement.

Alors, il l'avait perçue. Une impression lancinante de picotements. Une force inexplicable qui l'avait attiré...

... vers le bâton.

Son regard tomba sur la canne de bois à portée de sa main.

Elle avait l'air d'une arme d'entraînement tout à fait ordinaire. En assez mauvais état, d'ailleurs.

Seulement, il y avait autre chose. Une force à l'intérieur qui exerçait une attraction irrésistible sur Zed, comme elle l'avait déjà fait ce matin-là. Il lui suffisait de...

Les kobolds arrivaient sur lui. Le plus proche, à quelques pas seulement, leva sa lame en dents de scie.

Zed tendit le bras pour saisir le bâton et, à la seconde où sa main entra en contact avec le bois, ce qui se trouvait à l'intérieur – quoi que ce fût – en jaillit et s'empara de lui. Alors, quelque chose au plus profond de son être, une source secrète, frémit avant de s'embraser.

Il brandit son bâton, et l'air alentour ondoya. Le bois devint de plus en plus chaud dans sa main, puis brûlant. Malgré tout, Zed tint bon.

Les kobolds hésitèrent, juste une seconde de trop.

Le bâton explosa.

En quelques instants, le feu fut partout : dans l'air, sur le sol, dans les mains de Zed. Fusant d'entre ses doigts, les flammes dévorèrent le nuage empoisonné, comme autant de créatures affamées. Les kobolds, piégés dans l'explosion, hurlèrent à pleins poumons.

Zed vit les formes sombres de leurs corps catapultées dans les airs.

L'incendie entourait Zed de toutes parts, mais il en avait à peine conscience. En revanche, il se sentait... pleinement satisfait. Fort. Plein d'assurance. Le bâton palpitait de contentement dans sa main.

Puis tout s'estompa.

Les flammes vacillèrent, mourant aussi rapidement qu'elles s'étaient allumées. Le bâton de bois se fendit dans la main de Zed avant de se briser en deux. Baissant les yeux, il s'aperçut que le feu en avait noirci les extrémités. Il releva la tête.

En fait, *tout* autour de lui était devenu noir. Il se retrouvait au milieu d'un cercle incandescent. Le sol carbonisé continuait de se consumer à l'intérieur du rond. De son pourtour s'élevaient des volutes de fumée.

Les deux kobolds étaient retombés en tas fumants à plusieurs mètres de là. Seul Zed n'avait pas été touché par les flammes.

Il croisa le regard de Brock. Jett, Liza et son ami le contemplaient fixement, les yeux écarquillés, la bouche grande ouverte.

– Zed ? appela Brock timidement.

Liza fut la première à reprendre ses esprits. Elle se retourna vers le kobold sorcier. La créature lança un cri de fureur et brandit son sceptre une fois de plus.

– Il va nous jeter un sort ! prévint Liza.

Elle se rua en avant, pressant son épaule contre l'intérieur de son bouclier. Le choc entre la jeune fille et le monstre s'accompagna d'un effroyable fracas métallique. Ce fut la jeune fille qui l'emporta.

Violemment repoussé en arrière, le kobold laissa tomber son sceptre. Jett s'en approcha, leva haut son marteau de guerre et l'abattit avec force sur la gemme. Pulvérisée, la pierre ne laissa échapper qu'une vacillante lueur rouge sang.

Le kobold, assez futé pour se rendre compte qu'il avait perdu la partie, se releva d'un bond et s'enfuit à toutes jambes dans la forêt en beuglant. Zed essaya de le suivre des yeux, mais ne tarda pas à perdre de vue ses écailles parmi les arbres.

À bout de souffle, les quatre apprentis se retrouvèrent seuls dans le bois.

Liza se tourna vers ses compagnons. C'était la première fois que Zed la voyait sourire.

– Ça alors ! souffla-t-elle. C'était *incroyable* !

*

À la nuit tombée, les quatre apprentis avaient mangé tout leur content de légumes sauvages.

Adossé au grand mur d'enceinte de Pierrefranche, Zed surveillait en silence la lisière de la forêt.

La lumière des flambeaux à l'intérieur de la ville débordait par-dessus la muraille et leur procurait assez de clarté pour leur permettre de voir.

La nuit semblait donner à la forêt de nouvelle voix. D'étranges cris résonnaient entre les arbres – jacassements perçants, hurlements sourds et lugubres.

Zed était trop fatigué pour avoir encore peur. Quoi qu'il eût fait avec le bâton, cela l'avait vidé. Il se sentait plus exténué qu'il l'avait jamais été de toute sa vie. Il savait ce qu'était la mana : la force dont les magiciens se servaient pour lancer des sorts. Il avait même puisé dans sa propre mana un jour, après avoir lu le petit livre d'un profane sur la magie que Brock lui avait offert. Il avait éprouvé exactement ce que décrivait la brochure : l'impression qu'un réservoir de... *quelque chose* existait en lui. Quelque chose qui n'appartenait qu'à lui.

Or, ce réservoir était maintenant complètement à sec. Le bâton en avait épuisé tout le contenu.

C'était Jett qui lui avait expliqué ce qui s'était passé.

– C'est une arme ensorcelée, lui avait-il dit avec nonchalance alors qu'ils regagnaient les remparts. Mon père travaille dessus quelquefois. Ton bâton était chargé d'un sortilège, prêt à être utilisé par un mage. Il en existe de plusieurs sortes, d'ailleurs. Mon père dit que les runes des nains sont les plus puissantes, mais en réalité plus personne à Pierrefranche ne sait les fabriquer.

– Tu savais que le bâton était... enchanté quand tu l'as choisi ? lui avait demandé Brock.

Zed avait haussé les épaules.

– Non. Il y avait bien quelque chose qui me paraissait bizarre, mais je ne savais pas quoi. Pour parler franchement, j'ai failli choisir une lance à la place. Je ne me suis décidé à prendre le bâton qu'à la dernière seconde.

– Et heureusement que tu l'as fait ! s'était exclamée Liza avec entrain.

Zed avait été si heureux de cet éloge qu'il ne leur avait pas précisé que la magie du bâton était... différente de celle qui entourait les remparts. L'odeur n'était pas du tout la même.

Brock arracha Zed à ses pensées.

– Regarde les étoiles.

Du doigt, il désigna au-dessus des arbres une myriade de lueurs scintillantes s'étendant à perte de vue.

– On dirait presque qu'elles sont plus nombreuses, vues d'ici.

– En effet, confirma Liza. À cause des lumières de la ville, on les voit moins bien à l'intérieur des murs. Les étoiles ont besoin d'obscurité pour briller.

Zed prit une profonde inspiration pour capter les senteurs de la forêt et l'odeur mentholée des écrans magiques. Cela faisait maintenant des heures qu'il se contentait d'admirer tranquillement les arbres, immergé dans les sons presque liquides que produisait le vent dans sa course à travers le feuillage.

Maman, songea-t-il, *je me trouve à l'extérieur des remparts. Je suis dehors et c'est... magnifique. Savais-tu qu'il existe une plante appelée herbe-aux-Elfes ? Elle pousse tout autour de la ville.*

Zed se retourna et surprit Brock, la mine renfrognée, absorbé dans la contemplation des deux poignards posés devant lui. Liza lui avait dit de les garder pour le moment. De toute façon, elle ne pouvait pas s'en servir en même temps qu'elle tenait son bouclier. L'une des lames conservait toujours les traces du tentacule : des traînées visqueuses d'un noir verdâtre obstinément collées au métal. Quelques heures plus tôt, Brock avait essayé d'effacer l'infâme magma, mais la substance – quelle qu'elle fût – avait dissous l'étoffe de sa veste sans manches, la réduisant à un voile cireux. Après cela, il n'y avait plus touché.

– Écoute, Liza, euh..., se risqua Brock à voix basse en levant les yeux sur la jeune fille. Je suis désolé, à propos de ce que j'ai dit aujourd'hui.

Liza continua de regarder droit devant elle, mais son visage s'adoucit.

– Moi aussi, admit-elle après un moment. Parce que, à vrai dire, je m'attendais effectivement à prendre le commandement en venant ici. Les membres de ma famille ont toujours été persuadés que nous… qu'*ils* constituaient l'élite de la société. Que c'était notre devoir de diriger les gens du commun et de les maintenir à leur place. Micah, en particulier, pense ça.

Esquissant une grimace gênée, elle jeta un coup d'œil à Zed.

– J'espère qu'il n'a pas été trop méchant avec toi hier, conclut-elle.

Zed fronça les sourcils.

– Brock aussi était là.

– Micah m'a dit qu'il s'était rendu chez la Vieille Makiva pour lui acheter un talisman. Il n'a jamais mentionné qu'il avait rencontré un fils de marchand prétentieux… Seulement un garçon aux oreilles pointues.

– Oh, fit Zed, dont les oreilles s'enflammèrent brusquement.

– C'est dur pour toi ? Y a-t-il beaucoup de gens cruels, comme mon frère ?

– Pas envers moi, répondit Zed. En général, si je me tiens tranquille, la plupart ne me remarquent même pas du tout. Ni mes oreilles.

– Mais il faut toujours qu'il y ait quelqu'un comme Micah, reconnut Liza avec un soupir. Quelqu'un d'assez chanceux pour être à la fois cruel *et* perspicace. On s'attend d'habitude à ce que les nobles se montrent charmants et courtois, qu'ils respectent les bonnes manières. Mais, curieusement, plus on est de noble ascendance, moins on est tenu de se montrer prévenant. Ce sont les autres qui doivent faire preuve de complaisance à votre égard. L'erreur de Micah a été de ne pas prendre la juste mesure de sa vulnérabilité. Il est le troisième enfant de notre famille, né après mon frère et moi. Micah et moi sommes jumeaux, mais je suis plus âgée que lui. De quelques minutes. Nos parents ont fait comme si cela ne comptait pas. Sauf que si, ça avait de l'importance. Micah n'a jamais appris à être aimable, parce qu'il se croyait protégé par notre nom. Maintenant, non seulement il est méchant *mais* il n'a plus de nom.

– Il t'a déjà rudoyée ? demanda Zed.

Liza émit un petit grognement.

– Il a bien essayé plusieurs fois, répondit-elle, l'air narquois. Mais je ne suis pas exactement du genre à me laisser malmener.

– Plutôt du genre à malmener les autres, convint Brock. Je suis sûr que le kobold serait d'accord avec moi.

Liza lui décocha un petit sourire en coin, mais, quand elle se tourna de nouveau vers la forêt, son visage redevint pensif.

– Toute ma vie, j'ai voulu être chevalier, continua-t-elle. Micah et moi n'avons jamais cessé de nous entraîner au combat, depuis que nous sommes petits. Je suis tout aussi capable que lui, mais au bout du compte ça n'a rien changé – ni pour mes parents, ni pour les Fils de la Pierre. Je suis une fille, ce qui signifie que je ne pourrai jamais être chevalier.

Elle fronça les sourcils et haussa les épaules.

– C'est la raison pour laquelle j'ai demandé à Frond de m'accepter. La guilde des Aventuriers se moque bien de savoir qui l'on est et d'où l'on vient. C'était... le seul endroit où je pouvais être ce que je suis.

– Bien sûr, approuva Brock à voix basse. Je comprends ça.

Tandis qu'autour d'eux l'air nocturne vibrait de multiples cliquetis, roucoulements et autres crépitements, Zed s'absorba dans ses pensées. Avait-il jamais réfléchi sérieusement à la règle édictée par les Fils de la Pierre à l'encontre des femmes ? Avant Liza, il n'avait connu aucune fille qui rêvât d'être une guerrière. Il y avait le Basilic, bien sûr, et Frond avait toujours, semblait-il, démontré l'absurdité de cette loi ; mais les gens détournaient le regard quand il s'agissait des Aventuriers marginaux.

Et pourtant Liza venait de les mener au combat comme un fringant capitaine dans un conte de chevalerie. Zed n'avait jamais rencontré personnage plus chevaleresque. Il eut honte du ressentiment qu'il avait éprouvé à son égard.

– Je ne sais pas si c'est parce que tu es noble, commença Jett, mais, après ce que je viens de voir dans cette forêt, j'aime autant que ce soit toi qui prennes le commandement. Surtout si on doit se battre contre une bande de lézards qui aboient et marchent sur deux pattes. Pour ce qui est de nous…

Jett s'interrompit, hésitant à poursuivre. Liza se tourna vers lui, son visage ne trahissait aucune émotion.

– Mes parents sont tous les deux forgerons, reprit Jett. J'ai toujours voulu travailler à la forge comme mon père – pour fabriquer de belles choses.

D'un geste de la main, il désigna Zed et Brock puis continua :

– Nous aussi, nous avions des rêves. Des rêves pour lesquels nous nous étions préparés, tout comme tu t'es préparée pour venir ici. Et nous étions sur le point de réaliser ces rêves. Sauf qu'on nous les a confisqués.

Il baissa la main, empoigna le manche de son marteau d'armes et le serra nerveusement entre ses doigts.

– Il va nous falloir du temps pour nous habituer à notre sort, conclut-il. Alors… sois patiente avec nous.

Liza garda le silence pendant un moment, puis sourit.

– D'accord.

Jett croisa le regard de Brock, puis celui de Zed.

– Mais tout n'est pas tout noir, non plus. En tant qu'Aventuriers, nous aurons l'occasion de découvrir ce dont nos parents n'ont pu que rêver. Nous pourrons peut-être voir les cités d'où sont originaires nos peuples, Zed. Je suis sûr que ça compte beaucoup pour toi. C'est là une chance que je n'aurais jamais cru avoir un jour.

Zed hocha la tête. Combien de fois s'était-il imaginé visitant Llethanyl ? Combien de nuits s'était-il endormi en rêvant aux flèches d'argent de la capitale elfique s'élevant en torsades dans le ciel.

– Si vous tenez à voir ces endroits, vous allez devoir rester en vie assez longtemps, déclara Liza. Et pour cela il sera indispensable que nous veillions les uns sur les autres. Après tout, nous formons une équipe, pas vrai ?

Jett rougit.

– Absolument, approuva-t-il d'un ton songeur.

– Joli discours, Jett, commenta Brock. En fait, je ne crois pas t'avoir déjà entendu prononcer autant de mots d'une seule traite.

– *Absolument*, déclara Zed pour imiter le nain.

Les quatre apprentis éclatèrent de rire, et Jett ne fut pas en reste.

Quelques instants plus tard, avec un sourire las, Zed jeta un coup d'œil vers la forêt.

Et aperçut un visage blafard qui le fixait attentivement.

Avec un cri de surprise, il bondit sur ses pieds. Les autres suivirent la direction de son regard et, saisissant leurs armes, se levèrent à leur tour.

L'étrange visage les observait depuis les arbres, si bien enveloppé d'ombre qu'il semblait flotter dans le vide. Zed n'aurait su déterminer s'il s'agissait d'un homme ou d'une femme. Dans l'obscurité, sa peau avait la pâleur d'une coquille d'œuf et ses lèvres étaient d'un rouge sang flamboyant. Il affichait une expression tranquille – on aurait presque dit un masque.

Et puis, il y avait les yeux.

À l'endroit où ils auraient dû se trouver, deux trous sombres étaient braqués sur les quatre apprentis.

– Qu'est-ce que c'est ? demanda Zed, inquiet.

– Je... je ne sais pas, répondit Liza. Je crois que c'est un Danger.

Jett recula d'un pas.

– Il ne peut pas s'approcher des remparts, hein ? L'écran magique l'en empêchera !

Sans se presser, avec indolence, le visage blême s'éleva dans les airs et commença à s'approcher. Alors seulement Zed vit le reste de son corps.

Si le visage de la créature avait une apparence quelque peu humaine, là s'arrêtait son humanité. Le masque blafard se prolongeait par un long corps onduleux, d'un noir de jais et recouvert d'écailles. Il avait la forme d'un serpent, le reptile le plus gros que Zed eût jamais vu, au moins deux fois plus grand que lui. Lorsqu'il bougea, une couronne de poils noirs et gras lui tomba du sommet du crâne et voila ses orbites vides.

Sa gueule s'ouvrit en grand – plus largement qu'aucune bouche humaine n'aurait pu ni dû le faire – et du fond de sa gorge jaillit une langue rose fourchue.

– Ne bougez pas et gardez votre calme, conseilla Liza. Restez près du mur !

La tête de la créature pivota et se retrouva à l'envers.

– *Un naga !* mugit une voix tout près de là.

Un bruit formidable fit trembler l'air alentour. Quelque part au-dessus de leurs têtes, un cor sonna, un vacarme si assourdissant que Zed le ressentit jusqu'au creux de son ventre.

Et soudain la forêt grouilla de formes humaines. Des silhouettes émergèrent d'entre les arbres, dégringolèrent des remparts. À côté de Zed, la porte d'accès à la Maison de la guilde s'ouvrit à la volée et, une seconde plus tard, Alabasel Frond était là, tenant dans ses mains les étoiles tranchantes qu'elle avait plantées dans la bannière le matin même.

– En arrière ! hurla-t-elle aux quatre compagnons, d'une voix presque aussi tonitruante que le cor.

Mais ils avaient déjà reculé vers le mur aussi loin que possible.

Zed se rendit alors compte que les silhouettes qui surgissaient autour d'eux n'étaient autres que les membres de la Mer d'Étoiles. La vérité se fit lentement jour dans son esprit. Depuis le début, les Aventuriers gardaient un œil sur les jeunes recrues. Ils s'étaient postés au sommet du mur d'enceinte et même au-delà de la barrière magique, cachés dans les cimes des arbres.

La tête du monstre se redressa brusquement. Son impassible visage blanc embrassa du regard les nouveaux arrivants. Puis sa gueule s'ouvrit de nouveau – et il lâcha un hurlement.

Un cri qui, d'ailleurs, possédait deux sonorités à la fois. D'abord, un rugissement humain à vous glacer le sang dans les veines se répercuta dans toute la forêt, une mise en garde qui ne pouvait annoncer qu'une chose : l'intention de tuer. Puis, montant des entrailles du monstre, un autre son vint se mêler au premier en une sinistre harmonie, un sifflement strident sorti de la gorge de la créature, pareil au feulement d'un chat acculé contre un mur.

La bête rejeta la tête en arrière et frappa.

Il y eut un éclair fulgurant, et l'odeur mentholée de la magie envahit les narines de Zed.

L'air s'emplit subitement de minuscules particules scintillantes. Des *symboles d'écriture*, se rendit compte

Zed. Les signes s'inscrivaient sur un plan invisible, non pas à l'encre, mais en lumière. Il y en avait partout, et ils s'accompagnaient d'un concert d'étranges chuchotements. Cent voix différentes bourdonnaient, tels des insectes, prononçant des mots que Zed ne comprenait pas.

Les caractères brillèrent avec encore plus d'éclat là où le visage du monstre heurta la barrière magique. À cet endroit, ils faisaient office de second rempart pour tenir la créature à distance.

Un frisson secoua le corps de Zed tout entier. Il assistait à la magie de l'écran invisible. C'était magnifique. *Voilà* comment se manifestait la puissance de la guilde des Mages. Le pouvoir qui protégeait Pierrefranche. Une force dont il avait failli faire partie.

Le naga recula et poussa, une fois encore, un rugissement effroyable.

Il ne peut pas nous atteindre ici, songea Zed, soulagé. *Nous sommes à l'abri*.

Le monstre tourna la tête, contempla la barrière étincelante. Ses orbites sombres se mirent à flamboyer d'un sinistre reflet.

– Le naga est en train de faire appel à la magie ! avertit Frond. Hexam, c'est le moment ou jamais ! On a besoin de toi.

Du faîte de la muraille, des voix fulminèrent des ordres. Zed regarda en l'air et vit deux mains se tendre au-dessus du rebord de pierre et émettre un rayonnement. Des rubans de lumière s'en déployèrent et se mirent à onduler en direction du naga.

Mais à peine avaient-ils atteint la créature que les rubans commencèrent à s'effilocher. Au contact du Danger, ils s'enflammèrent comme du papier, et les flammes remontèrent jusqu'aux mains qui les avaient lancés. Zed entendit des cris de panique fuser au sommet du mur.

– Il a réussi à déjouer le sortilège ! gémit l'archiviste. Il dévore ma mana !

– Malédiction ! jura Frond entre ses dents. Bon, écoutez-moi tous ! On va...

Retentit alors un autre mugissement cauchemardesque. Le monstre se jeta contre l'écran magique. Il y eut un moment terrifiant, pendant lequel la barrière résista, s'incurvant vers l'intérieur. Puis les symboles chatoyants se consumèrent peu à peu, tout comme les rubans lumineux quelques instants plus tôt. Un trou noir se creusa dans l'écran magique, d'abord de la taille d'une pomme, puis d'une citrouille, enfin d'une roue de charrette.

Zed attendit que la brèche se referme. Le sortilège ne tarderait sans doute pas à se restaurer de lui-même. Les écrans invisibles faisaient l'objet des soins constants des Éclats d'Argent et protégeaient la ville depuis plus de deux cents ans. Leur magie ressemblait à une chose vivante ; elle était la chair qui recouvrait le dur squelette de pierre de la cité.

L'ouverture s'élargit.

Zed se passa la langue sur les lèvres, jeta un coup d'œil anxieux à Frond. Bouche bée, la maîtresse de la guilde regardait fixement l'orifice s'agrandir. Son inquiétude était manifeste.

Alors seulement Zed prit conscience que quelque chose allait vraiment de travers.

– À l'attaque ! aboya Frond.

Sans attendre, elle entreprit, avec une rapidité époustouflante, de bombarder le naga d'un déluge d'étoiles acérées. Les *shuriken* s'enfoncèrent les uns au-dessus des autres dans le cou de la créature, comme autant d'empreintes de pas ; le dernier se planta dans sa joue.

Pareille à une pluie d'étoiles filantes, une avalanche de flèches s'abattit sur le naga. La plupart ricochèrent sur ses écailles.

Avec des glapissements stridents, le monstre fit marche arrière. Les archers perchés dans les arbres de la forêt se trouvant hors de sa portée, il chercha une cible plus facile à atteindre à travers l'ouverture de plus en plus béante dans l'écran magique.

Zed vit son regard flamboyant se poser sur Brock, qui le regardait, pétrifié d'horreur.

– Brock ! s'écria-t-il en s'élançant vers son ami.

Mais la créature fut plus rapide. Mille fois plus rapide. Le masque de son visage se fendit en deux pour découvrir d'horribles crochets. Il y eut une frénésie de mouvements confus, trop prompts pour qu'on puisse les distinguer nettement, puis le naga reparut comme si de rien n'était, à croire qu'il n'avait même pas bougé d'un pouce.

Sauf que ses crochets dégoulinaient de sang.

Zed retint son souffle. Brock était affalé par terre et essayait tant bien que mal de se relever. Les yeux écarquillés de terreur, il marmonnait quelque chose. Répétait encore et encore :

– Non, non, non, non...

Jett se tenait tout près de Brock, juste à l'endroit où celui-ci s'était trouvé un instant plus tôt, le corps totalement rigide. Il avait sauvé son camarade en s'interposant pour dévier l'attaque du naga.

Le nain baissa les yeux sur sa propre jambe, où deux vilaines morsures commençaient à saigner. Pendant un moment, il sembla garder son calme, contemplant d'un air pensif la tache de sang qui s'étalait sur son pantalon. Puis il chancela et s'effondra sur le côté.

– *Tuez-le !* rugit Frond.

À court d'étoiles, elle décrocha de son dos une lame courbe étincelante, se rua en avant, franchit la barrière magique et s'élança à la rencontre du monstre. Zed et Liza se précipitèrent vers Jett, dont le regard se voilait déjà.

– Aidez-nous ! cria Liza, en faisant de grands signes de la main en direction de la porte ouverte.

Lotte venait d'arriver. Elle jeta un seul coup d'œil à Jett, et son regard s'emplit d'une profonde détresse.

Sans hésiter une seconde, elle déchira la manche de sa tunique et accourut auprès du jeune blessé.

– Redressez-le ! La morsure doit rester sous le niveau du cœur ! cria-t-elle. Il faut l'emmener immédiatement chez un guérisseur.

Zed hocha la tête en silence. Il agrippa Jett sous un bras, Liza empoigna l'autre, et tous deux soulevèrent le nain, tandis que Lotte nouait une bande d'étoffe juste au-dessus de la blessure. Ensemble, ils le traînèrent vers la porte.

– Je crois..., marmonna Jett. Je crois qu'il m'a mordu.

Alors qu'ils franchissaient le seuil, Zed se retourna pour chercher Brock des yeux. Son ami s'était relevé, mais s'attardait dehors, le regard rivé sur les poignards restés au sol. Derrière lui, les membres plus âgés de la guilde continuaient à se battre contre le Danger.

– Brock ! appela Zed. Viens ! Dépêche-toi de rentrer !

Mais Brock ne sembla pas l'entendre. Il ramassa les couteaux, puis, brandissant la lame tachée de sang, il fit demi-tour, traversa en trombe la barrière trouée et alla plonger le poignard dans le ventre écailleux du reptile.

Chapitre six
Brock

– Ça ne fait même pas mal, affirma Brock, assis sur un lit de camp dans une petite pièce du sous-sol, tandis qu'un jeune homme appliquait un onguent sur les écorchures de ses mains ensanglantées. Ce n'est rien du tout.

– La douleur viendra quand tu te seras remis du choc, prédit Frond, debout à côté de Lotte dans l'encadrement de la porte. C'est d'ailleurs la raison pour laquelle nous recommandons en général de ne pas poignarder les créatures qui ont le sang acide.

Brock lui lança un regard noir.

– En fait, j'avais l'intention de rester de ce côté-ci du mur et de ne jamais tomber nez à nez avec un serpent géant, mais j'ai dû improviser.

Il retira brusquement ses mains, empêchant du même coup le jeune médecin de les lui envelopper d'un bandage.

– Je vais très bien. Bon sang ! Occupez-vous plutôt de Jett !

Frond croisa les bras.

– Ton ami reçoit les meilleurs soins que nous puissions lui prodiguer.

– Par tous les diables, Frond ! intervint Lotte. Ce n'est pas assez et tu le sais très bien. Nous avons besoin de l'aide de la Voie d'Or.

– Le soigner ne servirait à rien tant qu'on n'aura pas neutralisé le venin. Et nous sommes mieux équipés pour faire ça ici...

Lotte mesurait une tête de moins que Frond, mais elle n'en fusilla pas moins la maîtresse de la guilde d'un regard menaçant.

Celle-ci se pinça l'arête du nez et exhala un soupir.

– Toutefois, dès que ce sera fini, tu auras tout loisir d'emmener le jeune nain chez Brenner et sa secte de crétins lumineux.

– Nous ne pouvons pas le transporter à travers la ville ! protesta Lotte.

– Je ne le conseille pas, se risqua le praticien, qui se ratatina aussitôt sous le regard dédaigneux de Frond. Enfin, c'est ce que je dirais si on me demandait mon avis... ce que personne n'a fait.

Frond se passa la langue sur les dents.

– Bon, d'accord, consentit-elle enfin. Mais un seul guérisseur, précisa-t-elle en levant un doigt. Et il reste à l'étage.

Lotte s'empressa de tourner les talons et d'intercepter un Aventurier qui passait devant la porte ouverte.

– Qu'on envoie chercher un guérisseur, ordonna-t-elle. Et qu'on installe le garçon dans ma chambre pour le moment.

– Je vais le monter moi-même, décida Frond.

L'Aventurier marqua un temps d'arrêt, regardant les deux femmes tour à tour.

– Qu'est-ce que tu attends ! aboya Frond en lui faisant signe de continuer son chemin avant de sortir derrière lui comme une furie.

Brock ne fut pas mécontent de la voir partir.

Lotte posa une main sur son bras. Son contact était léger, mais il y avait du sang séché sous ses ongles. Sa manche déchirée, dont elle avait utilisé un morceau comme garrot, rappelait de façon poignante d'où venait ce sang.

– Tu t'es bien comporté là-bas, Brock, dit-elle. Je regrette que les choses aient si mal tourné. Maintenant, laisse Hank te remettre sur pied, ajouta-t-elle avec un mouvement du menton en direction du jeune médecin. Je veillerai à ce qu'on prenne grand soin de ton ami.

Brock s'aperçut qu'il avait retenu sa respiration. Il relâcha son souffle pour libérer un tant soit peu la tension de ses épaules.

– Merci, dit-il.

– De rien, répondit Lotte.

Pour un peu, l'amabilité de ces simples mots aurait suffi à le faire fondre en larmes. Lotte sortit alors de sa poche un petit objet d'or et de nacre ternis qu'elle examina un moment en silence.

– C'est... Vous avez une montre ? s'étonna Brock.

– En effet, confirma-t-elle en rempochant l'objet. Un souvenir d'une autre vie. Tu viens de la Haute-Ville, n'est-ce pas ?

Brock fit oui de la tête.

– Mes parents appartiennent tous les deux à la guilde des Marchands.

– Eh bien, je sais d'expérience quel effort d'adaptation tu vas devoir faire ici, mais tu t'habitueras. Tâche seulement de ne pas trop énerver Frond. Ça, c'est moi qui m'en charge, d'accord ?

Et, sur un clin d'œil, elle quitta subitement la pièce. À peine avait-elle tourné l'angle du couloir que Brock l'entendit brailler des ordres.

Une fois ses mains dûment bandées, Brock sortit dans le long corridor qui conduisait d'un côté au-delà des remparts. Il frissonna. La porte métallique à l'extrémité du tunnel lui paraissait une bien maigre protection contre les Dangers, qu'il connaissait désormais pour les avoir vus de ses propres yeux... sans compter les centaines d'autres qu'il osait à peine imaginer. Il tourna les talons et suivit le couloir en pente descendante. Lotte avait déjà disparu. Les hommes et les femmes qui parcouraient le corridor dans les deux sens ne lui accordèrent pas un regard.

Autant en profiter pour faire un petit tour, décida-t-il. Une telle occasion ne se représenterait sans doute pas de sitôt.

Il passa devant plusieurs portes, en tourna les poignées les unes après les autres, mais les trouva toutes fermées à clé.

Jusqu'à ce qu'il en découvrît une qui n'était pas verrouillée. Le vantail s'ouvrit... sur une scène de cauchemar.

Hexam – « l'archiviste », comme l'avait appelé Frond – lui tournait le dos. Il avait retroussé les manches de sa robe, et ses avant-bras étaient recouverts jusqu'aux coudes d'une matière visqueuse d'un noir verdâtre. D'une main, il tenait un petit couteau, dangereusement aiguisé et tout gluant de la même substance. De l'autre, il s'efforçait d'arracher un morceau de chair noire – un organe quelconque – d'un cadavre étendu sur la table de dissection devant lui.

C'était le corps du naga. Sa langue fourchue pendait mollement entre les crochets de ses mâchoires desserrées. Son pseudo-visage était ouvert en deux par le milieu, de sorte qu'une moitié de son masque humanoïde était tournée vers le mur du fond tandis que l'autre moitié fixait Brock d'un regard vide.

Saisi d'horreur, Brock fit un bond en arrière, pas du tout certain que la mort de la créature la rendît moins effrayante que de son vivant.

– Décide-toi ! Tu entres ou tu sors ! tonna l'archiviste. Toute la chaleur s'échappe.

Brock claqua la porte derrière lui, et ensuite seulement s'avisa qu'il avait choisi d'entrer. À vrai dire, il faisait froid dans la pièce. Anormalement froid. Brock se douta qu'il devait y avoir de la magie à l'œuvre. C'était d'autant plus évident que la salle était éclairée par une luminescence diffuse dont il ne voyait pas la source. À n'en pas douter, Zed serait très intéressé par l'existence de pareil endroit et Brock se demanda si, tout compte fait, la guilde ne serait pas en mesure d'enseigner à son ami quelques petites choses en matière de magie. La pièce était carrelée du sol au plafond, formant un contraste frappant avec les planches et la terre battue qui donnaient au reste de la Maison un air triste et penché. Des étagères, croulant sous d'innombrables flacons et pots de verre, tapissaient les murs, et Brock ne put s'empêcher de penser à la salle des trophées – bien que les « souvenirs » assemblés là fussent encore plus macabres : des bocaux scellés contenant des fragments d'os et des globes oculaires en suspension alternaient avec des récipients remplis de poudres, liquides et autres fluides de toutes les couleurs. La table sur laquelle gisait le naga s'appuyait contre le mur du fond, flanquée à droite d'un guéridon, à gauche d'un lutrin.

Avec un claquement humide, Hexam dégagea l'organe noir du corps reptilien.

– Qu'est-ce que vous faites ? s'enquit Brock.

Dévoré de curiosité, il s'avança avec précaution, un pas après l'autre.

– Je cherche des trésors enfouis. Passe-moi un bocal !

De ses deux mains bandées, Brock saisit un récipient vide et le tendit à Hexam. L'archiviste y laissa tomber l'organe avec un *floc* mouillé.

L'estomac de Brock se révulsa.

– Ne va pas me tomber dans les pommes, mon garçon. Ce rein a plus de valeur que trois blancs-becs de ton espèce.

– Non, non, ça va, affirma Brock en relevant le menton. C'est moi qui l'ai tué, vous savez.

Hexam tourna la tête, haussa un sourcil et, pour la première fois, le considéra avec attention. Sa capuche rabattue en arrière laissait voir ses yeux sombres et perçants. Ses cheveux et sa barbe, coupés très court, étaient d'un noir de jais strié de quelques fils blancs, et sa peau avait de chaudes tonalités brunes.

– En réalité, rectifia-t-il, ce sont les résidus alcalins collés à la lame de ton poignard qui l'ont tué. Comment vont tes mains ?

– Elles tiennent le rein d'un monstre, rétorqua Brock. Je peux reposer ce truc, maintenant ?

L'homme désigna d'un geste du menton la petite table, sur laquelle était disposée toute une panoplie d'instruments en métal brillant, pareils à des armes miniatures. Il y avait là une dague pas plus grosse qu'un doigt, un outil à lame incurvée ressemblant à une faux minuscule, et les ciseaux les plus fins que Brock eût jamais vus. Il déposa le bocal ouvert au milieu de l'attirail.

– Mais, si son sang est toxique à ce point, pourquoi tenez-vous absolument à tripatouiller ses organes ?

Hexam indiqua d'un geste vague les bocaux alignés au mur sur sa gauche.

– Ça, ce sont les sécrétions du moulin gastrique d'un crabe géant, le karkinos. Il suffit d'en appliquer une couche épaisse sur la peau humaine pour neutraliser n'importe quel acide connu avant qu'il ait eu le temps de causer des dégâts.

Il enfonça ses deux mains dans l'ouverture pratiquée dans le tronc reptilien du naga et entreprit de fourrager dans ses entrailles.

– Malheureusement, ça n'évite pas la puanteur, ajouta-t-il.

Brock se dirigea vers l'autre côté de la table de dissection. Sur le lutrin était posé un livre ouvert, un vieux volume aux pages écornées, tachées et jaunies par le temps. On y voyait l'image d'un naga, et Brock nota que l'artiste avait pris grand soin de représenter la bête monstrueuse dans toute son horrible splendeur, dessinant jusqu'à la plus petite écaille de son long corps de serpent.

Il lut à haute voix le petit paragraphe figurant sous l'illustration :

– « Le naga est un chasseur solitaire d'origine démoniaque. Il paralyse ses proies à l'aide d'un puissant venin à action rapide, sécrété par les glandes présentes dans sa gorge. Capacité innée à jeter des sorts (sorcellerie). Sang corrosif. Peau écailleuse résistante à l'acide. »

Il y eut un autre claquement mouillé, et Hexam grommela :

– Attends un peu ! Ça, c'était un rein ou une vésicule biliaire ?

Brock tourna la page et tomba sur un autre dessin. Celui-là montrait l'intérieur de la bête, mettant à nu son squelette et ses organes, en une version – le sang en moins – aseptisée de la scène qui se déroulait au même instant dans la pièce. Brock arrêta son regard sur la gorge du monstre, où les glandes venimeuses étaient indiquées d'une écriture soignée.

– Ça pourrait aider Jett d'une manière ou d'une autre ? Après tout, il a été mordu par ce monstre.

Hexam fit tomber un autre organe dans un bocal vide – *ploc !* Ses yeux allaient d'un récipient à l'autre, tâchant de différencier le rein de la vésicule biliaire.

– Bien sûr, répondit-il, en se tournant vers Brock, les mains levées devant lui. Quoi que tu aies pu entendre raconter à notre sujet, sache que nous prenons soin des nôtres. Normalement, je devrais avoir au moins trois compagnons pour m'aider ici, mais j'ai commencé par extraire les glandes à venin de cette créature pour mettre mes assistants tout de suite au travail sur l'antitoxine. Ils s'occupent de ton ami en ce moment.

Il fit rouler la substance gluante entre ses doigts et conclut :

– En attendant, on ne va tout de même pas laisser pourrir cette petite merveille, n'est-ce pas ?

*

Quelques instants plus tard, Brock sortit du laboratoire d'Hexam, complètement épuisé et transi de froid. La nuit étant bien avancée, il s'attendait à trouver la Maison silencieuse. Or, bien que le sous-sol ne grouillât plus d'activité, un grand vacarme résonnait non loin de là.

Brock longea sans bruit le couloir en pente jusqu'à la salle des trophées et ses reliques morbides. Le brouhaha s'intensifiait. Il discerna des braillements et des martèlements de bottes provenant de l'étage au-dessus – le rez-de-chaussée. Soudain, il y eut un énorme raffut : quelque chose de lourd venait de s'effondrer avec fracas.

On aurait cru la Maison de la guilde en état de siège !

Cette fois, Brock choisit une arme plus appropriée. Ralentissant à peine l'allure, il décrocha une dague du mur et poursuivit son chemin vers l'escalier en spirale. Il se remémora les écrans magiques cédant sous les assauts du naga, la panique non dissimulée que ce spectacle avait inspirée à des guerriers réputés inaccessibles à la peur. Une autre créature terrifiante les avait-elle suivis jusque dans la cité ?

Brock ouvrit la porte au haut de l'escalier, et le chaos qui s'offrit à ses yeux lui coupa le souffle.

La guilde tout entière s'était massée dans la salle à manger. Plusieurs Aventuriers chantaient à tue-tête en agitant leurs armes, dont les lames captaient la lueur du feu au gré de leurs oscillations. D'autres brandissaient des cuisses de poulet dégoulinantes de graisse et des chopes remplies à ras bord. Un homme jouait du luth, indifférent au fait que sa musique était noyée par le chahut ambiant. Au centre de la salle, une femme suspendue au lustre se balançait dans tous les sens, éclaboussant de cire les convives en dessous.

C'était une fête. La guilde des Aventuriers faisait la fête !

Par-dessus le tumulte, Brock entendit Zed l'appeler.

– Brock !

Il cherchait son ami des yeux dans la cohue, quand une bête au museau retroussé et aux défenses pointues fonça droit sur lui.

Il poussa un cri, laissa tomber sa dague et fit un bond en arrière. Il ne put aller bien loin, cependant. La foule s'était déjà resserrée autour de lui, si bien qu'il s'écrasa contre un mur compact de corps pressés les uns contre les autres.

Alors, le monstre leva les mains – des mains humaines. Il inclina la tête en arrière, et Zed glissa un regard par-dessous le groin de la bête sauvage.

– Où étais-tu passé ?

– Qu'est-ce que c'est que cet accoutrement ? répliqua Brock.

– C'est la peau d'un animal qu'on appelait « sanglier », répondit Zed d'un ton détaché. Comment vont tes mains ?

– Le prochain qui me parle de mes mains va les sentir passer ! s'énerva Brock.

Zed le dévisagea d'un œil interrogateur.

– Mes poings, je veux dire, précisa Brock. Enfin, je flanquerai un bon coup de poing au prochain qui... Oh, laisse tomber. Pourquoi portes-tu une peau d'animal sur la tête ?

Zed haussa les épaules.

– C'est une tradition. On nous soumet à un rite d'initiation !

Une lueur fébrile brillait dans ses yeux, il avait l'air... hystérique.

– Tu es sûr que tu te sens bien ? s'enquit Brock.

– Enfin, le voilà ! glapit une voix d'homme.

Et soudain une main pesante s'abattit sur le dos de Brock. Le geste se voulait amical, mais sous la force du coup Brock faillit tomber par terre.

– Qu'on donne un manteau à ce jeune Aventurier ! beugla l'homme.

– Qu'on lui apporte à manger ! brailla un autre.

– À manger pour le tueur de naga ! rugit le premier.

– Tueur de naga ! hurla la foule à l'unisson. Tueur ! De ! Na ! Ga !

– Oh, non ! Pourvu que ce surnom ne me reste pas ! gémit Brock.

Quelqu'un lui fourra une énorme cuisse de poulet dans la main gauche et une lourde chope dans la main droite, tandis que les autres convives lui assénaient par jeu des claques dans le dos à n'en plus finir.

– Il faut *absolument* que tu goûtes à cette boisson ! l'exhorta Zed.

– Qu'est-ce que c'est ? demanda Brock, reniflant la chope d'un air soupçonneux.

– Rien de mauvais. Ils la fabriquent ici, sur place !

Cette réponse ne fit que renforcer la méfiance de Brock. Il jeta un coup d'œil dans la chope. Le liquide, d'une chaude couleur ambrée, paraissait quelque peu sirupeux, mais de l'écume moussait à sa surface. Hésitant, Brock en avala une gorgée et fut surpris par sa saveur prononcée.

– Très sucré ! remarqua-t-il.

– C'est grâce au pain d'abeille, expliqua un garçon au teint pâle et aux longues tresses blondes, qui devait n'être guère plus âgé que lui. Récolté dans les ruches des abeilles-scorpions de la baie du Kraken par ton serviteur.

Le garçon sourit, découvrant deux rangées de dents de travers, du même jaune que ses cheveux.

– Mais oui, bien sûr, ironisa un autre garçon à côté de lui.

La peau brune et l'air endormi, il portait un casque de métal et d'os surmonté de trois cornes.

– Et qui a retiré les dards plantés dans ta misérable couenne ? reprit-il. J'ai bien cru que je n'en viendrais jamais à bout.

Il salua Brock d'un signe de tête.

– Tu as fait du bon boulot, aujourd'hui. Pour un petit nouveau, je veux dire. Brock, c'est ça ? Moi, je m'appelle Syd. Et cet abruti, c'est Fife. Il ment comme il respire.

– À moins, bien sûr, que ce soit *toi* qui mentes, protesta Fife en se tapotant le menton.

– Jamais de la vie, objecta Syd, catégorique.

– À vrai dire, je n'ai jamais tué de naga, avoua Fife d'une voix chargée de regrets. Une araignée lente-mort, oui. Une capuche dévorante. Deux crapauniens et plus de kobolds que je ne peux en compter...

– Tu veux dire : cinq ou six ? le coupa Brock.

Une ombre passa sur le visage de Fife, et pendant un instant Brock craignit d'avoir poussé le bouchon un peu trop loin. Mais l'autre éclata d'un rire bruyant.

– Il n'a pas la langue dans sa poche, celui-là, remarqua Syd.

– Ni lui, les oreilles, ajouta Fife en désignant Zed du menton. À eux deux, ils font un apprenti presque acceptable.

Sur ce, il esquissa un salut comique de la main et s'éloigna. Syd s'attarda encore un moment.

– Veillez l'un sur l'autre, d'accord ?

Puis il fit demi-tour et fila à la suite de Fife, son casque à trois cornes apparaissant et disparaissant parmi la multitude.

– Ils ont l'air gentils ! remarqua gaiement Zed sous sa peau de sanglier.

Ne t'attache pas trop, eut envie de lui conseiller Brock. *Nous ne resterons pas ici assez longtemps pour nous faire des amis*.

Il avala une autre gorgée de sa curieuse boisson puis renifla le morceau de viande dégoulinant de graisse. Son estomac émit un gargouillement de protestation. Il ne pouvait chasser de son esprit l'image d'Hexam découpant le cadavre de la créature dans le sous-sol.

– Tu as l'intention de... ? s'enhardit Zed.

– Je t'en prie, ne te gêne pas, s'empressa de répondre Brock en lui tendant sa cuisse de poulet.

Mais, à la place, Zed s'empara de sa chope à deux mains et en versa le contenu entier dans son gosier. En une lampée, il eut tout descendu.

– Trop bon, dit-il, lâchant un petit rot, que les hommes autour de lui accueillirent avec de bruyantes acclamations. Attends, je vais t'en chercher une autre !

Et, avant que Brock ait pu le retenir, il s'éclipsa au milieu de la cohue.

Brock repéra une assiette presque vide sur la table à côté de lui et y laissa tomber sa cuisse de poulet. Lorsqu'il se retourna, il se retrouva nez à nez avec une horrible peau de lézard juchée sur la tête de Liza.

– Aah ! s'écria-t-il avec un sursaut. Qu'est-ce que... ?

– Ça va, calme-toi ! gronda Liza. Où est Zed ?

– Il est allé chercher une autre chope.

– D'ambroisie ? Beurk ! fit-elle en tirant la langue. Ce truc est du pur sucre.

– Oh, non ! gémit Brock.

– Quoi ?

– Zed... ne supporte pas le sucre. Un jour, je lui ai passé en douce quelques bonbons que j'avais chipés pendant une fête organisée par ma mère. Il a passé les deux heures suivantes à danser sur place, tout excité, et à trier par ordre alphabétique le contenu de son tiroir à chaussettes.

– Comment fait-on pour trier des chaussettes par ordre alphabétique ?

– Je n'ai toujours pas compris ! avoua Brock.

Un énorme fracas se répercuta à travers la salle : le lustre s'était détaché du plafond. Dans un grand bruit de ferraille, la femme qui l'avait malencontreusement fait tomber se redressa sur les genoux et leva les bras sous les applaudissements frénétiques de l'assistance.

– Je ne voudrais surtout pas t'inquiéter, dit Brock, mais j'ai comme l'impression que ces gens sont complètement cinglés.

– Me revoilà ! s'annonça Zed. Je suis revenu ! Pas la peine de se faire du souci !

Il tendit à Brock une chope ; elle était vide.

Brock lui lança un regard déconcerté. Zed lâcha un pitoyable petit rot.

– Pardon.

– C'est peut-être contagieux, observa Brock à l'intention de Liza.

– Qu'est-ce qui est contagieux ? demanda Zed. Je me sens tout à fait bien. Vraiment très bien.

– Au fait, comment vont tes mains ? s'enquit Liza auprès de Brock.

Les yeux ronds, Zed fixa son ami d'un regard intense, comme pour le défier de mettre sa menace à exécution.

Brock l'ignora délibérément, lui et ses yeux exorbités.

– Elles sont encore un peu... sensibles, à vrai dire.

Il se pencha vers ses camarades et baissa la voix.

– Ça n'est venu à l'idée de personne que ce qui s'est passé à l'extérieur des remparts a été un désastre total ? Qu'est-ce qu'on célèbre, exactement ?

– C'est une tradition qui se perpétue chaque année. Les nouvelles recrues passent une nuit dehors puis reviennent pour une journée entière de festivités.

– Pas tous.

– On voulait rester avec Jett, se justifia Zed, la mine soudain assombrie. Mais ils nous ont chassés. Ils ont dit qu'ils géraient la situation et qu'on ne faisait que les gêner. Que Jett devait dormir en attendant que ça passe...

– À mon avis, c'est plus grave que ce qu'ils veulent nous faire croire, objecta Brock. Hexam a chargé ses assistants de trouver un antidote. En plus, Lotte a insisté pour qu'on envoie chercher un guérisseur.

– Alors, tant mieux ! s'exclama Liza. Les guérisseurs peuvent soigner pratiquement n'importe quoi. Peut-être que ça s'arrangera en fin de compte.

– De son côté, Frond se comporte comme si tout se passait au mieux, remarqua Brock. Mais ce que cette chose a fait aux barrières de protection... on devrait peut-être sonner l'alarme, non ?

– Et déclencher une panique générale ? protesta Liza, les poings sur les hanches.

La peau de lézard qui lui drapait la tête et les épaules tressautait au rythme de ses mouvements.

– C'est difficile de te prendre au sérieux avec ce truc sur ta tête.

– Oh, parce que, avant, tu me prenais au sérieux ?

– Je n'ai vu arriver aucun guérisseur, les interrompit Zed.

– Il doit y avoir une autre entrée. Ça m'étonnerait que Frond ait envie qu'il voie tout ce *bazar*.

Brock survola l'assemblée du regard. La plupart des hommes et des femmes présents étaient plus grands qu'eux, à l'exception d'une fille de leur taille, qui les observait depuis l'autre extrémité de la salle.

– Suivez-moi, ordonna Brock.

– Pour aller où ? demanda Liza.

– Nous faire une amie !

Et Brock entraîna ses compagnons à travers le joyeux tumulte de la foule. Comme ils approchaient de la fille, il plaqua sur son visage un masque amical et lui adressa un petit signe de la main. C'était la fille qu'il avait remarquée lors de leur arrivée dans la guilde. Elle avait les cheveux roux bouclés et portait autour du cou un pendentif d'argent en forme de croissant de lune.

– Salut ! fit Brock d'un ton dégagé. Tu as l'air de quelqu'un qui s'y connaît un peu en magie.

– Euh, vraiment ? répondit-elle avec un sourire. Merci !

Brock lui rendit son sourire. Il avait deviné qu'une ex-apprentie mage arborant encore le symbole de son ancienne guilde recevrait sa remarque comme un compliment. Il lui dit son nom, puis présenta Liza et enfin Zed.

– Très heureuse de faire ta connaissance, dit la fille en prenant la main de Zed. Je m'appelle Jayna. Je n'avais jamais rencontré d'ensorceleur auparavant !

– Euh, moi non plus, répondit Zed avec jovialité. Autre que moi, bien sûr. Enfin, je veux dire, je ne me suis pas… rencontré. Comment ce serait possible, d'ailleurs ?

Il porta le poing à sa bouche et crispa les mâchoires pour tenter désespérément de réprimer un nouveau rot.

Brock soupira.

– Tu pourrais peut-être nous départager, Jayna, commença-t-il. J'expliquais à mes amis qu'il y avait au sous-sol une pièce qui restait toujours froide. Tu sais… par magie, ajouta-t-il en haussant un sourcil. Mais Liza prétend que ce n'est pas possible.

– Hé ! protesta Liza, sans toutefois aller jusqu'à le contredire.

– Bien sûr que c'est possible, affirma Jayna avec un haussement d'épaules. Mais c'est très éprouvant pour la mana du lanceur de sort. Un sortilège à effet prolongé de cette sorte nécessite un focaliseur. La magie y est emmagasinée puis libérée peu à peu pour produire l'effet voulu. C'est une affaire de sorcellerie compliquée.

– Mais je parie que tu en serais capable, suggéra Brock.

Jayna leva les yeux au plafond.

– En fait, non. Enfin, je pourrais…, je veux dire, je peux produire du froid, mais je ne serais pas en mesure d'entretenir un focaliseur à moi toute seule, même à supposer que je réussisse à mettre la main sur une gemme adéquate.

Elle se tourna vers Zed et ajouta :

– Dommage que tu n'aies pas pu entrer dans la guilde des Mages. Je n'y suis restée que quelques mois, mais j'ai appris énormément là-bas.

– Ils doivent bien t'enseigner un peu de magie ici, observa Liza. Sinon, pourquoi se donner la peine de recruter des mages ?

Jayna opina de la tête.

– Hexam m'inculque quelques principes, mais ce n'est pas vraiment une priorité pour lui, ça se voit. Et ses leçons sont très orientées... combat. On apprend à lancer des sorts d'attaque, comme la Morsure glaciale ou le Givre coupant de Gestalt, bien avant de savoir entourer une pièce d'un écran de protection.

– Mais Hexam saurait s'y prendre, lui, supposa Brock.

– Évidemment. Il est le seul ici à pouvoir le faire.

– Merci, Jayna. Tu nous as été d'une grande aide. Maintenant, Liza me doit un bon dîner.

Liza le foudroya du regard.

– J'espère que tu aimes ta viande saignante ! ronchonna-t-elle.

– Heureuse de vous avoir été utile, dit Jayna, sans remarquer les éclairs assassins dans les yeux de Liza. Mais, dis-moi, Zed...

Elle tendit la main pour lui toucher le bras, hésita, sembla chercher ses mots.

– Demain, c'est le jour de notre leçon hebdomadaire avec Hexam, reprit-elle enfin. J'aimerais discuter plus longuement avec toi. De magie. *Avant* que tu parles à Hexam.

Zed, qui avait détecté son indécision, hocha la tête, perplexe. Mais Jayna se hâta de leur souhaiter bonne nuit et se retira vers le fond de la salle.

– Elle est bizarre, cette fille, commenta Zed. Non ? Vous ne la trouvez pas étrange ?

– Je dois avouer que j'ai un peu perdu le sens des réalités, répondit Brock en s'adressant au sanglier. Mais une chose est sûre : je n'aime pas beaucoup l'idée qu'une seule personne dans cette maison puisse ériger une barrière de protection *fiable*. Comment pouvons-nous être certains que les écrans magiques qui défendent la cité contre une invasion de monstres, tous plus terrifiants les uns que les autres, soient assez solides ?

Zed ravala sa salive.

– Frond sait ce qu'elle fait, affirma Liza. Je suis prête à parier qu'elle a déjà envoyé un message à la guilde des Mages.

– Allons le lui demander, histoire d'être sûrs, insista Brock. Venez !

– Attends ! l'arrêta Liza. Brock, attends une minute !

Il y avait quelque chose dans la manière dont elle avait prononcé ces mots... Brock en resta cloué sur place.

– N'y va pas tout de suite, conseilla Liza.

Brock la dévisagea. Sa mine, devenue grave, s'était assombrie. Ses yeux, d'un brun profond pailleté d'or, se plantèrent dans les siens, et elle lui saisit les coudes.

– Qu'est-ce que... qu'est-ce qu'il y a ? bredouilla-t-il, le souffle coupé.

– Je veux juste que tu restes ici... encore un petit moment...

Soudain, surgi de nulle part, quelque chose de lourd s'abattit sur la tête et les épaules de Brock, et des rires tonitruants éclatèrent autour de lui. Il comprit immédiatement qu'on venait de le recouvrir d'une peau de bête monstrueuse. Ça empestait la fourrure mouillée.

Alors, Zed perdit toute contenance, devint écarlate et, plié en deux, se mit à glousser de façon irrépressible, son rire faisant tressauter sa peau de sanglier sur ses épaules.

– Je ne veux même pas savoir ce que c'est, maugréa Brock.

– Ne t'inquiète pas, le rassura Liza d'un ton dégagé en lui tapotant la joue. C'est une très nette amélioration.

*

Il leur fallut un certain temps pour fausser compagnie aux convives. Tous les deux ou trois pas, des gens les arrêtaient pour se présenter à eux, et la plupart mettaient un point d'honneur à leur asséner une tape, une claque ou un coup de poing ou encore à les bousculer. Brock commençait à se dire qu'il sortirait encore plus couvert de bleus de la fête célébrant la bataille que de la bataille elle-même.

Ils atteignirent enfin l'extrémité de la salle à manger et s'engouffrèrent dans l'escalier par lequel ils étaient descendus la veille. Cette fois, Brock avait l'intention de monter à l'étage, mais, lorsqu'il entendit des coups violents frappés sur une porte barrée du rez-de-chaussée, il s'arrêta sur le palier. Les trois apprentis échangèrent des regards indécis. Le tambourinement s'interrompit un instant, avant de reprendre de plus belle.

– Quelqu'un est peut-être enfermé dans ce placard, hasarda Zed.

– Il n'y a qu'un moyen de le savoir, décida Brock.

– Il y a plusieurs moyens de le savoir, rectifia Zed. On pourrait se renseigner demain, par exemple.

– Mais ce serait moins drôle, jugea Liza.

Sur ce, elle retira la bâcle et ouvrit le battant en grand.

Ce n'était pas du tout un placard, mais une porte donnant sur l'extérieur. Une femme âgée se tenait sur le seuil, poing levé, prêt à cogner de nouveau. Brock ne l'identifia pas immédiatement. Elle portait une cape grisâtre et informe, et les traits de son visage ridé étaient crispés de contrariété.

Mais lorsqu'elle les vit dans l'encadrement de l'entrée son poing s'ouvrit en signe de salutation, son air de mécontentement s'envola, et Brock la reconnut à la seconde où un sourire rayonnant éclaira son visage.

– Mère Brenner ! hoqueta Liza.

La maîtresse de la guilde de la Voie d'Or inclina la tête avec grâce. Elle ne portait pas de bijou, n'utilisait visiblement aucun cosmétique, et Brock avait rarement vu robe plus quelconque. Et pourtant tout en elle en imposait. Ses yeux bleus étincelants et la blancheur de ses dents parfaites suffisaient à illuminer son visage, plus qu'aucune parure n'aurait pu le faire.

Brock sentit son regard inquisiteur le toiser de bas en haut. Il s'empressa de se débarrasser de la peau de bête qui lui couvrait la tête et la laissa tomber sur le sol.

– Je vous reconnais, tous les trois, dit-elle avec chaleur. Même sous ces charmantes... coiffures.

D'une main, elle caressa la peau de lézard de Liza comme s'il s'était agi d'un chat, puis elle lui leva le menton.

– J'ai entendu dire que vous aviez déjà subi une terrible épreuve.

Liza opina de la tête.

– Vous… vous êtes venue pour Jett ? demanda Zed. Il a été blessé…

– J'ai envoyé mon meilleur guérisseur pour le soigner, répondit Mère Brenner. Il devrait être auprès de votre ami en ce moment. Je… je suis ici pour voir Alabasel Frond. Puis-je entrer ?

Brock avait pleinement conscience du tapage effroyable provenant de la fête qui battait son plein derrière eux. Il se rappela que Frond avait particulièrement insisté pour qu'un seul guérisseur fût autorisé à pénétrer dans les lieux. Il ne savait pas trop comment répondre à la demande de la Mère Lumineuse.

Cela arriva sans qu'il s'en rendît compte, et il le regretta aussitôt : il se tourna vers Liza pour la consulter sur ce qu'ils devaient faire.

Liza hésita un moment, hocha la tête, puis s'écarta du passage.

– Bien sûr, Mère Brenner, fit-elle.

– Merci, mon enfant, répondit la maîtresse de guilde, en passant rapidement devant les apprentis avant de s'engager dans l'escalier.

Avec une moue d'embarras autant que d'impatience, Zed tourna les talons et lui emboîta le pas. Liza barra de nouveau la porte et, suivie de Brock, s'élança derrière lui, grimpant les marches deux à deux.

L'escalier conduisait à un couloir bordé de portes, dont chacune s'ouvrait sur une pièce juste assez grande pour contenir une couchette et une commode. Zed et Liza jetèrent au passage leurs capes en peau de bête dans une chambre au hasard. Au bout du corridor, ils tombèrent sur une porte close.

Lorsque Mère Brenner l'ouvrit, une lumière dorée s'en échappa. Elle s'avança dans la chaude clarté, les trois apprentis dans son sillage.

La pièce était simple et dépouillée, légèrement plus grande que celles qu'ils venaient de voir. Il y avait assez de place pour y loger un vrai lit et des étagères. Le seul ornement était une grande carte sur parchemin clouée au mur, représentant des forêts, des montagnes, des lacs et de vastes zones vides disséminées çà et là. On aurait dit une vue aérienne du pays, entrecoupée de nuages. Pierrefranche y figurait au beau milieu. Dans l'immensité du paysage environnant, la cité paraissait ridiculement petite.

Jett reposait sur le lit, inconscient, les joues toutefois moins pâles que la dernière fois que Brock l'avait vu. Auprès de lui se tenaient Lotte et un homme vêtu d'une ample robe blanche bordée d'or. Le guérisseur était aussi immobile qu'une statue. De ses mains pressées sur les épaules de Jett émanait la lueur ambrée qui baignait la pièce tout entière. Il ne leva pas les yeux à leur entrée. Mais Alabasel Frond, si.

– J'ai demandé qu'on ne nous dérange pas, aboya-t-elle.

Brock mit un bon moment à comprendre qu'elle ne s'adressait pas à eux mais à Mère Brenner. Certes, il n'aurait pas dû s'étonner de l'entendre traiter la Mère Lumineuse avec son habituel manque de courtoisie. Pourtant, une telle attitude le surprit.

Mais Brenner ne se laissa pas émouvoir.

– Je tiens à garder un œil sur les personnes placées sous ma responsabilité, rétorqua-t-elle d'une voix aussi calme que ferme. Pollux en fait partie. S'il lui arrivait le moindre mal, la faute m'en incomberait et je devrais en porter le poids sur mes épaules.

D'un air menaçant, Frond fit un pas en avant.

– Si tu as quelque chose à dire, Brenner, vas-y, vide ton sac, c'est le moment !

– Ne te fâche pas, Frond, intervint Lotte avec douceur. Quel mal pourrait-elle faire ici ?

Frond lança un regard vers Brock et ses camarades, mais n'ajouta plus un mot. Elle se contenta de s'appuyer contre le mur et d'observer le guérisseur.

Brock n'avait jamais vu un membre de la Voie d'Or à l'œuvre. Sa famille avait toujours eu la chance de jouir d'une bonne santé, et il n'entrait pas dans les habitudes des gens d'envoyer chercher les guérisseurs pour soigner les bobos ordinaires des enfants un peu remuants. De l'avis général, le don de guérison était particulièrement éprouvant et non sans danger. Il requérait un mode de vie strictement ascétique et une discipline rigoureuse, si bien qu'on n'y faisait appel que dans les circonstances les plus graves.

En observant le guérisseur au travail, Brock décela des signes de tension sur son visage. Des gouttes de transpiration perlaient à son front, mais ses mains demeuraient fermes, et l'éclat lumineux qui en irradiait ne faiblissait pas. Brock ne put s'empêcher de songer à des gantelets tout juste sortis du four du forgeron, à cette façon de rougeoyer de l'éclat orangé du feu. Il s'émerveillait à la pensée qu'une lumière aussi vive pût exister sans chaleur.

– C'est beau, murmura Liza, levant la main comme pour attraper un rayon d'or.

– Ça va marcher, vous croyez ? chuchota Zed.

Mère Brenner joignit ses mains par le bout des doigts.

– Pollux accomplit un excellent travail.

– C'est de la magie ? s'enquit Brock.

Elle inclina la tête, la mine pensive.

– Pour dire la vérité, non. La magie, à proprement parler, provient de… l'extérieur, expliqua-t-elle en agitant les mains en l'air. Pollux, lui, utilise sa propre force vitale – son anima – qu'il ajoute à celle de votre ami.

– Et l'anima n'a rien à voir avec la mana ? se risqua Brock. Vous ne pourriez donc pas vous en servir pour réparer les écrans de protection qui entourent la ville ?

Mère Brenner tressaillit, et Alabasel Frond s'écarta brusquement de son mur.

– Brock ! vociféra-t-elle.

– Désolé, s'excusa-t-il, affectant un air contrit. J'ai fait une gaffe ? C'était un secret ?

– Frond, de quoi parle-t-il ? demanda Mère Brenner d'un ton cassant.

Frond lui opposa un silence glacial.

– Lotte ? insista Brenner.

Lotte lança un regard furtif à Frond, hésita un instant, avant d'incliner la tête en signe de respect.

– Nous ne savons pas avec certitude ce qui s'est passé, Mère. Mais le monstre qui a fait ça à Jett a, semble-t-il, créé... ou profité... d'une faille dans les barrières de protection.

– À quel moment cela s'est-il passé ?

– Il y a quelques heures seulement, répondit Lotte.

– Quelques *heures* ! s'écria Brenner, la voix vibrante d'indignation.

Mais elle inspira aussitôt un grand coup, et sa noble prestance ne tarda pas à reprendre le dessus.

– Alabasel, tu me déçois. Nous consentons à t'accorder une certaine autonomie, mais ça...

– Vous *consentez* ? gronda Frond.

– Tu aurais dû avertir immédiatement le Conseil du roi.

– Ce qui se passe hors des murs ne regarde personne d'autre que nous, riposta Frond. Ainsi que vos *Hautes Guildes* nous l'ont clairement fait comprendre par le passé. Nous prenons cette affaire en main.

– Il est déjà bien assez regrettable que tu aies mis en danger tes apprentis les plus inexpérimentés, tu n'as pas le droit de jouer avec la vie de tous les...

À cet instant précis, Pollux poussa un cri, comme en proie à une douleur soudaine. Il tomba en avant, en même temps que la lumière dorée s'éteignait d'un seul coup. Lotte bondit sur ses pieds pour rattraper le guérisseur, qui s'affala mollement entre ses bras.

– Que s'est-il passé ? demanda Liza.

Mère Brenner traversa précipitamment la pièce et toucha la joue de Pollux.

– Ce n'est rien, affirma-t-elle. Il a épuisé tout ce qu'il avait, mais un peu de repos suffira à le remettre sur pied.

Elle tourna vers Jett un regard plein d'appréhension, posa une main à plat sur son front, et sa paume émit un doux éclat.

Puis elle retira sa main et ferma les yeux, comme accablée de chagrin. Ignorant totalement les adultes présents dans la chambre, elle se dirigea vers les trois apprentis et effleura doucement l'épaule de Liza.

Brock sentit sa bouche se dessécher, son ventre se serrer. Une voix aiguë s'éleva pour demander ce qui n'allait pas. Il n'aurait su dire si elle appartenait à Zed ou à Liza.

– Votre ami vivra, affirma Brenner.

Elle sourit si tristement en prononçant ces mots que Brock eut envie de lancer une boutade, de se moquer de l'abîme qu'il y avait entre ses paroles et l'expression de son visage. Mais son rire mourut dans sa gorge.

– Il vivra, répéta-t-elle. Mais je crains qu'il ne puisse plus jamais marcher.

Chapitre sept
Zed

– Aïe, aïe, aïe ! gémit Zed, adossé au mur près d'une massive porte de bois dans un couloir désert.

C'était le lendemain de la fête qui avait célébré leur initiation, et Zed avait un mal de tête carabiné. À cause de toute cette quantité de sucre qu'il avait absorbée, ses dents le faisaient horriblement souffrir. Il avait la bouche sèche et pâteuse, un mauvais goût sur la langue.

La Maison de la guilde était pratiquement vide ce matin. Zed n'avait encore vu personne debout, à l'exception de Lotte, et leur rencontre avait été aussi brève qu'embarrassante. Au bout du couloir desservant les quartiers des apprentis, il avait surpris l'intendante, les yeux rivés sur la porte de Jett. Lorsqu'il avait refermé sa propre chambre, Lotte avait levé les yeux vers lui. Son visage grave reflétait un tel sentiment de culpabilité qu'un nœud s'était formé dans la poitrine de Zed. Puis elle avait hoché la tête, ouvert la battant et disparu à l'intérieur sans un bruit.

Jett.

Toute cette histoire semblait si irréelle ! Il ne remarcherait plus jamais ? Hier encore, le jeune nain crapahutait sur les chemins, portant sur ses épaules un sac presque deux fois plus gros que lui. Comment les choses avaient-elles pu si mal tourner en si peu de temps ?

– Bonjour ! appela Jayna, qui arrivait de l'autre extrémité du couloir.

Ses boucles rousses retombaient en bataille autour de son visage, mais Zed avait conscience que sa propre allure était encore plus débraillée.

– Comment te sens-tu ? s'enquit-elle.

Zed tenta de proférer un geignement, mais ne réussit qu'à roter.

– Je crois que j'ai un peu abusé de l'ambroisie, reconnut-il, tout penaud.

Jayna esquissa un petit sourire moqueur.

– Encore heureux que tu aimes ça. Il n'existe rien de meilleur pour régénérer tes pouvoirs magiques. Quand tu commenceras à lancer de vrais sorts, tu auras trois fois plus d'appétit qu'avant. Il faut énormément d'énergie pour déployer sa mana.

Elle marqua un temps d'arrêt ; son expression se fit plus grave. D'une main, elle tripota machinalement la lune argentée suspendue à son cou.

– Mais ce n'est pas de cela que je parlais, reprit-elle. Je voulais dire : comment te sens-tu... à propos de ce qui arrive à ton ami ?

Zed poussa un soupir et regarda ses pieds.

– Tu es au courant ?

– Liza me l'a appris ce matin.

– Liza est déjà réveillée ? s'étonna Zed, en clignant des yeux.

– Ça fait au moins une heure qu'elle est dans la cour, à s'entraîner au combat sur des mannequins, chuchota Jayna d'une voix empreinte de terreur respectueuse... ou peut-être d'admiration.

Elle se mordit la lèvre avant d'ajouter :

– Ce qu'a dit Frond hier matin est vrai. On meurt pas mal par ici. Mais, si ça peut te rassurer, la maîtresse de notre guilde n'abandonne jamais personne sur le bord de la route. Tu te rappelles cette statue dans la grande salle ? Celle du garçon qui a été pétrifié ? Frond a dit qu'il avait fallu trois hommes pour le transporter, tu te souviens ? Ce qu'elle n'a pas précisé, c'est qu'avant leur arrivée elle l'avait traîné à travers la forêt pendant deux jours entiers. *Toute seule*. Juste pour le ramener à la maison.

– Tu le connaissais ? demanda Zed. S'il a été transformé en pierre, il y a quelques années...

Jayna se rembrunit.

– Oui, je le connaissais, murmura-t-elle dans un petit toussotement.

Zed préféra ne pas poursuivre sur le sujet. Il se tourna vers la porte et s'apprêta à l'ouvrir.

– On entre ?

Jayna lui saisit le poignet.

– Pas encore.

Son visage s'était animé d'une ardeur soudaine. Elle se pencha et sa voix ne fut plus qu'un murmure.

– Écoute-moi d'abord. Je ne voulais pas t'en parler devant tes amis, mais il y a quelque chose que tu dois savoir à propos d'Hexam. Cet homme est dangereux.

L'estomac de Zed tomba comme une pierre dans son ventre.

– Que veux-tu dire ?

– Si on t'avait laissé le temps d'entrer dans la guilde des Mages, tu aurais appris qu'il existe différents types de sortilèges. Ils t'auraient parlé de la *magie défendue*. Il est extrêmement important de ne *jamais...*

– Jayna, qu'est-ce que tu fais ici, à jacasser ? tonna la voix exaspérée d'Hexam au-dessus de leurs têtes. Nom d'une mandragore ! Relevez-vous, tous les deux. Et arrêtez de couiner.

Le maître archiviste souleva Zed et Jayna, qui s'étaient affaissés sur le sol en deux petits tas gémissants, terrifiés par sa soudaine apparition. Il était étonnamment costaud pour quelqu'un d'aussi maigre et nerveux. Comme il les reposait sur leurs pieds, d'étranges lumières colorées sortirent en clignotant de sa chambre.

– On est déjà féedie, le jour des Fées ? grommela-t-il. Dans ce cas, je suppose que vous êtes venus pour votre leçon de magie ? Très bien, entrez.

Il tourna les talons et regagna l'intérieur de la pièce.

Jayna pressa son index sur ses lèvres. *Pas un mot.* Puis elle franchit le seuil et suivit l'archiviste.

Le bureau faiblement éclairé ressemblait plus, aux yeux de Zed, à la tente de la Vieille Makiva qu'au reste de la bâtisse délabrée. De même que la salle des trophées, il était bourré de vestiges de cadavres monstrueux. Griffes, dents et autres parties du corps tout aussi tranchantes – que Zed aurait été bien en peine de nommer – s'alignaient sur les murs, soigneusement montées sur des plaques ornementées. Sur une grande table était exposée une impressionnante collection de crânes dûment étiquetés et rangés par tailles. Le plus gros – une énorme boîte osseuse ovale de couleur jaune et dotée d'une paire de défenses recourbées – occupait à lui seul un quart du plateau. Il fallait à tout prix que Brock voie ça.

L'éclairage de la pièce provenait d'une constellation de globes lumineux suspendus au plafond. De tailles et de couleurs différentes, ils émettaient des lueurs qui palpitaient à des rythmes inégaux, s'affaiblissant un instant avant de se remettre doucement à rayonner de plus belle. Les tonalités qui baignaient la pièce changeaient au fur et à mesure : tantôt vertes, tantôt bleues, tantôt bordeaux.

C'est de la magie. Zed ressentit un frisson d'excitation mêlée d'effroi. L'avertissement inachevé de Jayna résonnait encore à ses oreilles.

Dans un bruyant cliquetis de clés, Hexam s'assit à son bureau et désigna d'un geste les deux chaises destinées aux invités. Jayna prit celle de droite, Zed celle de gauche.

– Jayna, commença l'archiviste. Rappelle-moi le dernier devoir que je t'ai donné à faire.

– Vous m'avez demandé d'apprendre par cœur le sort appelé Bouclier du Magicien.

– Eh bien, l'as-tu mémorisé ?

Jayna opina du chef. Le changement de lumière teinta brusquement d'indigo ses cheveux roux.

Hexam caressa sa barbe.

– Nous testerons ton Bouclier tout à l'heure. S'il est satisfaisant, je pense que nous pourrons passer à quelque chose de plus compliqué.

L'archiviste posa ensuite son regard sur Zed. Ses lèvres se pincèrent en une moue sévère.

– Il n'y a aucune chance que tu aies reçu la *moindre* formation en matière de magie, je suppose ?

Zed hésita, puis secoua la tête.

– C'est bien ce que je pensais, conclut Hexam. Commençons donc par le commencement. Jayna, éclaire notre lanterne. Qu'est-ce que la magie ?

La fille se redressa légèrement sur son siège. Elle avait eu beau mettre Zed en garde contre le danger que représentait l'archiviste, elle n'en semblait pas moins rechercher avidement son approbation.

– La magie consiste à utiliser la mana dans le but de créer un certain nombre d'effets physiques ou prodigieux.

– Qu'est-ce que la mana et d'où provient-elle ?

– La mana est une force invisible et surnaturelle que possèdent tous les jeteurs de sorts. Elle peut être accrue par l'établissement d'une connexion maîtrisée avec le plan des Fées.

– C'est à moitié exact, maugréa Hexam. Les Éclats d'Argent ne sont pas en train de nous espionner, Jayna. Et tu ne te rends pas service en faisant semblant de ne pas connaître la vérité. Maintenant, dis-moi : quelle est la différence entre une magicienne comme toi et un ensorceleur comme notre ami aux oreilles pointues ici présent ?

– Je… je ne sais que peu de chose, grand Mage.

Hexam exhala un soupir et se renversa dans son fauteuil.

– Je ne suis plus mage, Jayna. Et, évidemment, je me doute bien que les Éclats d'Argent ne t'ont pas appris cela au cours des premiers mois de ton apprentissage chez eux.

Il regarda Zed puis, de nouveau, Jayna.

– Cette leçon vous est donc destinée à tous les deux. La différence entre la magie et la sorcellerie est la même que celle qui existe entre la science et l'art. L'acquis… et *l'inné*. La mana d'un ensorceleur est innée. Il est né avec, ce qui détermine pour toujours la manière dont il utilisera la magie.

« Les magiciens apprennent par cœur les sorts, qu'ils mettent au point en les expérimentant avec soin. Exécuté correctement, chaque sort est spécifique et ses effets sont assurés, car les magiciens bénéficient de toutes les études et expériences de leurs prédécesseurs. Mais les ensorceleurs, eux, abordent la magie comme les chanteurs abordent une mélodie. La plupart de leurs sortilèges n'ont pas de nom officiel, et leurs effets ont tendance à être… désordonnés. Ils ont la possibilité d'affiner leurs pouvoirs magiques en s'exerçant, mais ils ne deviendront jamais plus puissants – et leur rayon d'action jamais plus étendu – que ce que leur permettra leur talent.

Certains resteront à jamais des amateurs. D'autres sont des virtuoses.

Son fauteuil grinça lorsqu'il se pencha en avant.

– Dis-moi, Zed. Qu'est-ce qui t'a attiré vers le bâton que tu as choisi pour ton initiation ?

Les oreilles de Zed devinrent cramoisies. C'était la première fois qu'Hexam prononçait son nom. Il en était même venu à se demander si l'archiviste le connaissait.

– Il avait une odeur... bizarre, admit-il. Comme des œufs pourris. Mais il n'y avait pas que ça : j'ai senti quelque chose d'étrange s'en dégager. Une sorte de magnétisme.

Jayna laissa échapper un petit glapissement :

– Oh, non, pas ça...

Hexam lui décocha un regard sévère.

– Reste tranquille ou je te mets dehors sans t'avoir appris de nouveau sortilège.

Il se retourna vers Zed et poursuivit :

– Cette odeur est celle du soufre. Je crois que tu possèdes un don pour déceler la magie, Zed. Les magiciens, eux, doivent recourir à un sortilège spécial appelé Détection de mana pour le faire, et c'est difficile, même pour moi. Cela nécessite de nombreux ingrédients rares et coûteux. On dit toujours que les fortes concentrations de mana ont... une odeur spéciale. La plupart des gens prétendent que ça sent la menthe. Il s'agit là de la magie des enchanteurs, celle qui repose sur un lien avec le plan des Fées. Mais il en existe une autre sorte. Parmi les six plans existant en dehors du nôtre, *deux* sont assez proches pour avoir développé de véritables pratiques magiques. On peut donc aussi puiser la mana du plan des Enfers. Ça, c'est la magie des sorciers et des sorcières.

Zed eut brusquement l'impression de tomber dans le vide. Son estomac se serra, tout son sang afflua à son cerveau. Depuis la trahison de Foster, la magie noire était illégale à Pierrefranche, et quiconque était reconnu coupable de sorcellerie était exécuté. Zed se tourna vers Jayna, mais la fille évita son regard. Elle ne lui accorda même pas un coup d'œil.

– Les magiciens sont incapables d'utiliser cette sorte de magie, continua Hexam. Les deux types de mana ne font pas bon ménage. Mais un ensorceleur, dont les pouvoirs ne proviennent d'aucun de ces deux plans...

Zed se releva brusquement et renversa sa chaise avec fracas.

– Mais je ne savais pas ! protesta-t-il. Ce n'est pas ma faute ! Le bâton était là, accroché au mur... Personne ne m'a prévenu !

– Oh, nom d'un... *Assieds-toi* ! tempêta Hexam.

La seule puissance de sa voix ébranla Zed à tel point que sa crise de panique se dissipa instantanément.

– Tu n'as rien à craindre, mon garçon.

Tandis que Zed relevait sa chaise, l'archiviste coula un regard oblique vers Jayna.

– C'est toi la cause de cela, je suppose.

La fille plissa les paupières.

– Ce n'est pas pour rien qu'on a interdit la magie noire, se justifia-t-elle, d'une voix aussi sévère qu'impérieuse. Elle est imprévisible, dangereuse et crée une accoutumance. Elle corrompt tous ceux...

– Tu peux t'en aller, apprentie Jayna. Profites-en pour travailler à ton Bouclier.

Pendant un long moment, Jayna se contenta de fixer l'archiviste d'un œil noir. Puis elle se leva avec un couinement de frustration et, sans un regard pour Zed, gagna en hâte la sortie. Elle ouvrit le vantail à la volée et se retrouva nez à nez avec un jeune garçon visiblement occupé à écouter aux portes. Zed le reconnut aussitôt pour l'avoir déjà vu à la fête : c'était Fife. Celui-ci manqua de peu de s'affaler par terre, tant il s'était penché pour coller son oreille contre le battant.

Il se remit d'aplomb avec un sourire embarrassé.

– Oh, désolé de... euh... vous interrompre, Hexam.

– Que veux-tu, Fife ?

– Frond a besoin du nouvel apprenti. De toutes les nouvelles recrues, en fait. Ceux qui peuvent marcher, en tout cas.

– Nous sommes au beau milieu d'une leçon, protesta Hexam avec impatience. Ça ne peut pas attendre ?

– Euh... non..., répondit Fife. C'est le roi lui-même qui les a fait demander. Il est en train de tenir conseil au sujet de ce qui s'est passé à l'extérieur des remparts.

Alors seulement, Jayna se retourna pour regarder Zed, les yeux écarquillés par la crainte.

– Par les Abysses, jura Hexam. Alabasel va être d'une humeur exécrable après ça. Très bien, tu peux l'emmener.

Il se racla la gorge avant d'ajouter :

– Sors d'ici, Jayna !

La fille passa en coup de vent devant Fife et déguerpit sans un mot.

– Zed, avant que tu partes..., dit Hexam en quittant sa table de travail pour se diriger vers une étagère chargée de livres anciens. Jayna avait raison sur un certain nombre de points. La magie démoniaque est bel et bien dangereuse, de même qu'une lame, n'importe laquelle, peut s'avérer dangereuse. Et elle peut pervertir, tout autant que l'argent, les titres ou les belles armures.

L'archiviste choisit un ouvrage dont la reliure de cuir fauve semblait teintée de rouge sang. Lorsque la lumière changea de couleur, le livre devint vert. Hexam revint le poser sur le bureau devant Zed.

Le titre, *Liens de sang et de feu*, était artistement gravé dans le cuir.

– Nous autres, membres de la guilde des Aventuriers, bénéficions d'indulgences exceptionnelles, expliqua l'archiviste d'une voix douce, presque mélancolique. Parce que nous sommes appelés à prendre de grands risques pour défendre cette ville. Le danger fait partie de notre vie, j'en ai bien peur… et de notre devoir. Et je m'arrêterai là pour aujourd'hui.

*

Le soleil était haut dans le ciel lorsque Zed se fraya un chemin sur la place du marché, flanqué de Brock et de Liza. Loin devant eux, Frond fendait la foule d'un pas vif en direction de la route qui menait au palais.

– Pas mal, les gants, fit Liza à Brock.

Zed baissa le regard. Son ami portait une paire de gants de cuir qui lui montaient jusqu'au-dessus des poignets.

– Je suis prêt à souffrir pour sacrifier à la mode, répondit celui-ci avec un haussement d'épaules. Sans compter que je devrais sans doute m'abstenir de saigner sur les tapis du roi. Je voulais demander à Mère Brenner si elle pouvait faire quelque chose pour m'aider, mais après ce qui est arrivé à Jett… Ça va guérir tout seul, de toute façon, conclut-il après avoir lancé un regard furieux vers Frond qui les précédait.

– Qu'est-ce que le roi peut bien nous vouloir, à ton avis ? demanda Zed, mal à l'aise.

Le souvenir des évènements de la matinée continuait à tourbillonner dans sa tête. Il avait eu beau cacher le livre d'Hexam sous son matelas avant de sortir, le seul fait de le savoir là le rendait tout de même un brin nerveux. Si Hexam avait dit vrai, alors Zed avait utilisé la magie noire – la magie *interdite* – pour repousser les kobolds. Et si jamais ce fait était arrivé aux oreilles du roi ?

– C'est nous qui étions le plus près de la barrière invisible au moment où le naga l'a forcée, tenta de raisonner Liza. Il veut peut-être que nous lui décrivions ce que nous avons vu.

– Pour ça, j'en ai vu des choses et j'en ai plein à lui raconter, approuva Brock. Mais toi, Liza, tu dois déjà avoir rencontré le roi à la cour, non ? Comment est-il, en personne ?

La jeune fille fronça les sourcils.

– Sévère.

– Venant de toi…

– Oh, j'en aurai encore beaucoup à ton service, si tu continues comme ça, répliqua Liza avec son plus joli sourire en faisant craquer les jointures de ses doigts.

– Qu'est-ce qui m'a pris de me mettre entre vous deux ? se lamenta Zed.

– Mon père dit que la couronne de Pierrefranche devient de plus en plus lourde au fil des ans, continua Liza. Il s'agit de diriger l'une des dernières cités survivantes dans le monde… la pression sur le roi doit être énorme.

– À propos de pression énorme… Comment va ton ventre, Zed ? Tu reprendras bien un peu d'ambroisie, aujourd'hui ?

Zed eut un haut-le-cœur.

– Je crois que je vais arrêter le sucre pendant un moment.

– J'ai déjà entendu ça quelque part, remarqua Brock, goguenard. En tout cas, ne t'approche pas de mes chaussettes.

À mesure qu'ils avançaient sur la route du palais, la foule se clairsemait. Lorsque la rumeur du marché se fut finalement éteinte derrière eux, laissant place à un calme saisissant, Zed s'en rendit soudain compte… Il avait franchi les limites de la Haute-Ville. De majestueuses résidences s'alignaient le long des rues impeccablement entretenues.

C'était la première fois que Zed pénétrait dans le quartier du centre. Les paysans de Pierrefranche n'y étaient généralement pas les bienvenus, à l'exception, évidemment, des membres autorisés de la guilde des

Serviteurs, comme sa mère. Les intrus étaient rapidement invités par les Fils de la Pierre à rebrousser chemin.

Tandis que Brock et Liza continuaient avec entrain à s'interroger et à émettre des hypothèses au sujet du roi, Zed se laissa peu à peu distancer. Il laissait courir son regard alentour, contemplant avec curiosité les paisibles demeures et les larges avenues bien propres. Cet endroit lui était presque aussi étranger que le monde à l'extérieur des remparts de Pierrefranche – et pourtant il avait toujours vécu à quelques pas de là seulement, juste de l'autre côté du marché.

Devant lui, Brock et Liza semblaient revigorés par cet environnement nouveau pour lui. Leurs pas résonnaient allègrement sur les pavés réguliers. Même couverts de plaies et de bosses, ils rayonnaient d'assurance et de distinction.

Zed, en revanche, prit conscience de l'affaissement de ses épaules, comme si elles cherchaient instinctivement à s'effacer. Et il se détesta pour ça.

Maman, songea-t-il, *est-ce cela que tu ressens chaque jour ?* Cette pensée lui mit la mort dans l'âme.

Il prit une profonde inspiration, rejeta les épaules en arrière et courut pour rattraper ses compagnons.

Frond ne ralentit pas l'allure de tout le trajet. Pas une seule fois, elle ne regarda par-dessus son épaule pour voir si les trois apprentis la suivaient.

Les maisons disparurent bientôt, et la rue fut remplacée par une côte raide montant jusqu'au château. Quelques instants plus tard, les portes du palais se dressaient devant eux.

Elles étaient aussi monstrueuses que splendides. Rayonnantes comme des soleils et sentant à plein nez les dispositifs de protection magique, elles dominaient de toute leur hauteur les robustes chevaliers qui montaient la garde devant elles. Les deux Fils de la Pierre ne bougèrent pas d'un pouce jusqu'à ce que Frond arrive devant le portail. Alors, l'un d'eux leva une main gantée de fer.

La maîtresse de la guilde s'immobilisa.

– Déclinez votre identité, ordonna l'autre sentinelle, alors que Zed et les autres rejoignaient Frond.

Celle-ci décocha son sourire le plus obscène au chevalier, puis elle se racla la gorge et cracha par terre.

Suivit un instant de silence inconfortable. Selon toute vraisemblance, le chevalier n'obtiendrait pas d'autre réponse.

Un soupir d'exaspération s'échappa du heaume de son camarade.

– Laisse-la passer, conseilla celui-ci.

Penché au-dessus du parapet qui prolongeait le portail, un jeune écuyer les observait.

– Hé, Rafi ! appela le chevalier.

Le garçon disparut en un clin d'œil.

Quelques instants plus tard, les portes commencèrent à s'ouvrir avec force craquements et grincements.

Frond attendit que les battants fussent assez écartés pour livrer passage à une personne et se glissa sans plus attendre dans l'enceinte du palais. Zed et ses compagnons se faufilèrent derrière elle à la queue leu leu.

– Misérables gueux, marmonna l'un des chevaliers sur leur passage.

– Pourtant, la fille est noble..., remarqua l'autre.

Pressant le pas derrière la maîtresse de leur guilde, Zed sentit le feu monter à ses oreilles.

Le parc autour du palais était ravissant. Des arbustes en fleurs paraient l'immense domaine de somptueuses couleurs, quelques grands arbres poussaient même çà et là dans la cour intérieure, ce que l'on voyait rarement en dehors des parcelles boisées de la ville. Des chevaliers patrouillaient un peu partout. Leurs armures de métal, qui scintillaient sous le soleil de midi, les faisaient ressembler en tout point aux guerriers resplendissants des récits romanesques.

Zed ne perdait pas une miette du spectacle qui s'offrait à ses yeux, mais Frond poursuivait son chemin sans marquer la moindre pause. Bientôt, ils arrivèrent à la porte du palais, où les attendait un jeune homme mince vêtu d'un élégant uniforme.

– Soyez la bienvenue, maîtresse Frond, salua-t-il en s'inclinant profondément.

Zed n'avait jamais vu quiconque traiter le Basilic avec une telle déférence. Frond se renfrogna, le front plissé d'impatience.

– Sa Majesté vous attend dans la salle du Conseil, continua le jeune homme. Puis, se tournant vers les trois apprentis, il se présenta : Je m'appelle Peter Magniole. Je suis le sénéchal de Sa Majesté.

– Contente de te revoir, Peter, dit Liza avec un petit sourire.

– Et vous, demoiselle Guerra, je suis... heureux de vous voir en bonne santé.

– Bon, ça suffit ! grogna Frond.

Peter se tut un instant, puis s'éclaircit la gorge.

– Veuillez me suivre, je vous prie.

Il ouvrit les portes du palais et leur fit signe d'entrer.

– « Je suis si contente de te revoir », Peter, railla Brock d'un ton acerbe.

Zed réprima un petit rire bête. Mais, au moment de franchir les portes, il ne put retenir un hoquet de surprise.

L'intérieur du palais était l'endroit le plus fastueux qu'il eût jamais vu. Des flots de lumière multicolore se déversaient par des vitraux enchâssés dans le plafond. Les statues des Quatre Défenseurs s'alignaient dans la grande salle, toutes plus admirablement sculptées les unes que les autres – et assurément plus délicates que celles qui ornaient la place du marché.

Au fond de la pièce se dressait un trône unique, éclairé à contre-jour par une large fenêtre. Zed s'avisa que quiconque s'adressait au roi en ce lieu devait avoir du mal à le regarder en face – ce qui d'ailleurs était sans doute le but d'une telle disposition.

Zed ne s'était jamais senti aussi peu à sa place, même parmi les Aventuriers puants et tapageurs. Certes il ne portait pas de guenilles, mais ses vêtements n'en étaient pas moins tout à fait quelconques. De plus, il avait à peine eu le temps de se débarbouiller avant de partir et, pour couronner le tout, il avait encore les cheveux en bataille – souvenir de la nuit précédente. Il avait l'impression d'être une tache vivante dans cette salle éblouissante.

Dans pareil décor, Frond avait l'air encore plus insolite que lui. Si le cuir noir de ses habits était tout éraflé et marqué de traces de brûlure, ses armes, en revanche, étaient parfaitement affûtées et en excellent état. Quant à ses cicatrices...

Zed s'y était déjà presque habitué, mais, ici, dans ce palais, au milieu d'une telle splendeur éblouissante, chaque balafre semblait particulièrement rouge et boursouflée.

Peter les conduisit vers une porte d'un blanc immaculé. Il ouvrit le battant et s'écarta pour les laisser passer.

– Le Conseil du roi est très impatient de s'entretenir avec vous, annonça-t-il.

Frond hésita une fraction de seconde, tapota du bout des doigts les pointes de ses étoiles à lancer. Était-ce sa manière à elle de s'armer de courage ?

Puis elle entra.

– Quelque chose me dit que je vais bien m'amuser, murmura Brock en lui emboîtant le pas.

*

Comparée à la grande salle de réception, la chambre du Conseil paraissait presque morne. Ce qui la rétrogradait au deuxième rang seulement des pièces les plus luxueuses dans lesquelles Zed avait jamais mis les pieds.

Une table massive occupait la majeure partie de l'espace. On l'aurait dite taillée d'une seule pièce dans le bois ; l'idée d'un arbre aussi gigantesque donna le vertige à Zed.

À la différence des murs de stuc peint de la salle de réception, ceux de cette pièce étaient en pierre taillée, ce qui lui conférait une atmosphère froide et austère. Des rideaux de somptueux brocart brun masquaient une douzaine de fenêtres. Plusieurs flambeaux et un énorme lustre métallique suspendu au-dessus de la table éclairaient la salle. Si le hall d'entrée n'était que splendeur et magnificence, c'était dans cette pièce, manifestement, que l'on traitait les affaires sérieuses.

Comme pour souligner ce point, les cinq plus éminents personnages de Pierrefranche siégeaient au bout de la table, les yeux rivés sur les nouveaux venus.

Frond, qui précédait les trois apprentis, s'arrêta devant la table. Installés sur les sièges les plus proches de la porte (en fait, pas si proches que ça) se trouvaient la Lumineuse Mère Brenner et le seigneur Borace Quilby. Puis venaient sire Castor Brent à la droite du roi et l'archimage Dafonil Grima à sa gauche.

Son Altesse Royale, le roi Gariland Pierrefranche, trônait à l'extrémité de la table. On avait surélevé son fauteuil de sorte qu'il dominât les autres d'une bonne tête. En sa qualité de souverain de Pierrefranche, il était de fait le maître de la guilde des Intendants, même si, en général, il ne participait pas à la vie publique en tant que tel.

Jusqu'alors, Zed n'avait eu que deux fois l'occasion de voir le roi en personne : lors du recrutement des enfants de la princesse, sa jeune sœur. Ces années-là, les cérémonies avaient été particulièrement tendues, ponctuées de déclarations crispées et d'applaudissements étouffés.

Zed ne s'était jamais trouvé aussi près du souverain – et, franchement, il n'avait aucune envie de s'en approcher davantage. Le royal visage était tout en aspérités, aussi rugueuses que le rictus de mécontentement dont il gratifiait pour l'heure Alabasel Frond. Zed comprit ce qu'avait voulu dire Liza en qualifiant le roi de « sévère ». Même sa couronne était un austère cercle de métal.

– Alabasel, appela-t-il.

– Votre Majesté, répondit Frond, sans que Zed pût voir son visage. Je crois que vous vouliez me poser quelques questions ?

Le roi lâcha un petit rire sans joie.

– Je ne sais même pas par où commencer. Peut-être par la moins troublante des nouvelles dont on m'a informé ? Je continuerai ensuite à partir de là. On m'a rapporté que l'un de vos apprentis avait été attaqué pendant son initiation dans votre guilde. Est-ce vrai ?

Frond fit basculer son poids d'une jambe sur l'autre.

– C'est exact, admit-elle.

L'absence d'émotion avec laquelle elle évoquait la blessure de Jett fit grincer Zed des dents.

– J'ai conscience que les membres de votre guilde courent de grands risques pour défendre notre cité, reprit lentement le roi. Mais vous conviendrez vous-même qu'estropier des apprentis dès le premier jour est une pratique plutôt inquiétante.

– Plus qu'inquiétante, intervint sire Brent d'une voix tonnante. Inadmissible !

– Imaginez le tollé s'il s'était agi de la demoiselle Guerra, ajouta le seigneur Quilby. Au lieu d'un nain !

À ces derniers mots, Zed se hérissa. Il lança un regard vers Liza, qui fixait Quilby de ses yeux plissés.

– C'est un affront à la chevalerie que d'avoir autorisé son recrutement, continua Brent. Les champs de bataille ne sont pas un endroit pour les fi...

Le roi Pierrefranche leva une main pour couper la parole au chevalier.

– Alabasel, peut-être avez-vous des précisions à nous apporter au sujet de ce regrettable accident ?

Frond acquiesça d'un signe de tête.

– Le rite d'initiation s'est déroulé de la même façon que d'habitude. Les membres de la guilde veillaient sur les nouvelles recrues, prêts à faire usage de leurs arcs s'il le fallait, ce qui n'a pas été le cas. Les apprentis se sont très bien débrouillés et, cette nuit-là, ils étaient positionnés à l'intérieur des écrans de protection au moment où la bête a attaqué. Ils... ils auraient dû être en sécurité.

– Là-dessus, nous sommes d'accord, laissa tomber le roi d'un ton glacial. J'aimerais maintenant entendre les courageux apprentis qui ont assisté à l'agression de leur ami.

Le regard de Pierrefranche se détourna de Frond et alla se poser sur Zed et ses camarades.

– Y a-t-il quelque chose dont vous aimeriez nous faire part ?

Les oreilles de Zed devinrent brûlantes. Son *visage* devint brûlant. *Oh, non !* On leur demandait de parler ? Que fallait-il dire ? Devait-il prendre la parole, là, maintenant, tout de suite ? Pourquoi les maîtres de guildes les dévisageaient-ils tous avec autant d'attention ?

– Votre Majesté, commença Brock, qui s'avança avec le plus grand naturel jusqu'au côté de Frond. Nous ne pouvons qu'être infiniment reconnaissants. Sans l'aide de la Mère Lumineuse et de ses guérisseurs, il est probable que Jett n'aurait pas survécu.

Zed remarqua un vague mouvement dans le fond de la salle. Lorsqu'il en distingua l'origine, il eut du mal à contenir sa surprise. Il y avait quelqu'un d'autre dans la pièce ! Une femme vêtue du tablier gris de la guilde des Serviteurs se tenait dans un coin, à l'écart. Elle écoutait en silence, tout en se tapotant les ailes du nez. Était-elle là depuis le début ?

Le visage dénué de toute expression, elle observait Brock, sans toutefois faire aucun effort pour dissimuler le fait qu'elle le jaugeait. La mère de Zed n'aurait jamais osé se montrer aussi effrontée. Tous les serviteurs du palais faisaient-ils preuve de pareille impudence ? Personne dans la salle ne lui prêtait la moindre attention.

– C'est à Frère Pollux qu'il faut en attribuer tout le mérite, convint humblement Mère Brenner. Il a fait tout ce qu'il a pu pour sauver ce garçon. Je n'ai jamais vu un moine s'investir autant dans une guérison.

– Transmettez-lui tous nos remerciements, dit Brock. Si seulement la Voie d'Or avait pu intervenir plus tôt ! Peut-être que Jett...

Il laissa sa phrase en suspens.

Frond gardait le silence, mais Zed percevait la tension qui s'était emparée de son corps tout entier. Visiblement, elle n'aimait pas le tour que prenait toute cette affaire.

– Alabasel, pourquoi n'avez-vous pas appelé les guérisseurs plus tôt ? s'enquit le roi avec sévérité.

La maîtresse de la guilde serra les poings.

– Un de nos médecins s'occupait déjà du jeune blessé, Votre Majesté, répondit-elle. Tous les membres de notre guilde connaissent parfaitement les toxines sécrétées par les Dangers. Je... je remercie la Mère Lumineuse pour son aide, mais je ne crois pas que le résultat aurait été différent si l'on n'avait pas fait venir la Voie d'Or.

Mère Brenner se raidit sous l'affront. À supposer que l'assemblée n'eût pas déjà été remontée contre Frond, elle l'était à présent, cela ne faisait plus aucun doute.

– Et pourtant vous l'avez envoyé quérir, remarqua le roi.

Frond opina du chef.

– Je voulais mettre toutes les chances du côté de mon apprenti.

Le roi Pierrefranche reporta son attention sur Brock.

– Merci de nous avoir fait connaître votre avis, messire...

– Brock Dunderfel, compléta le seigneur Quilby, les yeux brillants de fierté.

Le maître de la guilde des Marchands se lécha les lèvres, puis soupira tristement.

– Il figurait en tête de la liste des apprentis que nous avions choisi de prendre cette année. Mais il s'est courageusement porté volontaire pour rejoindre la guilde des Aventuriers lorsque son jeune ami, ici présent, a été réquisitionné.

– Ce fut là un acte de grand courage et d'abnégation, déclara le roi. Ceux qui risquent leur vie pour les habitants de cette cité sont les vrais héros de Pierrefranche. Je tâcherai de m'en souvenir, conclut-il en jetant de nouveau un œil sur Frond.

Celle-ci perdait patience. Elle esquissa une grossière révérence.

Brock reprit sa place auprès de Zed, affichant un air d'autant plus modeste et réservé qu'il devait se sentir satisfait intérieurement.

– Voilà qui nous amène malheureusement à un problème plus grave, reprit le souverain. Une brèche a été percée dans l'écran de protection autour de Pierrefranche. Je veux savoir pourquoi elle est apparue et comment la réparer – avant qu'un autre monstre tout aussi audacieux trompe la vigilance de Frond une seconde fois.

La maîtresse de la guilde s'apprêta à riposter, mais le roi leva la main pour l'arrêter net.

– Je crois que nous vous avons assez entendue pour le moment. J'espère que l'archimage pourra nous apporter quelques éclaircissements sur ce problème des plus urgents.

Zed, qui pourtant se tenait derrière Frond, la sentit nettement se renfrogner. Puis, horrifié, il l'entendit se racler la gorge, rassembler un crachat dans sa bouche et tourner la tête vers...

– Je ne vous le conseille pas, gronda le roi, les yeux étincelants de fureur.

Les maîtres de guildes considéraient fixement Frond, pétrifiés tout autant de stupeur que de dégoût.

La salle entière s'était figée. Frond demeurait parfaitement immobile. Elle ravala sa salive d'un coup de gosier sonore.

Le roi Pierrefranche la fixa encore un moment. Puis, reprenant peu à peu son sang-froid, il se tourna vers Grima.

– Archimage, je vous en prie, dites-moi que nous pourrons conclure ce Conseil avant que soit accompli un acte irréparable.

– Je l'espère, Votre Majesté, répondit la magicienne.

De tous les maîtres de guildes présents dans la salle, elle était la seule à n'être pas encore intervenue. Dès lors que les barrières de protection relevaient de la responsabilité des mages, Zed s'était attendu à ce qu'elle se montrât un peu plus nerveuse. Or, elle se comportait avec la froideur et le calme qu'il lui avait toujours vus.

– D'après ce que j'ai entendu dire, commença-t-elle, le Danger qui a attaqué la cité a eu recours à une aptitude innée pour conjurer la magie. Normalement, les barrières sont beaucoup trop solides pour que puisse se produire ce genre de mésaventure, mais mes mages ont découvert quelque chose d'inquiétant. Notre focaliseur se détériore.

À voir le désarroi des adultes réunis autour de la table, on aurait pu croire que Grima venait de renverser un plein pichet d'ambroisie sur la personne du roi. Le seigneur Quilby eut un mouvement de recul.

– Excusez-moi, archimage…, intervint Liza. Qu'entendez-vous par notre *focaliseur* ?

Grima contempla la jeune fille et le reste de l'assistance d'un regard patient. Zed sentit un frisson le parcourir lorsque leurs yeux se croisèrent.

– Les écrans qui entourent notre cité sont créés grâce à l'utilisation d'un focaliseur de sorts. Nous les entretenons en y ajoutant régulièrement notre propre magie. En temps normal, le focaliseur *devrait* durer des milliers d'années sans problème. Mais le nôtre s'affaiblit depuis peu. Quelle que soit la quantité de mana que nous y injectons, la gemme semble incapable de la retenir. Si elle se vide complètement, les barrières tomberont.

Alors que tout le monde prenait conscience de la gravité de cette révélation, un silence de mort tomba sur la salle.

Avant que quiconque ait pu réagir, l'archimage leva une main en un geste apaisant.

– Cependant, il y a une bonne nouvelle, reprit-elle. Mes chercheurs ont étudié le problème et ont découvert dans un texte ancien qu'il pourrait exister un autre focaliseur adapté à nos besoins, quelque part aux environs de la cité. Au sud-est de Pierrefranche existait autrefois un sanctuaire habité par une communauté de druides inoffensifs – des prêtres de la nature. Ces druides ont depuis longtemps disparu, mais nous croyons qu'ils utilisaient un focaliseur semblable au nôtre pour leurs rites magiques... un gros cristal. Il se peut qu'il subsiste encore.

– Savez-vous où se trouve ce sanctuaire ? voulut savoir le roi.

Grima hocha la tête.

– Nous avons même trouvé une carte. La guilde des Scribes en aura fait une copie avant le coucher du soleil.

Le souverain opina d'un air approbateur.

– Je regrette qu'il ait fallu cette tragédie pour que vous remarquiez cette faille dans les écrans de protection, Grima. Mais je vous suis reconnaissant d'avoir réagi aussi promptement.

– Je ne pourrai jamais assez m'excuser, se désola l'archimage, toute contrite. Alabasel... a raison. Ses apprentis auraient dû n'avoir rien à craindre.

Le roi rumina un instant cette réponse avant de s'adresser à Frond :

– Dans ce cas, il reste une chance de remédier à la situation. Dans la mesure du possible, du moins. Alabasel, je présume que vous pourriez mener une expédition pour trouver ce sanctuaire, n'est-ce pas ?

Frond garda le silence un instant, laissant courir ses doigts sur les pointes de ses étoiles à lancer, comme un ménestrel sur son luth. Puis elle sembla se reprendre et serra le poing.

– Votre Majesté, pourrais-je vous parler en privé ?

Le roi Pierrefranche la gratifia d'un regard glacial.

– Vous pouvez exprimer ce que vous avez à dire ici même.

Frond balaya la pièce du regard, hocha la tête.

– Je crois... qu'il se passe ici quelque chose que nous ne pouvons voir. Quelque chose de malfaisant.

Le roi laissa échapper un long soupir, aussitôt imité par les autres maîtres de guildes. Frond se redressa et plissa les paupières.

– Je crains de n'avoir aucune patience à l'égard de votre paranoïa, aujourd'hui, Frond, répliqua le roi. Vous auriez peut-être été mieux avisée de vous en servir pour protéger vos apprentis. Je ne veux plus vous entendre en parler. Maintenant, allez chercher ce focaliseur et revenez dès que vous l'aurez récupéré. Je ne tolérerai plus de secrets. Plus d'hésitations. Je compte sur vous pour accomplir cette mission sans mettre d'autres enfants en péril, me suis-je bien fait comprendre ?

Pour toute réponse, Frond se contenta d'un unique signe de tête. Peut-être craignait-elle de ne pouvoir se maîtriser si elle reprenait la parole. Elle tourna les talons, bouscula au passage Zed, Brock et Liza, et sortit de la salle.

Son visage était empreint d'une fureur sans nom.

Chapitre huit

Brock

Sur le chemin du retour, Brock demeura sombre et silencieux. Ce qui n'avait rien d'étonnant, vu que, après tout, il avait de bonnes raisons de faire la tête. Les habitants de la cité s'écartaient au passage des trois apprentis, qui pressaient le pas sur les talons de Frond. Bien sûr, c'était surtout le visage ravagé de la maîtresse de la guilde qui attirait les regards, mais les nouveaux Aventuriers avaient malgré tout conscience d'être devenus eux aussi des indésirables.

Une autre raison, toutefois, expliquait l'humeur maussade de Brock. Il ne pouvait ôter de son esprit la servante qu'il avait remarquée dans la chambre du Conseil. Elle n'avait soufflé mot, mais, dès qu'elle s'était aperçue qu'il l'observait, elle s'était – exactement comme Quilby, quelques jours plus tôt – tapoté le nez tout en ébauchant un sourire faussement timide. Brock en avait eu la chair de poule.

Cependant, après avoir jeté un coup d'œil autour de lui, il avait constaté que personne, à part lui, ne trouvait surprenante la présence de cette femme.

Brock allait devoir trouver un moyen de fausser compagnie à ses camarades au cours de la journée. Dans les sous-sols de la Maison de la guilde se trouvait une enfilade de portes verrouillées, derrière lesquelles se cachaient peut-être des secrets assez inavouables pour intéresser Quilby. Dès que Frond n'aurait plus de cadavres dans ses placards, Brock ne serait plus obligé de rester dans la guilde pour y jouer les espions.

Restait à espérer qu'il n'y avait pas de véritables cadavres derrière ces portes...

Hélas, les plans de Brock tombèrent à l'eau lorsque Lotte les accueillit devant l'entrée. Saisissant d'un seul coup d'œil l'humeur de Frond, elle s'effaça pour la laisser passer, puis prit les deux garçons à part.

– C'est Jett, leur dit-elle. Il est réveillé et il vous demande.

*

Jett avait été transporté dans sa propre chambre, une pièce identique à la minuscule cellule qu'on avait attribuée à Brock, mais en plus sombre. Toutes les chandelles étaient éteintes, et d'épais rideaux empêchaient le soleil d'entrer. Brock crut que leur ami s'était déjà rendormi et, à sa grande honte, se sentit momentanément soulagé à l'idée de remettre leur visite à plus tard.

En son for intérieur, il se sentait passablement embrouillé. Des sentiments de culpabilité, de gratitude et de pitié s'agitaient en lui, le laissant aigri et malheureux. Et lui qui était supposé exceller dans ce genre de circonstances ! Lui qui, avec ses airs bravaches et ses fanfaronnades, réussissait toujours à se sortir de n'importe quelle situation, même la plus embarrassante, la plus effrayante ou la plus saugrenue !

Pour l'heure, il se tenait sur le seuil, complètement tétanisé, tout en s'efforçant de deviner ce qu'il convenait de dire, comment il devait se comporter. Valait-il mieux feindre la gaieté, raconter des blagues comme si de rien n'était ? Ou une telle attitude reviendrait-elle à manquer de tact, à offenser Jett et à minimiser le malheur qui le frappait ?

Tandis que Brock hésitait ainsi, Zed entra, se précipita vers le lit étroit et prit le nain dans ses bras.

– Attention ! Vas-y doucement ! l'avertit Brock.

– Quel mal peut-il me faire ? railla Jett. Il pèse moins que mes couvertures.

Zed émit un drôle de son étranglé, moitié sanglot, moitié rire.

– Allons, allons ! grommela Jett, visiblement gêné, en lui tapotant le dos d'un geste gauche.

– On était vraiment inquiets, Jett, avoua Zed en s'asseyant sur le bord du lit avant de s'essuyer le coin des yeux. C'est sinistre, ici. Brock, tu peux ouvrir les rideaux ?

– Oui, bien sûr.

Soulagé d'avoir quelque chose à faire, Brock s'arracha enfin au chambranle de la porte. Comme le soleil inondait la petite chambre, il ressentit une soudaine bouffée d'affection pour son meilleur ami. Lui était là, à se triturer les méninges pour savoir quels sentiments il devait afficher... alors que Zed avait le courage d'être simplement lui-même.

– Ma mère dit toujours que le soleil peut guérir la plupart des maux, énonça ce dernier.

Bien que Brock ne pût voir son visage de l'endroit où il se trouvait, il entendit sourire son ami.

– Mais je suis pratiquement sûr qu'elle n'a jamais entendu parler des nagas, reprit Zed.

– Elle en a, de la chance ! remarqua Brock.

Il avait lâché ces mots pour plaisanter, mais sa voix était plus voilée qu'il n'en avait eu l'intention.

Son regard croisa celui de Jett ; il était triste.

– Jett, commença-t-il, ce que tu as fait pour moi... J'ai une dette envers toi. Je ne sais pas comment je pourrai jamais m'en acquitter...

Jett poussa un grognement.

– Tu parles encore comme un marchand, Brock. Il paraît que tu as tué cette *chose* ?

Brock déglutit. Opina.

– Alors, nous sommes quittes.

Brock hocha de nouveau la tête, avec lenteur et solennité.

– Waouh ! s'exclama Zed, tout excité, en désignant le visage de Jett. Brock, regarde ! Au soleil, on distingue bien les poils sur sa figure. Ça va te faire une sacrée barbe !

Le rire de Zed tintait joyeusement et, tout en se penchant pour mieux voir le duvet qui poussait sur les joues du jeune nain, Brock songea qu'il n'avait jamais vu pareil sourire illuminer le visage de Jett.

*

Les habitants de la Maison eurent le plus grand mal à se réveiller après les festivités de la veille. Il était déjà plus de midi lorsque Brock et Zed perçurent les premiers mouvements et éclats de voix à l'extérieur de la chambre. Quelques instants plus tard, Hank, le médecin, apporta à Jett son déjeuner et chassa les deux garçons de la pièce. Ils se rendirent alors à la salle commune, qu'ils trouvèrent encore pleine d'hommes et de femmes sales, débraillés et à moitié endormis. Tous mettaient la main à la pâte pour nettoyer et ranger le plus gros du désordre.

Syd, le garçon à la peau foncée et au casque à trois cornes, traversa la pièce à longues enjambées nonchalantes pour venir à leur rencontre.

– Votre amie est sur le terrain d'entraînement, annonça-t-il placidement. Elle est en train de mettre une raclée à mon copain. C'est assez marrant.

Pourtant, sa voix ne trahissait aucune émotion et il n'avait pas l'air particulièrement amusé. Il les conduisit vers une porte latérale qui s'ouvrait sur la cour.

Là, armée de son bouclier – celui dont elle avait revendiqué la possession dans la salle souterraine – et d'une épée de bois, Liza tapait à tour de bras sur Fife, cramponné à deux mains à son propre bouclier. L'épée d'entraînement du garçon gisait à ses pieds.

– Ça va, Fife ? s'enquit Syd depuis la lisière du terrain.

Fife coula un regard dans sa direction, tandis que Liza continuait à marteler son écu.

– Il s'agit d'une manœuvre stratégique ! se justifia-t-il. Ça s'appelle la tactique de la Tortue. Vous... Aïe ! gémit-il, lorsque Liza lui asséna un coup d'épée sur l'oreille.

Se tournant vers Brock et Zed, Syd leva les yeux au ciel.

– Je suppose que parfois la meilleure attaque est une bonne défense. Mais il arrive que la meilleure des défenses ne soit pas très bonne.

– De quel côté vous êtes ? s'indigna Fife.

– Du sien, répondirent en chœur les trois garçons.

Fife capitula enfin, et alors seulement Liza montra quelques signes de fatigue. Elle lâcha son bouclier et fit rouler ses épaules en arrière, gratifiant les nouveaux arrivants d'un grand sourire.

– À qui le tour ?

– Autant vous prévenir, grommela Fife, qui, avec une grimace, détachait ses doigts endoloris de la poignée de son bouclier. Elle a une sacrée force dans les bras !

– Pas seulement pour une fille ? ironisa-t-elle, faisant apparemment allusion à une remarque antérieure.

– Une fille ? Tu parles ! s'exclama Fife. Un minotaure femelle, oui !

– Les minotaures femelles n'existent pas, décréta Syd d'un ton catégorique, un doigt pointé vers son casque. Tu oublies les cornes.

Tandis que, le visage empreint de confusion, Fife se creusait encore la cervelle pour deviner ce que son ami avait voulu dire, Lotte arriva avec un bouclier pratiquement identique à celui de Liza, mais flambant neuf.

– Essaie celui-ci, conseilla-t-elle.

Liza souleva l'arme. Un sourire de contentement se dessina sur ses lèvres.

– C'est mieux ? demanda Lotte.

– Il est parfait. Beaucoup mieux équilibré.

– On n'avait rien qui soit vraiment à ta taille, reprit Lotte. Alors, j'en ai fabriqué un.

– C'est vous qui l'avez fait ? s'étonna Liza, qui souriait à présent de toutes ses dents. Pour moi ? Spécialement ?

Lotte lui rendit son sourire.

– Il fallait bien que je m'occupe, pendant que vous alliez faire ami-ami avec le roi.

– Je croyais que vous étiez l'intendante, remarqua Brock.

– Intendante, forgeron et même cuisinière, parfois, précisa Lotte en ramassant l'ancien bouclier de Liza. Nous remplissons tous plusieurs fonctions, ici. Bien obligés, puisque Frond insiste pour que nous demeurions autonomes.

D'un coup de pied, elle projeta l'épée d'entraînement abandonnée par Fife en direction de Brock.

– Prends cette épée. Je vais te montrer quel est ton rôle, à toi, en tant qu'apprenti. En gros, ça consiste surtout à brailler pendant que je te flanque une dérouillée.

*

Brock ne pleura pas, mais seulement parce que son corps n'avait plus d'eau à gaspiller. Après quelques minutes d'entraînement, il était déjà en nage. Il existait des épées de toutes tailles, et Brock s'aperçut qu'il avait une préférence pour les dagues, dotées d'une lame plus courte. Bien sûr, cela l'obligeait à se déplacer plus rapidement, mais par ailleurs il manquait vite de force dans les bras dès qu'il maniait une arme plus encombrante.

Chacun à leur tour, ils affrontèrent Lotte à trois reprises. La performance de Zed fut la plus lamentable, celle de Brock, pas tellement plus brillante. Épuisé, les muscles tétanisés par la douleur, il attendait avec impatience la fin de leur séance d'entraînement, lorsque Lotte déclara :

– C'est bon, je te les ai bien échauffés.

Brock se retourna pour voir Alabasel Frond faire son entrée dans la cour.

– Liza, appela cette dernière, tu t'es déjà battue avec un bouclier ?

– Oh... euh... oui, un peu, répondit la jeune fille, soudain intimidée par le regard perçant de Frond. Mon frère aîné, Fernando, et moi sommes très proches. Il m'a beaucoup appris. Mais j'ai du mal à trouver des adversaires depuis qu'il a quitté la maison. Du coup, je me suis plus entraînée avec des lames qu'avec des boucliers.

– Montre-moi ce que tu sais faire.

Frond sortit son propre sabre du fourreau qu'elle portait dans le dos – une arme impressionnante, en métal, rien à voir avec une épée d'exercice. Elle pointa la lame incurvée vers Liza et entreprit d'exécuter au ralenti une série de coups d'estoc et de taille, jaugeant au fur et à mesure les parades de Liza et lui prodiguant des conseils dès qu'elle voyait la jeune fille baisser sa garde.

Debout à côté de Brock, Zed se mit à effectuer des mouvements saccadés, comme une marionnette entre les mains d'un enfant surexcité.

– Je peux savoir ce que tu fais, exactement ? s'agaça Brock.

– Des étirements, répondit Zed, visiblement fou d'inquiétude à l'idée de devoir se mesurer à Frond.

Il leva les coudes vers le ciel et grimaça.

– Il paraît que ça aide.

– S'enfuir en courant, aussi, ça aide, répliqua Brock.

Au même instant, Frond aboya son nom pour le sommer de venir à son tour. Il obtempéra avec beaucoup moins de vivacité que ne l'avait fait Liza.

Frond examina les petites lames d'entraînement qu'il tenait à la main.

– Tu t'es souvent exercé avec des dagues ?

Brock esquissa un léger sourire dédaigneux.

– Vous parlez sérieusement, là ? Je vous signale que j'ai eu une enfance tout à fait normale, moi. Pourquoi aurais-je eu besoin de m'entraîner à poignarder quoi que ce soit ?

– Dans ce cas, flanque-moi un coup de poing, le défia-t-elle en rengainant son sabre.

– Je vous demande pardon ?

– Tu as eu une enfance normale, répéta-t-elle. En général, les garçons aiment la bagarre, non ? Alors, montre-moi comment tu te bats.

Brock perdit alors toute contenance. À vrai dire, depuis qu'il avait tué le naga, son expérience en matière de coups de couteau surpassait de loin celle qu'il avait acquise avec ses poings.

– Tu as droit à un essai, l'avertit Frond. Ça me permettra d'évaluer ta technique. Vas-y, tape.

– Je…, bredouilla Brock, en levant les poings. On dirait que mon souhait le plus cher est sur le point de se réa…

D'un revers de main, Frond lui décocha un coup en pleine figure, à une vitesse telle qu'il ne vit rien venir. Tout ce qu'il se rappela, c'était qu'à un moment donné, il la regardait en face, l'instant suivant il était étalé par terre sur le dos, et quelques secondes plus tard sa joue était en feu.

– En société, tu te sers des mots comme d'un bouclier, constata Frond, mais ce genre d'arme ne te sera d'aucune utilité à l'extérieur des murs.

Brock se releva péniblement avant de s'épousseter tant bien que mal. Frond lui saisit les poignets et les leva devant son visage.

– Voici une position de défense efficace face à un adversaire terrestre bien droit sur ses deux jambes.

– Je ne dirais pas que vous êtes si droite que...

Elle l'envoya de nouveau s'écraser au sol.

– Les Dangers ne s'arrêteront pas pour te donner le temps de lâcher tes blagues !

Brock maugréa entre ses dents.

– Quant à ton « enfance normale »..., ajouta-t-elle d'un ton venimeux, penchée au-dessus de lui d'un air menaçant. Sache que chaque jour de ta vie que tu as passé sans avoir à te servir d'une arme, quelqu'un d'autre a dégainé son poignard ou son épée pour que tu ne sois pas obligé de le faire.

Les joues de Brock lui cuisaient, et pas seulement à cause des coups qu'il avait reçus.

– Maintenant, écoutez tous, lança Frond, en se tournant pour s'adresser aussi à Zed et Liza. Nous partirons dès l'aube, à la recherche du sanctuaire. Ordre du roi.

Elle leva la main pour désamorcer toute contestation – la tête de Brock lui tournait tant qu'il aurait été de toute façon bien en peine de soulever la moindre protestation.

– Nous ne serons partis qu'une journée et nous nous en tiendrons à un itinéraire que je connais bien, de sorte à éviter les risques au maximum. Mais vous devrez tout de même rester vigilants. Et n'oubliez pas d'emporter vos armes.

Elle lança un coup d'œil à Brock et ajouta :

– Tu as toujours le droit de me frapper une fois, à supposer, bien sûr, que tu réussisses à me prendre au dépourvu.

Sa bouche se tordit en un rictus sinistre.

– Mais ça m'étonnerait.

Sur ce, elle repartit en trombe, laissant Brock affalé par terre, tandis que Liza et Zed échangeaient des regards consternés.

– Ça veut dire que je suis dispensé de me battre avec elle ? hasarda Zed, plein d'espoir.

Liza haussa les épaules.

– Tu as gagné un jour de plus à vivre.

– Exactement ! approuva Brock toujours à terre. Parce que, demain, je ne donnerai pas cher de notre peau !

*

Exténué et perclus de douleurs, Brock s'était endormi comme une masse et avait loupé le dîner. Il émergea de son austère chambrette d'un pas traînant, juste à temps pour aller réclamer les dernières miettes du ragoût déjà tiède. Constatant que les Aventuriers encore présents dans la grande salle se livraient à un concours de rots, il prit son assiette et descendit au sous-sol.

Les trophées accrochés au mur n'étaient certes pas la plus réjouissante des compagnies, mais au moins la pièce était calme et n'empestait pas les éructations nauséabondes. Trop endolori pour s'asseoir, Brock marcha de long en large tout en mangeant. Il en profita pour examiner l'effroyable ménagerie exposée sur les murs. Quelqu'un avait remis en place messire Bras-de-Fer, qui, salement amoché et maculé de taches d'herbe, portait désormais la marque indubitable d'un coup de poignard. Chacun des trophées représentait une espèce différente de créature à laquelle la guilde s'était heurtée. Et Brock, qui pourtant avait reçu une éducation au-dessus de la moyenne, aurait eu bien du mal à en identifier ne fût-ce qu'un petit nombre.

Il avait entendu parler des dragons, évidemment, et des basilics et de quelques autres monstres. Mais il ne savait pas grand-chose à leur sujet. Liza, elle, avait reconnu les kobolds mais ignorait manifestement tout des nagas.

Il repensa au livre d'Hexam, ce manuscrit illustré bourré de détails si... inquiétants à propos de cette créature reptilienne. La guilde des Aventuriers était-elle la seule à posséder une réelle connaissance des Dangers ? Dans ce cas, ces informations seraient-elles, d'une manière ou d'une autre, utiles à Quilby ?

Brock ne savait toujours pas vraiment ce que le seigneur marchand attendait de lui, mais il résolut de jeter un nouveau coup d'œil sur le livre d'Hexam à la première occasion.

Un bruit de pas dans l'escalier le fit se retourner. Voyant Zed entrer dans la salle, Brock l'accueillit avec un sourire sincère et chaleureux, mais se rembrunit aussitôt lorsque Liza arriva à son tour. *Oh, non*, songea-t-il, contrarié, *pourvu qu'elle n'aille pas s'imaginer que je lui souriais, à* elle !

Mais la jeune fille lui adressa un petit signe de tête, et Brock laissa couler.

– Salut, Brock ! s'exclama Zed joyeusement. Liza va m'aider à choisir une arme pour demain.

– Quelque chose de facile à manier, précisa-t-elle.

– Et de très, très léger, ajouta Zed.

Il frotta ses biceps maigrichons et grimaça de douleur.

Quelques heures plus tôt, Brock avait regardé son meilleur ami se faire battre à plates coutures par Lotte, et ce de façon répétée. Lui-même avait les muscles terriblement douloureux, et son coccyx lui faisait un mal d'enfer.

– Je crois qu'on ne devrait pas y aller, déclara-t-il.

– On n'a pas vraiment le choix, objecta Liza, parcourant des yeux les armes accrochées au mur.

– Mais à quoi bon ? geignit Brock.

– Le focaliseur, tu te rappelles ? riposta Liza. Le sanctuaire ? Je t'en supplie, dis-moi que tu as écouté ce dont on a discuté ce matin, ô fils modèle de Pierrefranche !

Profitant de ce qu'elle lui tournait le dos, Brock lui tira la langue.

– Ce que je voulais dire, c'est : pourquoi tient-elle tant à ce que *nous* allions avec elle ? À sa place, est-ce que tu n'emmènerais pas quelqu'un d'autre pour une mission d'une telle importance ? N'importe qui, mais pas les nouvelles recrues !

– Je suis sûre qu'elle a de bonnes raisons, affirma Liza.

Elle décrocha un couteau de chasse du mur et le tendit, manche en avant, à Zed.

– Essaie ça.

– De bonnes raisons ? rétorqua Brock, qui entreprit de compter sur ses doigts. Du genre, elle veut nous tuer ? Ou alors elle… Non, je n'en vois pas d'autres.

– Peut-être qu'elle veut se débarrasser de *toi*, marmonna Liza.

Zed tenta maladroitement de rattraper le couteau, qui lui avait glissé des mains, manquant de peu de se sectionner le pouce. Liza poussa un soupir.

– Quelque chose avec un fourreau, peut-être ?

– Je suis sérieux, là, continuait Brock. Je me trompe ou le roi vient juste de lui ordonner de ne pas risquer notre vie ?

Liza haussa les épaules. Elle choisit un autre couteau sur le mur, enfermé dans un étui de cuir, celui-là.

– Elle a dit qu'elle connaissait le chemin. C'est sans doute le meilleur moyen de nous former. Comme ça, la prochaine fois, on courra moins de risques.

Elle remit le poignard à Zed avant de se retourner pour faire face à Brock.

– Franchement, je commence à croire que nous serons plus en sécurité dehors avec Frond qu'ailleurs sans elle. Cette femme est redoutable.

Zed brandit le couteau, prenant soin de le laisser dans sa gaine.

– Sûr que je n'aimerais pas me la mettre à dos, déclara-t-il.

– Si jamais tu vois comment la mettre dans ta poche, maugréa Brock, surtout préviens-moi.

*

Brock se força à garder son calme – du moins, en apparence – tandis qu'ils remontaient le long couloir souterrain en direction de la porte métallique. Celle qui conduisait à l'extérieur de la cité. Le cœur du garçon battait à tout rompre, ses mains en sueur lui piquaient à l'intérieur de ses gants, et il ne pouvait s'empêcher de penser à tout ce qui avait mal tourné la dernière fois qu'il était sorti par cette porte.

La principale différence, bien sûr, était que, cette fois, Frond les accompagnait. La maîtresse de la guilde, Hexam, Syd et Fife, tous se comportaient comme s'ils n'avaient pas le moindre souci en tête.

– Le sanctuaire se trouve à une demi-journée de marche en direction du sud-est, expliqua Frond dès qu'ils furent sortis dans les premières lueurs du petit matin. On pourrait faire l'aller et retour avant le coucher du soleil... sauf qu'il nous faudra du temps pour trouver le joyau magique de Grima.

Ce manque évident de respect envers l'archimage laissa Zed éberlué.

– Ce qui veut dire que plus longtemps nous resterons dans le sanctuaire, plus longtemps nous devrons marcher dans le noir au retour, précisa Hexam.

Ils s'enfoncèrent dans la forêt, Frond en tête. Brock se surprit à traîner littéralement les pieds, comme si son corps allait à tout instant s'arrêter et rebrousser chemin de son propre chef. Il prit alors conscience du bruit qu'il faisait en se déplaçant si lourdement et pensa aux créatures qui risquaient de l'entendre. Ce qui l'incita à concentrer ses efforts sur une démarche plus légère.

– Tu marches bizarrement, lui chuchota Zed.

– Ah bon ? Je devrais peut-être rentrer et faire examiner ça, répliqua-t-il.

– Pourquoi n'y allons-nous pas à cheval ? demanda Liza à Frond. Ça nous ferait gagner plusieurs heures.

La maîtresse de la guilde secoua la tête.

– Les chevaux s'effraient trop facilement en présence des Dangers.

– Ce qu'ils peuvent être bêtes ! ronchonna Brock, qui tressaillait au moindre souffle du vent.

– Dans la guilde des Aventuriers, on a un dicton, intervint Fife. Les chevaux sont faits pour être mangés, pas pour être montés.

Zed et Liza échangèrent un regard horrifié.

– Ce n'est pas vrai, voulut les rassurer Syd, son casque à trois cornes étincelant sous les premiers rayons de l'aube. On n'a jamais dit une chose pareille, et on n'y a jamais cru.

– Cessez vos bavardages, leur ordonna Frond. Vous deux, protégez les flancs. Hexam formera l'arrière-garde.

Les deux garçons se séparèrent pour se positionner conformément aux instructions de Frond, et Brock dut admettre qu'il respirait mieux maintenant que des guerriers armés et chevronnés faisaient écran entre lui et les bois. Même s'il ne s'agissait que de Syd et Fife, qui dans l'ensemble ne payaient pas de mine.

Après quelques minutes de marche, un léger bruissement leur parvint des sous-bois. Frond poursuivit son chemin comme si de rien n'était, mais les apprentis s'arrêtèrent net.

Brock se tourna vers l'archiviste derrière eux.

– Hexam, souffla-t-il, qu'est-ce que c'était que...

À cet instant précis, Zed poussa un hurlement, un cri aigu de terreur non dissimulée. Il fit un bond en arrière, percuta Brock, qui s'effondra avec un bruit sourd dans un tas de feuilles humides et dégoûtantes.

– Un Danger ! glapit Zed, un doigt pointé vers les arbres.

Liza leva son bouclier, tandis que Brock s'emparait à tâtons de ses dagues tout en jetant un coup d'œil alentour. Il lui fallut un bon moment avant de détecter le moindre mouvement. Une petite bête à fourrure, dotée d'une queue touffue, se tenait au milieu des broussailles. Dressée sur ses pattes de derrière, elle considérait d'un air inquiet le gland qu'elle tenait serré dans ses pattes minuscules.

Syd et Fife éclatèrent d'un rire sonore. Même Hexam ne put se retenir de pouffer.

– Ce n'est qu'un écureuil, expliqua l'archiviste.

Zed se recroquevilla dans une posture théâtrale.

– Ce n'est pas dangereux ?

– On ne peut plus inoffensif, lui assura Hexam, qui attrapa la main de Brock pour l'aider à se relever.

Parfaitement naturel. Non, mais, sans rire, qu'est-ce qu'on apprend aux enfants de nos jours ?

L'écureuil les observa de ses petits yeux vifs, marqua un temps d'arrêt, comme pour décider s'il devait ou non battre en retraite. Finalement, il ne bougea pas et se remit à grignoter allègrement son butin.

– Il est... plutôt mignon, constata Liza.

À cet instant précis, une étoile à lancer fendit l'air devant eux et décapita l'écureuil en un clin d'œil.

Zed poussa un autre cri, et cette fois Brock et Liza joignirent leurs voix à la sienne. Le rire de Syd et de Fife s'éteignit d'un seul coup.

– Même les animaux *naturels* peuvent être corrompus, se justifia Frond d'un ton bourru.

Bouche bée, Brock se tourna vers elle, mais c'était sur l'archiviste qu'elle braquait son regard.

– On ne prend pas de risques, par ici, Hexam. Pas aujourd'hui.

Hexam acquiesça d'un signe de tête, son bref accès d'hilarité brusquement évanoui.

– Bien sûr, maîtresse, dit-il.

Zed et Liza se regardèrent en fronçant les sourcils, pendant que Brock détachait les feuilles pourries de son pantalon trempé. La journée serait longue et éprouvante, il en avait le net pressentiment.

Ils cheminèrent pendant des heures sans prendre un instant de repos. Ils couvrirent plusieurs fois la distance qu'aucun des apprentis avait jamais parcourue en une fois. Pierrefranche s'inscrivait dans un cercle presque parfait et, contrairement à l'idée que Brock s'était toujours faite de la ville, on pouvait en réalité la traverser dans un sens puis dans l'autre en un seul après-midi.

Comme la journée s'écoulait sans autre incident, la nervosité de Brock se dissipa peu à peu. Pour finir, il se retrouva à scruter les arbres, aiguillonné non plus par la peur mais par l'émerveillement. Il existait tant de nuances de vert qu'il lui sembla absurde de les désigner toutes par le même mot. De leur côté, Syd et Fife cueillaient des fleurs le long du chemin. Sans jamais trop s'éloigner du sentier, ils remplissaient peu à peu leurs sacs de toile de fleurs jaune vif, violettes et rouges. Brock en vint à se demander s'ils avaient des amoureuses chez eux, ou si, plus prosaïquement, ils utilisaient les pétales parfumés pour couvrir les relents aigres qui flottaient dans la Maison de la guilde.

Durant tout le trajet, Frond et Hexam ne consultèrent pas une seule fois la carte que l'archimage leur avait donnée.

Mais l'archiviste ne cessait de lancer des regards vers Zed, d'une manière qui mettait Brock mal à l'aise.

Au point qu'il se demanda – une fois de plus – pourquoi les Aventuriers avaient tellement tenu à accueillir un ensorceleur dans leurs rangs.

*

Le soleil avait atteint son zénith lorsque la surface du chemin forestier se fit plus dure sous leurs pieds.

– De la pierre, remarqua Liza.

Brock s'avisa que sa camarade avait raison. Même si elle était maintenant toute fissurée, en piteux état et en grande partie envahie d'herbes et de broussailles, il y avait bel et bien eu une route pavée à cet endroit.

– Nous y sommes, déclara Frond.

Au sortir d'un virage, les arbres s'écartaient en une vaste clairière surmontée d'un dôme de feuillage. Une lumière verdâtre donnait à ce lieu un aspect irréel. Au centre de la trouée, deux arbres massifs entortillaient leurs branches, pareilles à deux tresses de bois. En haut, celles-ci étaient si enchevêtrées qu'on aurait dit un seul et même arbre, mais, en bas, les troncs étaient suffisamment séparés pour délimiter une sorte de porte naturelle. Malgré l'obscurité qui enveloppait les arbres, Brock remarqua que l'ouverture plongeait dans les profondeurs de la Terre.

– C'est un lieu elfique, souffla Liza. Les druides étaient des elfes.

Brock vit Zed frissonner d'exaltation. Il le gratifia d'une tape dans le dos.

– Eh bien, allons voir ça !

– Pas si vite ! l'arrêta Frond. Le sanctuaire est protégé.

– C'est plutôt une bonne nouvelle, non ? riposta Brock.

– Ça le serait, répondit Frond, s'il l'était contre les Dangers.

– Je ne vous suis pas.

Hexam s'interposa entre Brock et Zed, une main sur l'épaule de chacun.

– Le sanctuaire est protégé contre les *humains*.

Chapitre neuf

Zed

– Les humains ? répéta Liza. Pourquoi les druides auraient-ils voulu se défendre contre *nous* ?

Frond posa une main sur sa hanche, faisant s'entrechoquer les étoiles suspendues à son côté.

– Parce qu'avant le Jour des Dangers, *nous* représentions la menace la plus grave pour les druides. Ne te laisse pas abuser par la jolie fable que Forta nous débite à chaque Recrutement, jeune fille. Il y avait bien des routes avant l'arrivée des monstres, c'est vrai, mais on ne les sillonnait pas toujours en toute sécurité.

Hexam retira ses mains des épaules de Zed et de Brock pour avancer d'un pas.

– En tout cas, avant la trahison de Foster, les Dangers étaient encore rares et très éloignés. Ceux qui rôdaient dans notre monde résultaient d'incantations imprudentes ou d'un amenuisement occasionnel des portails interplanaires. À l'époque, seuls les chasseurs de monstres professionnels avaient l'occasion de croiser le chemin de ces créatures primitives.

– Je ne comprends pas, objecta Zed. La guilde des Mages est chargée d'entretenir nos barrières magiques. Comment celles-ci ont-elles pu résister aussi longtemps ?

Hexam toussota d'un air embarrassé.

– Eh bien, oui, vois-tu..., marmonna-t-il.

– Nous l'ignorons, le coupa Frond.

– Le pouvoir des druides était lié à la nature, ajouta précipitamment Hexam. Et ses secrets ont été perdus en même temps qu'eux.

– Tous sauf un, précisa Fife, les yeux anxieusement braqués sur l'entrée. Le Tribut de Sang. Parce que les esprits de la nature exigeaient un *sacrifice* en échange de leurs pouvoirs. Chaque année, quand la lune de sang montait haut dans le ciel, on surveillait de très près les garçons et les filles de Pierrefranche. Et malgré tout... chaque fois un enfant disparaissait. C'était devenu si insoutenable que les mères baignaient leurs nourrissons dans de vieilles ordures, juste pour qu'ils soient moins...

– Les druides ne faisaient pas de sacrifices humains, l'interrompit Syd.

Zed laissa échapper un petit couinement de soulagement, et Liza leva les yeux au ciel.

Fife parut agacé.

– Ils auraient très bien pu, tu n'en sais rien !

– Ne serait-ce que pour venger tous ces pauvres chevaux, commenta Brock.

Syd jeta un coup d'œil vers le misérable sentier qui conduisait à la cité.

– Bon, déclara-t-il, cette petite leçon d'histoire est certainement passionnante, mais, pour tout dire, nous avons eu de la chance de ne pas tomber sur une de ces créatures plumitives qu'Hex-man vient de mentionner. Mais la chance peut tourner en moins de deux, surtout quand on a une cible accrochée dans le dos.

– Comment sommes-nous supposés entrer là-dedans ? s'enquit Liza. Si les humains ne peuvent pas franchir les barrières magiques ?

Elle se tenait à côté de Frond, et c'était à celle-ci qu'elle avait posé ces questions.

Zed se rendit compte que, pendant toute leur conversation, la jeune fille avait adopté la même pose que la maîtresse de la guilde. Pour l'heure, sa main reposait sur le pommeau de son épée, avec une nonchalance soigneusement étudiée.

Frond lança un regard à Hexam, qui opina de la tête sans un mot.

– Nous n'irons pas, décréta-t-elle, pianotant du bout des doigts sur ses shuriken. Enfin, du moins, pas ceux d'entre nous qui sont humains.

Sur ces mots, elle planta son regard droit dans celui de Zed.

Il eut alors l'impression que tout le sang contenu dans son corps déferlait dans ses oreilles. Frond avait besoin de *lui* pour une mission ? Il resta là, pétrifié, l'esprit tout chamboulé, entre peur et fierté.

– Non ! protesta Brock à sa place. Il n'en est pas question.

Un silence gêné pesa un instant sur le groupe.

– Syd, Fife, ordonna Hexam aux deux amis, allez donc surveiller ce qui se passe du côté des arbres. Si nous devons constituer des cibles faciles, autant voir arriver les flèches.

Fife soupira.

– Juste quand ça commençait à devenir intéressant ! Bon, d'accord, allons-y, camarade.

Les deux garçons firent demi-tour et s'en retournèrent dans les bosquets, Fife filant devant, Syd le suivant d'un pas lourd et paresseux.

– Il n'y a pas à discuter, trancha Frond, dès qu'ils eurent disparu.

– Vous ne savez même pas si ça va marcher ! s'indigna Brock avec feu. Les barrières magiques l'empêcheront peut-être de passer. Après tout, Zed est à moitié humain. Et je ne peux pas en dire autant de vous !

– Quiconque a du sang elfique dans les veines peut franchir ce passage, assura Hexam. J'ai lu les ouvrages que possèdent les Éclats d'Argent à propos de ce sanctuaire. Foster lui-même s'y est rendu à de nombreuses reprises.

Zed sentit se hérisser le petit duvet sur ses bras. Foster le Sorcier était venu ici… Il coula un regard vers l'ouverture formée par les arbres entremêlés et tâcha d'imaginer ce qui l'attendait à l'intérieur. Le passage était enveloppé d'un voile de ténèbres aussi épais qu'un mur.

Brock secoua la tête, poings serrés, bras collés le long du corps.

– Le roi vous a *ordonné* de faire ça sans mettre vos apprentis en danger, rappela-t-il. Comment Zed est-il censé se défendre s'il y a un monstre à l'intérieur ? Il n'est même pas encore capable de jeter le moindre sort !

– Lui, non, convint l'archiviste. Mais moi, je le peux. Zed ne sera pas sans défense. Les sorts de protection et les rituels défensifs sont en quelque sorte l'une de mes spécialités.

– Je vais le faire, décida Zed.

Il n'avait pas plus tôt prononcé ces mots qu'il écarquilla les yeux, surpris par sa propre déclaration.

– Non, Zed, tu n'es pas obligé, insista Brock. Pas parce qu'*elle* te dit d'y aller. Le roi…

– Nous avons besoin de ce focaliseur, l'interrompit Zed. Toute la ville en a besoin. Les gens comptent sur nous, Brock, comme nous avons compté sur la Mer d'Étoiles jusqu'à maintenant. Frond... Frond a raison.

Il baissa les yeux. L'expression peinée que cette dernière affirmation avait peinte sur le visage de Brock lui était trop difficile à regarder en face.

Il sentit une main s'abattre sur son épaule.

– C'est à Zed de décider, déclara Liza. Et, si tu veux mon avis, je le trouve très courageux.

– Zed n'a jamais eu le choix, rétorqua Brock avec amertume. On ne lui a jamais donné l'occasion de prendre une véritable décision de toute sa vie. Frond a pris bien soin de s'en assurer, et maintenant elle l'a entraîné ici et a fait en sorte qu'il ne puisse pas refuser.

Là-dessus, il tourna les talons et s'en fut rejoindre Syd et Fife, occupés à surveiller la forêt alentour.

– Ça lui passera, prédit Liza, le front plissé.

Sans mot dire, Frond regardait Brock partir à grandes enjambées. Son visage était indéchiffrable.

– Un jour, il te le flanquera, ce coup, Alabasel, conclut Hexam.

La maîtresse de la guilde hocha la tête.

– Il ne sera pas le premier. Ni le dernier, convint-elle avant de tourner de nouveau son attention vers le reste du groupe. Grima nous a dit que le focaliseur était une gemme. Ça devrait être assez facile à repérer, mais les druides l'ont sans doute cachée tout au fond du sanctuaire. Quand tu l'auras retirée de son... support, les barrières de protection se dissiperont. Si tu rencontres un problème et que tu ne puisses plus ressortir, il faudra que tu brises ces barrières pour nous permettre d'entrer. Ce sera le seul moyen.

Zed approuva d'un signe de tête.

– Qu'est-ce que je fais si je vois un Danger ?

– Rien ! Absolument rien ! s'empressa de répondre Hexam.

L'archiviste leva les mains, et Zed détecta aussitôt l'odeur prononcée de la magie. Il ressentit d'étranges picotements, puis une sensation de fraîcheur le submergea, pareille à une pluie vivifiante – sauf que sa peau n'était pas du tout mouillée.

Quelques instants plus tard, des éclats lumineux scintillèrent dans son champ de vision, comme les facettes de quelque joyau étincelant. Lorsqu'il cligna des paupières, les lumières disparurent. Mais les couleurs aussi s'étaient effacées, ne laissant autour de lui que du gris.

– Je t'ai pourvu de toute une collection de protections magiques, lui apprit enfin Hexam, le souffle court, mais les bras toujours levés. Armure arcanique ordinaire, Cape de camouflage de Rassuma, Vision dans le noir, Miroirs confondants de troisième niveau... Non, n'essaie pas de parler. De toute façon, tu ne le pourras pas, à cause du Manteau de sourdine. Maintenant, je vais utiliser un sortilège très *amusant* mais très *fragile* : l'Invisibilité. Celui-là nécessite absolument d'avoir des gestes lents. Tout mouvement brusque, comme courir, attaquer ou éternuer trop fort, aurait pour effet de dissiper l'illusion. Tant que tu resteras calme et que tu ne te sauveras pas à toutes jambes au premier signe de danger, aucune des créatures que tu pourras rencontrer là-dedans ne devrait s'apercevoir de... oh.

Les jambes d'Hexam se dérobèrent sous lui, et il pencha dangereusement sur le côté. Frond se précipita pour le rattraper. Le magicien recouvra ses forces un moment plus tard et l'écarta d'un geste de la main.

– Ça va ? s'enquit Liza.

– Il y a des années que je n'ai pas lancé autant de sorts en si peu de temps, répondit l'archiviste en se redressant. Ce soir, je crois que je vais manger plus que Syd et Fife réunis.

Il se tourna vers Zed et conclut :

– Sois prudent. Et prends tout le temps qu'il te faudra.

– Nous t'attendrons ici, ajouta Frond.

Zed acquiesça d'un hochement de tête, espérant que son geste reflétait plus de bravoure qu'il n'en ressentait réellement. Hexam leva les mains une dernière fois, et un voile de... quelque chose... sembla tomber sur Zed et l'envelopper. C'était comme de la gaze, fine et légère, à travers laquelle il pouvait distinguer le monde qui l'entourait.

Liza en eut le souffle coupé.

– Il a disparu, hoqueta-t-elle, médusée.

Zed baissa les yeux et vit son propre corps sous l'enveloppe magique. Selon toute vraisemblance, le sortilège n'avait d'effet que sur ceux qui se trouvaient à l'extérieur du voile.

Dans la mesure où ses compagnons ne pouvaient ni le voir ni l'entendre, Zed comprit que les adieux seraient impossibles. Il prit une profonde et silencieuse inspiration.

Au revoir, Zed, se dit-il à lui-même, en se dirigeant vers le sanctuaire. *Et bonne chance.*

*

Zed s'était attendu à ce que l'obscurité dans le sanctuaire fût impénétrable. De l'extérieur, elle paraissait presque solide, comme une épaisse bouillie noire prête à l'engloutir d'un seul coup, sans faire de bruit.

S'il ne se rappelait le nom d'aucun des sortilèges qu'Hexam lui avait énumérés, à l'exception de l'Invisibilité, l'un d'eux lui permettait à l'évidence de percer les ténèbres. Chaque pierre, chaque racine noueuse lui apparaissait dans les moindres détails...

mais complètement dénuée de couleurs. Lorsque la lumière provenant de l'entrée du tunnel eut disparu derrière lui, Zed perçut la nouvelle noirceur aussi clairement que tout le reste.

De la mousse duveteuse s'accrochait aux parois de terre, et des végétaux jaillissaient de presque chaque lézarde apparente. Des grains de poussière flottaient dans l'air – grâce à sa vision magique, Zed les distinguait à la perfection –, mais à part cela le tunnel était étonnamment propre. Sans aucune trace de terre ou de saleté, il était tellement impeccable qu'on aurait dit qu'il venait d'être balayé.

Respectant la consigne donnée par Hexam, Zed progressait lentement. Un silence total régnait dans le passage souterrain du sanctuaire. La magie étouffait même le bruit de sa respiration et de ses pas. L'absence de ces sons familiers était aussi étrange qu'excitante.

Après quelques minutes de marche prudente, il remarqua que la galerie commençait à descendre en pente douce. Il aurait bien essayé de détecter une présence magique, mais l'odeur de ses propres protections était trop envahissante.

Au bout d'un moment, il parvint à une bifurcation. C'est là qu'il découvrit les squelettes.

Un tas d'ossements – il lui arrivait à hauteur des genoux – gisait sur le sol, à l'endroit où le couloir se divisait. Zed, qui s'était arrêté net dès qu'il les avait aperçus, faillit tourner les talons et déguerpir sans demander son reste. Mais il se rappela l'avertissement d'Hexam... et sa promesse. Rien ni personne ne pouvait le voir s'il gardait son calme.

Il s'approcha à pas de loup.

L'amoncellement se trouvait à l'extrémité du couloir principal. Au-delà, le passage vers deux voies secondaires était dégagé. Zed serait obligé d'enjamber les squelettes avant de choisir l'une ou l'autre direction.

Les carcasses étaient d'un blanc immaculé, comme si les os avaient été proprement curés avant d'être abandonnés au soleil. La plupart provenaient d'oiseaux et de rongeurs de petite taille. Zed reconnut de nombreux crânes de rats dans le fatras.

Mais qu'est-ce qui les avait tués ? Une créature si affamée qu'elle n'avait pas laissé la moindre miette de chair, pas le plus petit tendon.

Zed examina l'embranchement, à la recherche d'un indice susceptible de le guider dans son choix. Grâce à sa vision améliorée, il pouvait voir jusqu'au fond de chaque couloir, du moins jusqu'au premier coude. Il respira un grand coup, ferma les yeux et tendit l'oreille.

Silence.

Puis... un faible son. Un frôlement léger, assourdi et lointain. Cela venait du couloir de droite.

Il y avait donc quelque chose de vivant là-dedans.

Zed rouvrit les yeux. Il franchit avec précaution la pile d'ossements, une jambe après l'autre, puis s'engagea lentement dans le tunnel de gauche. Inutile de se précipiter au-devant du danger, invisible ou pas.

Le sol à cet endroit était encore plus impeccable qu'à l'entrée de la grotte, la pierre polie comme un miroir. Quelle que fût la créature qui vivait là, elle était manifestement très soigneuse. N'empêche, Zed espérait ne pas avoir à la rencontrer.

La galerie s'enfonçait toujours plus profondément sous terre, virant tantôt à droite, tantôt à gauche, puis de nouveau à droite.

Zed commençait déjà à souffrir de claustrophobie, lorsqu'il aboutit à une impasse. Il eut envie de pousser un grognement de frustration, mais, à cause du sortilège d'Hexam, ne réussit pas même à produire ne fût-ce qu'un pauvre sifflement.

Alors qu'il approchait de l'extrémité du tunnel, les ténèbres se dissipèrent pour révéler des formes distinctes. Des silhouettes se profilèrent devant ses yeux. Le couloir débouchait sur un mur orné d'une vaste fresque, presque deux fois plus haute que lui.

Les peintures étaient partiellement effacées, comme si on les avait poncées. De même que le sol, elles semblaient avoir été méticuleusement récurées, mais ce qu'elles représentaient était encore discernable. Une multitude de minces silhouettes entouraient un grand arbre, dont les branches s'élevaient vers le ciel en gracieuses spirales. Dans la joie du moment, semblait-il, tout le monde levait les mains.

Et tous avaient de longues oreilles pointues.

Les yeux écarquillés, Zed effleura doucement la paroi rocheuse. Il suivit de son index le tracé des oreilles de l'un des personnages et sentit que les siennes s'enflammaient. Cette fresque éveillait en lui un mélange de trouble, de fascination et... de tristesse.

Les elfes avaient jadis vécu tout près de Pierrefranche. À moins d'une journée de marche. Certains parmi eux avaient-ils songé à rallier la cité lorsque les Dangers avaient attaqué ? Peut-être était-il déjà trop tard à ce moment-là. Pierrefranche avait dû fermer ses portes au reste du monde pour se donner des chances de survivre.

Zed imagina Foster le Traître, se tenant au même endroit, regardant cette même fresque. Il écarta sa main du mur et la porta à sa poitrine.

Il tourna les talons et jeta un coup d'œil inquiet dans le couloir par lequel il était arrivé. Il lui fallait se rendre à l'évidence : le focaliseur n'était pas là. Tout compte fait, il allait devoir prendre le couloir de droite et affronter la créature qui s'y trouvait. Il inspira profondément. Promena un dernier regard nostalgique sur la fresque elfique et rebroussa chemin.

À peine avait-il tourné le premier angle du couloir que le bruit lui parvint : un grattement, semblable à celui qu'il avait entendu à l'embranchement du tunnel, mais plus proche. Zed remarqua une particularité qui lui avait échappé la première fois. Le son était… mouillé. Comme des pieds pataugeant dans la boue.

Zed se pressa contre le mur. Quelle que fût l'origine du bruit, celui-ci se dirigeait vers lui. Il s'efforça de se calmer, mais son cœur cognait si fort dans sa poitrine qu'il craignait que les battements ne se ressentissent à travers la pierre.

Cette chose ne peut pas te voir. Reste calme. Pas de mouvements brusques.

Il attendit la créature. Avec une atroce lenteur, celle-ci avançait en produisant d'horribles bruits de succion. Les yeux braqués vers l'entrée du tunnel, Zed se rappela à lui-même de ne surtout pas courir quand il apercevrait le monstre.

Sauf que ce n'était pas un monstre. C'était quelque chose d'encore pire.

Une énorme silhouette abordait le tournant avec une lenteur de limace. Tout d'abord, Zed ne comprit pas ce qu'il voyait. On aurait dit qu'un second mur venait d'émerger. Sa masse emplissait totalement l'espace – du sol au plafond, d'une paroi à l'autre. Mais elle n'était pas constituée de pierre, ni de terre, ni même de végétation. Le corps tout entier de la chose était humide et visqueux ; il ressemblait à un amas géant de mucosités.

La créature progressait à grand renfort de gargouillements, sans se presser. Alors, Zed vit ce qu'elle contenait.

Des os. Par centaines, peut-être. Et pas seulement des ossements. Les carcasses d'une demi-douzaine d'animaux étaient en suspension à l'intérieur du corps, dans divers états de décomposition. La plus grande était celle d'un ours – Zed reconnut l'animal pour en avoir déjà vu dans un vieux livre de contes dont il s'était servi autrefois pour apprendre à lire. L'ours était deux fois plus grand que lui et avait probablement possédé plus du double de sa force physique.

À présent, ce qui restait du museau de la pauvre bête était tordu en un masque effroyable de douleur et de terreur. Quelle que fût cette chose, elle avait digéré l'ours vivant.

Zed recula. La masse continuait d'avancer sans hâte. La panique s'empara du garçon. Il chercha un moyen de dépasser la créature – de la contourner –, mais la montagne gélatineuse emplissait chaque recoin du tunnel, comme une crème renversée dans un ramequin.

À mesure qu'elle s'approchait, Zed était obligé de se replier vers l'endroit d'où il était arrivé. Il jeta un coup d'œil par-dessus son épaule et s'aperçut que le fond du tunnel n'était plus qu'à une dizaine de pas derrière lui. Son regard tomba sur la fresque à moitié effacée. Et soudain il comprit ce qui l'avait ainsi pratiquement gommée.

L'amas visqueux apparut au coin de la galerie. L'ours à demi digéré fixait Zed de son œil dépourvu de paupière. Le garçon recula tant et si bien que ses omoplates heurtèrent le mur.

Zed voulut appeler au secours, mais son cri ne produisit aucun son. Le souterrain était totalement silencieux, exception faite des clapotements et bruits de succion en provenance de l'abomination qui s'approchait.

Zed s'aplatit autant qu'il le put contre le mur de la fresque.

Non, tenta-t-il de se convaincre. *Non, c'est impossible. Ça ne se passe pas réellement.*

Renonçant à toute intention de se dissimuler, il sortit son petit couteau de sa gaine de cuir et le lança de toutes ses forces contre le répugnant magma. L'arme atteignit sa cible avec un *sploush* à vous soulever le cœur. Aussitôt, le flanc du monstre éclata comme une pustule et se referma sur la lame. Zed entendit le manche de cuir pénétrer dans la paroi muqueuse avec un bref sifflement. Une fois le couteau entièrement englouti, le tunnel retomba dans le silence.

L'horrible masse poursuivait inexorablement son chemin en glougloutant. Le manche de cuir du couteau se rabougrit, fondit peu à peu et commença à se dissoudre dans les entrailles de la créature.

Non, pas comme ça ! Une terreur sans nom s'empara de Zed. Il ouvrit la bouche et, de nouveau, hurla pour appeler à l'aide. En vain.

Bientôt, la bouillie informe fut si près de lui qu'il lui aurait suffi de tendre le bras pour la toucher. Avec un écœurant clapotis, elle rampait vers lui. L'ours ne quittait pas Zed de son regard terrifié.

Tous les cadavres à l'intérieur du monstre observaient le garçon. Leurs faces décharnées arboraient un rictus d'impatience.

Pas de cette manière !

L'expression sur le visage de sa mère lors du Recrutement. Ses doigts plaqués sur ses lèvres. Ses joues inondées de pleurs.

PAS COMME ÇA !

Zed tendit la main. Des larmes brûlantes roulèrent sur ses propres joues, sa vue se brouilla. Autour de lui, tout devint trouble, imbibé d'une brume subite. La masse gélatineuse vacilla en avant, elle n'était plus qu'à quelques centimètres. Au travers de son corps immonde, Zed aperçut l'autre extrémité du couloir.

Tout à coup, il y eut un bruit sec dans ses oreilles et un son lointain, comme une petite explosion. Et Zed se retrouva là-bas, à l'autre bout du tunnel.

La galerie souterraine tanguait sous ses pieds, la tête lui tournait. Zed faillit s'affaisser mais, au prix d'un immense effort, il réussit à retrouver son équilibre. Jetant un regard circulaire autour de lui, il fut sidéré de constater qu'il avait, il ne savait comment, parcouru toute la longueur du couloir en un éclair. L'informe magma se trouvait à présent derrière lui, aplati contre le mur de la fresque, à l'endroit précis où Zed s'était tenu l'instant d'avant.

Une étrange brume surnaturelle s'accrocha à lui pendant un petit moment, avant de s'évaporer peu à peu.

Hexam. C'était sans doute l'un des sorts protecteurs du magicien. Mais alors pourquoi Zed se sentait-il si épuisé ? Ce qui venait de se passer l'avait totalement vidé de ses forces.

Malgré tout, il lui fallait lutter contre la fatigue. Qui savait combien de temps l'épouvantable créature se contenterait de traînasser au fond du tunnel ?

Mettant un pied devant l'autre, Zed avança d'un pas chancelant, puis encore un, et bientôt il décampait à toute allure dans le couloir, prenant appui sur les murs pour ne pas s'affaler en cours de route.

Bien plus tard seulement, Zed s'avisa qu'il avait perdu son voile invisible. La mystérieuse enveloppe de gaze avait disparu. Mais peu importait ! Il s'en moquait. Brock avait raison : il fallait à tout prix qu'il sorte de là au plus vite.

Il arriva peu après à la bifurcation où s'entassaient les ossements et d'où partait la galerie principale qui menait vers la sortie.

Zed marqua un temps d'arrêt. Il glissa un coup d'œil dans l'autre couloir, celui qu'il n'avait pas pris.

Celui qui devait conduire au focaliseur.

Il grommela un chapelet de gros mots – aucun n'était audible –, puis s'élança à fond de train dans le passage inexploré.

Ce tunnel-là était plus long que l'autre, beaucoup plus long, et plein de tournants, de coins et de recoins. Zed courait à perdre haleine, une alarme résonnant en boucle dans sa tête.

Fais demi-tour, espèce d'imbécile !

Il arrive !

Cependant, il poursuivit sa course en avant.

Finalement, la galerie s'élargit pour former une petite grotte. Au centre se trouvait un bassin d'eau sombre et scintillante.

Cela avait peut-être été jadis un miroir d'eau pour les druides, un lieu propice à la contemplation et à la sérénité. À présent, c'était un charnier.

Des profondeurs de l'eau s'élevait une montagne d'ossements, dix fois plus haute que celle qui se dressait à l'entrée du couloir. Et ceux-là ne provenaient pas seulement de squelettes de rats. Zed distingua dans la pile des crânes humains défoncés, qui le toisaient avec un rictus méprisant. Appartenaient-ils... à des elfes ?

Zed balaya la petite salle des yeux. Il devait coûte que coûte trouver le focaliseur. Qu'avait dit Frond, déjà ? C'était une sorte de gemme. Ça ne devait pas être bien difficile à reconnaître. C'était forcément...

Alors, il le vit.

Sur un autel surélevé, juste derrière le bassin, un cristal brisé en mille morceaux.

Oh, non... Zed se hâta de traverser la salle en contournant le bassin. Sur un simple socle de pierre était posée une énorme gemme fracassée en une multitude de fragments étincelants.

Ravalant un sanglot inutile, Zed s'empara du plus gros morceau. L'éclat de cristal était froid et lourd dans sa main.

Mais les barrières magiques... elles ne fonctionnent pas sans focaliseur. Alors comment... ? Zed repensa au parcours que ses compagnons et lui avaient effectué pour parvenir au sanctuaire, à la discussion qu'ils avaient eue devant l'entrée.

Personne n'avait cherché à vérifier si les barrières étaient intactes.

Il eut envie de hurler. En fait, ce serait sans doute la première chose qu'il s'autoriserait à faire dès que ses protections magiques se seraient dissipées. Mais, pour l'heure, il devait sortir de cet affreux endroit si terriblement exigu.

Zed glissa le fragment de cristal dans la petite sacoche suspendue à sa ceinture, puis ramassa aussi le reste des débris et les fourra dedans. Il était sur le point de repartir lorsqu'une voix retentit dans la salle :

– Je *te vois*.

Zed sursauta en poussant un glapissement muet. Il fouilla le sanctuaire des yeux mais ne vit rien.

– Tu es venu chercher la pierre, énonça la voix traînante. Je me trompe ?

Zed aurait été bien en peine de répondre, même s'il l'avait voulu. Il s'écarta de l'autel, lança des regards furtifs autour de lui. La salle était si petite... Où le propriétaire de la voix pouvait-il bien se cacher ?

– Moi, aussi, je suis venu pour ça. J'avais reçu l'ordre d'emporter la pierre très loin d'ici. Mais sa magie avait déjà disparu, il n'en restait que quelques miettes. Alors, je l'ai pulvérisée pour m'en assurer. Quant à la deuxième consigne... c'était quoi, déjà ?

Le regard de Zed tomba sur la surface miroitante de l'eau. L'eau qui réfléchissait... de la lumière. Alors, en proie à une frayeur grandissante, il eut l'idée de regarder en l'air. Et s'aperçut que la grotte n'avait en fait rien de minuscule.

Elle était immense.

D'énormes branches d'arbres se déployaient vers le haut, sur des centaines de mètres, reliées entre elles par des vestiges de ponts et d'escaliers, avec lesquels elles formaient une tour en spirale. Bien qu'il n'en restât que des ruines, Zed pouvait encore deviner la merveille que cette construction avait jadis été. C'était *là* qu'avaient vécu les druides, dans ce temple bâti à la verticale entre les deux arbres jumeaux, et qui s'élevait en tournoyant dans le ciel infini.

La lumière entrait à flots par des arches brisées, baignant de clarté des dizaines de statues aux oreilles joliment pointues. Une cité entière peuplée d'elfes aux visages doux et songeurs contemplait Zed.

Et là, au milieu des sculptures, se tenait le propriétaire de la voix, les yeux rivés sur Zed.

– Ah oui, reprit-il d'un ton joyeux. Je me rappelle. L'ordre stipulait : Tuer quiconque tentera de prendre le focaliseur.

Au premier abord, le nouveau venu paraissait humain. Il portait des vêtements, même si ce n'étaient que de misérables haillons sales et usés jusqu'à la trame. De sous le capuchon qui dissimulait son visage, deux yeux globuleux observaient Zed. Un sourire étirait ses lèvres minces. Il se tenait en équilibre, les bras tendus en avant, les jambes fléchies. Ses mains et ses pieds nus étaient noirs de crasse.

Soudain, le visage de la créature se fissura.

Il s'ouvrit en deux, du sommet du crâne jusqu'au menton, comme le long d'une couture verticale. La hideuse crevasse était tapissée de plusieurs rangées de pointes acérées, descendant jusqu'à un gosier en cul-de-poule.

Zed ne se rendit compte qu'après coup qu'il avait pris la poudre d'escampette.

À peine avait-il laissé derrière lui le bassin plein de squelettes qu'un grand fracas retentit. L'être monstrueux venait d'atterrir en plein dans le tas d'os. Une grêle de fémurs et de phalanges fendit l'air en sifflant, et Zed dut faire un bond de côté pour esquiver un crâne détrempé qui fondait sur lui.

– Cours, cours, cours, petit Aventurier, roucoula dans son dos le monstre en forme d'homme. Tu n'échapperas pas à l'Insaisissable !

Zed ne se le fit pas dire deux fois. Il courut comme jamais auparavant. La peur lui martelait le crâne comme un tambour. Il galopa ventre à terre dans le long couloir étroit, trébuchant à chaque tournant, mais sans jamais oser jeter un regard en arrière. Enfin, après ce qui lui sembla une éternité, il aperçut la bifurcation du tunnel et le petit tas d'ossements… et la masse gélatineuse qui, arrivant de l'autre couloir, allait lui bloquait le passage vers la sortie.

– Hi-hi-hi-hi !

La voix semblait si proche que Zed crut sentir le souffle de la créature dans son cou. Il lâcha un cri silencieux et se força à courir plus vite, encore plus vite, malgré ses jambes douloureuses et ses forces déclinantes.

– Tu ne pourras jamais fausser compagnie à l'Insaisissable, siffla le monstre à l'oreille de Zed.

Et Zed comprit qu'il disait vrai. La masse informe et chancelante avait presque franchi l'embranchement. Zed n'avait aucune chance de passer. Soit il percuterait le tas de gelée translucide et connaîtrait une mort aussi lente qu'atroce, soit il finirait dans l'horrible gueule de son poursuivant.

Il s'efforça de réfléchir, d'échafauder un plan. Mais il n'avait rien. Aucune issue. La panique lui troublait l'esprit, lui obscurcissait la vue, pareille à un brouillard suffocant.

Un brouillard.

Zed se rappela l'étrange enchantement qui lui avait permis de franchir le magma gélatineux quelques minutes plus tôt. Il avait cru que cette faculté magique lui venait d'Hexam. Or, bizarrement, le fait d'y recourir l'avait épuisé, comme... comme s'il avait utilisé sa *propre* mana.

Était-ce possible ?

Zed plissa les yeux et essaya de se remémorer ce qu'il avait ressenti. Tâcha de visualiser la drôle de brume qui avait accompagné le phénomène.

Et voilà que, si incroyable que cela pût paraître, le brouillard était revenu, collé à ses bras, à la lisière de son champ de vision !

Zed lança un regard éperdu vers le tunnel qui conduisait à la sortie, vers le tas d'os qui marquait le début du chemin vers la liberté.

Avec un bruit sec, ses oreilles se débouchèrent d'un seul coup. Il eut l'impression de tanguer si fortement qu'il en eut l'estomac tout barbouillé. Une explosion de brouillard argenté lui voila la vue, et il vacilla brusquement vers l'avant. Un léger *plouf* se fit entendre derrière lui, suivi aussitôt d'un cri aigu.

Zed s'écrasa, tête la première dans l'amas de squelettes. Sans perdre une seconde, il se retourna et se retrouva face à un spectacle terrifiant.

La créature de forme humaine qui le pourchassait venait de se faire capturer par le gros tas de gélatine. Hurlant à pleins poumons, elle se débattait comme un beau diable pour essayer de s'échapper, mais quelle que fût la matière dont était composé l'épais magma, celui-ci ne lâchait pas prise.

– J'ai mal ! J'ai *mal* ! braillait la créature, qui se tortillait désespérément dans tous les sens pour se libérer.

Ses yeux rouges globuleux semblaient sur le point de jaillir de leurs orbites.

– Maman, au secours, J'AI MAL !

Avec de sinistres crépitements, l'Insaisissable fut peu à peu aspiré dans les entrailles de la masse gluante. Quelques secondes insoutenables plus tard, le poursuivant de Zed était complètement ingurgité, et le couloir, redevenu silencieux.

Avec un immense soulagement, Zed vit la chose innommable continuer son petit bonhomme de chemin dans l'autre tunnel. Il n'avait aucune envie d'assister à ce qui n'allait pas manquer de se passer ensuite.

À bout de souffle, hébété, dégoûté et soudain plus affamé qu'il l'avait jamais été de toute sa vie, Zed finit par recouvrer quelques forces et se releva dans un cliquettement d'os.

Ses mains tremblaient de façon incontrôlable. Il lui fallut faire appel à toute sa détermination pour ne pas éclater en sanglots. Il serra très fort les paupières et refoula les larmes brûlantes qui menaçaient de déborder sur ses joues.

Enfin, rassemblant les dernières bribes de sa volonté, il rouvrit les yeux.

Il s'apprêtait à faire demi-tour et foncer vers la sortie, lorsque quelque chose attira son attention. Il y avait un petit pendentif par terre, juste à l'endroit où le monstre humanoïde s'était débattu contre la masse visqueuse. Zed se pencha et ramassa l'objet de ses doigts tremblants.

C'était un talisman en bois, sculpté en forme de bouche grimaçante et pleine de dents pointues.

Zed avait déjà vu des amulettes de ce genre, bien sûr. Par centaines.

C'était la Vieille Makiva qui les fabriquait.

Chapitre dix
Brock

Incapable de rester immobile, Brock faisait les cent pas à l'orée des arbres, sans toutefois quitter des yeux une seconde l'entrée du sanctuaire, où il faisait noir comme dans un four. Il n'était même pas certain d'avoir une seule fois cligné des paupières depuis le départ de Zed. Il éprouvait une fureur sourde, pareille à une brûlure douloureuse derrière les yeux. Il la sentait dans le fond de sa gorge. Elle le rendait dangereux, comme un millier de lames coupantes rassemblées sous la forme d'un être humain. Quiconque aurait la mauvaise idée de l'approcher en cet instant serait découpé en rondelles sur-le-champ.

Il ne les regardait pas, mais il devinait ses compagnons occupés à arpenter la clairière, faisant mine de ne pas s'inquiéter, tout en s'ignorant résolument les uns les autres. Ils savaient très bien jouer les durs, et, malgré la belle assurance qu'ils affichaient, Brock détectait les failles dans leurs cuirasses, juste assez larges pour que s'y glisse une dague. Une dague, ou une parole acérée.

C'était là quelque chose que des brutes comme Alabasel Frond ne comprendraient jamais : blesser les gens était facile. Choisir de s'en abstenir… ça nécessitait parfois une véritable maîtrise de soi.

Brock se frotta les joues, se rappela le coup qu'elle lui avait flanqué. C'était pour cela qu'elle avait emmené les apprentis et les avait mis une fois de plus en danger : pour pouvoir utiliser Zed. Et c'était sans doute déjà pour la même raison qu'elle l'avait enrôlé de force. Plus Brock attendait de voir réapparaître son ami, plus son sang-froid l'abandonnait.

Zed ne lui avait même pas dit au revoir.

Brock avait beau jeter des regards furieux dans le tunnel, comme autant de bouées de sauvetage lancées à la mer, ce fut Frond qui vit Zed la première. Elle passa aussitôt à l'action, rapide et silencieuse comme un serpent. Elle se précipita vers l'entrée du souterrain et s'engagea dans les ténèbres, d'où Zed sortit en titubant avant de tomber dans ses bras. Brock et Liza se ruèrent à leur tour vers l'ouverture, mais Hexam les repoussa pour laisser passer Frond, qui portait Zed comme s'il n'avait pas pesé plus lourd qu'une plume. Un des bras du garçon pendait, inerte.

Liza agrippa l'épaule de Brock, peut-être pour lui manifester son soutien… ou simplement pour essayer de le retenir.

– Qu'est-ce qu'il a ? s'enquit-elle.

Frond ne prêta pas attention à sa question.

– Syd, Fife, montez la garde devant cette porte, ordonna-t-elle.

Avec d'infinies précautions, elle déposa Zed sur le sol, non sans esquisser une grimace de douleur. Hexam s'agenouilla près du garçon et lui plaqua ses doigts sur le cou. Une fraction de seconde plus tard, il s'écartait brusquement en secouant la main, comme sous l'effet d'une brûlure.

– Malédiction ! s'écria-t-il, avant de glousser entre ses dents : Je ne sais pas ce qu'il a trouvé là-dedans, mais encore heureux que ça n'ait pas déclenché l'Ortie foudroyante de Gestalt.

D'un geste précis, il dissipa le sort protecteur qui lui avait provoqué cette douleur, et Zed se réveilla.

– Je vais bien, assura-t-il. Je suis juste… très fatigué.

Hexam porta une outre pleine d'eau aux lèvres du garçon.

– Bois tout ton soûl, petit.

Zed vida la gourde d'un trait. Ses joues reprirent des couleurs presque instantanément.

Brock laissa échapper un profond soupir. Le nœud de colère dans sa poitrine se desserra, sa rancœur noyée sous une vague d'anxiété, de peur, et enfin de soulagement.

S'apercevant que, penchée contre lui, Liza se cramponnait toujours à son épaule, il se passa une main dans les cheveux et s'empressa de se dérober.

– Tu as l'air mort de faim, remarqua Hexam, qui observait Zed avec la curiosité d'un chien de chasse. Quels sorts as-tu jetés ?

Zed s'essuya les lèvres du revers de la main, les lécha, puis passa la langue sur le dos de sa main.

– Miam ! Euh... je ne sais pas. J'ai... enfin... je me suis retrouvé à l'autre bout du couloir rien qu'en le regardant.

– Le saut de l'elfe ? s'étonna Hexam en aidant Zed à se relever.

Brock fronça les sourcils.

– Qu'est-ce que c'est ? Un pas de danse ? Ou une insulte raciste ?

– Il s'agit d'un sort, expliqua l'archiviste. Et pas des plus faciles à manier. Son nom exact est *hel'andora moor*, que l'on pourrait traduire par quelque chose comme « grande enjambée à travers la brume ». Mais la grammaire elfique est un tel micmac qu'on pourrait tout aussi bien parler de « marcheur au voile » ou même, oui, de « danseur », ce qui prouve bien que...

– Zed, tu as lancé un sort ? Sans baguette, ni rien ? s'exclama Brock en secouant son ami par les épaules. Tu te rends compte ? Tu as jeté un sort !

Un sourire timide se répandit sur le visage de Zed.

– Il n'y a pas de quoi en faire une montagne. Hexam, lui, a dû en utiliser plus d'une dizaine.

– Hexam étudie la magie depuis au moins soixante ans, objecta Brock. Toi, tu as un don !

Hexam s'éclaircit la gorge.

– Je n'ai que trente-neuf ans, protesta-t-il, avant de se tourner vers Frond. Et, oui, tu as oublié mon anniversaire, Alabasel ! C'était la semaine dernière.

Frond resta de marbre.

– Ça suffit ! vociféra-t-elle.

Brock ne cessa pas pour autant de chahuter Zed par jeu, jusqu'à ce que son ami se dégage de son emprise.

– Je suppose que, si j'ai pu entrer dans le sanctuaire, cela signifie que tu as réussi à mettre la main sur le focaliseur, hasarda Frond.

Le sourire de Zed s'effaça.

– Oui, si on veut...

Il sortit un éclat de cristal de la bourse accrochée à sa ceinture.

– Il était en mille morceaux. Je les ai tous ramassés, mais...

– C'est impossible !

Tous les regards se tournèrent vers Hexam, consterné.

– Un focaliseur est quasiment indestructible quand il est chargé. Et, même s'il ne contenait plus de magie, il n'aurait pas...

– Nous avons affaire à un acte de sabotage, expliqua Zed. Je... je suis tombé sur la créature qui a fait cela. Elle a dit qu'elle s'appelait l'Insaisissable.

– Elle parlait ? s'étonna Frond. C'était un Danger ?

Fife déglutit bruyamment et, imité par Syd, brandit son arme.

– Oui, répondit Zed. Ça ressemblait à un être humain, mais ensuite sa tête s'est... ouverte en deux. Il est mort, maintenant, ajouta-t-il d'un air sombre, qui fit frémir Brock. Mais il n'agissait pas de lui-même. Il a dit qu'il obéissait à des ordres.

– Il y en a donc un autre qui rôde dans les parages, conclut Hexam en jetant un regard inquiet vers les arbres.

– Possible, convint Zed.

Il ouvrit la main dans laquelle il tenait le talisman en bois, dont Brock reconnut immédiatement le style.

– Ou alors son maître est humain. Peut-être quelqu'un que nous connaissons.

*

Ils repartirent sans attendre vers Pierrefranche. Ils marchaient à une cadence telle que Brock était sûr qu'ils ne pourraient la maintenir très longtemps. Malgré tout, alors que le soleil déclinait et que l'obscurité dans la forêt s'épaississait, les Aventuriers avançaient toujours plus vite. Brock sentait la sueur ruisseler dans son dos et une douleur commencer à lui vriller les pieds, mais il se gardait bien de se plaindre. Il lui fallait économiser son souffle.

Liza, elle, avait apparemment du souffle à revendre.

– Que se passera-t-il si nous sommes toujours à l'extérieur des remparts après la tombée de la nuit ? voulut-elle savoir.

– Peut-être rien du tout, répondit Frond. Mais c'est la nuit que les pires Dangers s'enhardissent.

Zed frissonna, et Brock se demanda quelle terrible mésaventure avait bien pu arriver à son ami dans le sanctuaire. Dans l'espoir de chasser l'inquiétude qui lui tordait le ventre, il tenta de se raccrocher à ce sentiment familier de colère justifiée, mais tout ce qu'il éprouvait pour l'instant, c'était de l'agacement.

– J'imagine qu'ils sont du genre timide pendant la journée, grinça-t-il.

– C'est tout de même un peu inquiétant qu'on n'ait encore vu aucun signe de leur présence, remarqua Hexam.

Les yeux rivés sur la piste envahie par la végétation – cette route jadis très fréquentée sur laquelle la nature avait maintenant repris ses droits –, il allait en tête du groupe, cette fois, tandis que Frond fermait la marche.

– Bien sûr, ça n'a rien d'exceptionnel, mais d'ordinaire la forêt n'est silencieuse à ce point que quand un... disons, un superprédateur se trouve dans les environs. Ce qui a, évidemment, tendance à effrayer ses rivaux.

– Les Dangers peuvent avoir peur ? demanda Brock. De... de Dangers plus gros qu'eux ?

– La plupart ne sont que des bêtes sauvages, expliqua Hexam. Les Dangers se contentent de suivre leur instinct, chercher de quoi se nourrir, protéger leur territoire. La majorité possède juste assez d'intelligence pour éviter les groupes d'hommes armés. Ils sont redoutables, cela va sans dire, mais pas *malfaisants*.

Zed fut de nouveau secoué d'un frisson.

– Cette chose dans le sanctuaire... elle me narguait, se rappela-t-il. Elle riait.

– Il y a toujours des exceptions, ajouta Hexam.

Brock, qui cheminait aux côtés de Zed, empoigna l'épaule de son ami.

– Elle ne peut plus te faire de mal, maintenant.

– Je le sais, dit Zed en tournant vers lui ses yeux bruns. Je l'ai tuée.

Brock hésita un court instant, puis hocha la tête, muet de stupeur. Soudain, il se rappela la façon dont Hexam s'était reculé au contact de Zed après que celui-ci était sorti du sanctuaire, comme si la peau du garçon avait été chargée d'électricité. Pourtant, Frond l'avait pris dans ses bras, non ?

Il se retourna pour observer la maîtresse de la guilde et, pour la première fois, remarqua que de nouvelles marques rosées zébraient ses bras nus. Elle n'était donc pas immunisée contre le sortilège ; elle avait dû souffrir le martyre, à porter Zed comme elle l'avait fait.

Avant que Brock eût pleinement assimilé la signification de cette découverte, un hurlement s'éleva des profondeurs de la forêt.

– Qu'est-ce que c'était ? demandèrent Syd et Fife en chœur, juste avant que Fife ajoute : On fait un vœu !

– Allez, on accélère, commanda Frond.

Et, bien que Brock eût pu protester qu'ils marchaient déjà à vive allure, il n'eut aucun mal à presser le pas.

*

Le coucher du soleil semblait se précipiter, lui aussi, comme s'il avait été lui-même un Danger, résolu à suivre le rythme des Aventuriers. Les arbres se pressaient autour d'eux, les ombres s'allongeaient, happaient leurs chevilles, tandis qu'ils se hâtaient sur le chemin inégal. Lorsque Brock trébucha sur une racine, il eut un frisson d'épouvante à l'idée que quelque chose l'avait agrippé.

Des sons étranges se faisaient entendre, de plus en plus nombreux. Des cris et de curieux glapissements inarticulés retentissaient par salves. Les bruits venaient de loin, mais les Aventuriers avaient beau se hâter, ils ne réussissaient pas à les distancer.

Et voilà maintenant que la clameur s'élevait de part et d'autre du sentier.

– Ils nous suivent ? demanda Zed, à bout de souffle.

– Ils savent que nous sommes ici et ils nous surveillent, répondit Hexam. Mais ils n'auront pas l'audace...

– Sauf s'ils ont faim, le coupa Frond. Ou s'ils s'ennuient. Ou si on leur déplaît particulièrement.

– Dans ce cas, je suppose qu'on ne s'arrêtera pas pour une partie de cartes, lâcha Brock d'une voix plus essoufflée qu'il ne l'aurait souhaité.

Cela faisait plus d'une heure qu'ils progressaient à toute allure, aiguillonnés par une nouvelle décharge d'adrénaline chaque fois qu'ils entendaient un hurlement.

Brock se rendit compte qu'il ne voyait plus le soleil. L'astre avait sombré derrière la forêt à leur gauche, et, à leur droite, le ciel avait pris la teinte noir bleuté d'une ecchymose.

Dix minutes plus tard, les cris sporadiques cessèrent, remplacés par une sorte de jacassement excité venu d'outre-monde.

– Ils rient... de nous ? demanda Liza.

– Ne les écoute pas, Liza, intervint Brock. Ta coiffure te va très bien.

– Ha, ha ! fit-elle, impassible.

Le curieux caquetage semblait provenir tour à tour d'un côté du chemin, puis de l'autre.

– Ils communiquent entre eux, remarqua Hexam.

– Ils s'organisent, précisa Frond. Dépêchons-nous, ordonna-t-elle en donnant une tape sur les épaules de Fife, qui se trouvait à portée de sa main. Vite ! Courez ! Mais restez sur le sentier.

Brock partit comme une flèche, heureux d'avoir choisi une armure légère et souple. Syd et Fife, qui tous deux portaient une cotte de mailles, ne tardèrent pas à montrer des signes de fatigue. Quant à Liza, elle semblait avoir du mal avec le bouclier attaché dans son dos. Brock et Zed la rattrapèrent et, à l'instant où Brock se demandait s'ils devaient ralentir pour lui permettre de les suivre, elle força d'elle-même l'allure.

Brock ne percevait plus aucun piaillement menaçant par-dessus sa propre respiration haletante, mais il n'en déduisit pas pour autant qu'ils étaient hors de danger.

Il s'autorisa, néanmoins, à reprendre espoir lorsqu'ils atteignirent le sommet d'une colline et qu'au-dessus de la cime des arbres, il vit les remparts de Pierre-franche se dresser à quelque distance de là, des flambeaux allumés tout le long des créneaux.

Ce fut à cet instant précis que la première créature passa à l'attaque.

Derrière eux, Syd poussa un cri de douleur et, sans ralentir, Brock jeta un coup d'œil par-dessus son épaule, juste à temps pour voir une noire silhouette déguerpir parmi les arbres. Une grimace de souffrance déformait le visage de Syd, mais le garçon ne s'arrêta pas pour autant, et Brock en fut soulagé.

– Là ! s'écria Frond en guise d'avertissement.

Une deuxième créature surgit des bois, fonça au travers de la petite troupe et essaya de frapper Hexam au passage. L'archiviste leva les bras dans une soudaine explosion de lumière bleue pour repousser le coup de griffes.

La créature ressemblait à un homme, mais un homme dans un état de décrépitude avancée, ou alors un tas de vieilles guenilles ambulantes. Quel qu'il fût, ce Danger possédait des bras, et ses doigts étaient assez pointus pour faire jaillir des éclairs au moment où ils percutèrent le bouclier magique d'Hexam.

Le monstre ne tenta pas un second assaut, mais poursuivit son chemin et disparut dans la forêt d'un seul mouvement fluide et ininterrompu. Les Dangers appliquaient la tactique du raid éclair, ne quittant l'abri des arbres que le temps de porter leurs coups.

À un moment ou à un autre, ils toucheraient un organe vital.

Sans cesser de courir, Hexam passa à l'offensive et projeta un torrent de feu vers les arbres.

– Nous pouvons les semer ! cria Frond, quelque part derrière eux.

Brock entendit le sifflement de ses étoiles à lancer déchirer l'air en direction des bois.

– Continuez à courir ! rugit-elle.

Liza avait décroché le bouclier dans son dos et le tenait désormais entre Zed et elle. À condition de réagir avec assez de promptitude, elle serait ainsi en mesure de parer n'importe quelle frappe visant l'un ou l'autre. De l'autre côté de Zed, Brock sortit ses dagues et les brandit de façon à pouvoir les planter dans la première créature qui s'approcherait d'un peu trop près, et cela *même* s'il ne réagissait pas assez rapidement.

De noires silhouettes continuaient de les harceler, bondissant de leurs cachettes, frappant à toute volée puis disparaissant de nouveau avant d'être pris à leur tour pour cible. Mais les Aventuriers avaient compris la tactique et tenaient chaque fois en échec les assauts des créatures. Et, pendant tout ce temps, les murailles de Pierrefranche se rapprochaient.

On va y arriver, se persuada Brock.

Il aperçut soudain une silhouette devant eux, au milieu du chemin, à l'endroit exact où l'étroit sentier s'ouvrait sur la plaine dénudée qui entourait la cité. Il y avait là un goulet d'étranglement naturel, et un homme en bloquait le passage. Les traits de son visage étaient dissimulés dans l'ombre, mais ses yeux flamboyaient d'un éclat rouge.

Il avait d'étranges yeux à facettes, comme un insecte.

– Ne vous arrêtez pas ! cria Frond derrière eux.

Et, brusquement, elle fut à leurs côtés, les doubla et se rua droit sur la créature qui leur barrait la route.

– Ne vous arrêtez pas ! répéta-t-elle.

Elle se jeta de tout son poids sur l'être d'apparence humaine, le renversa et le plaqua violemment au sol. Brock n'osa même pas regarder lorsque, avec Zed et Liza, il la dépassa en coup de vent, pour laisser enfin la forêt derrière eux et sortir à découvert. Le ciel au-dessus de leurs têtes semblait immense, constellé d'étoiles par centaines maintenant que le soleil était tombé dans l'oubli. Un chœur de hurlements lugubres monta de la forêt, mais leurs ennemis avaient renoncé à les poursuivre.

– Le portail ! cria Hexam en direction de la ville. Ouvrez le portail !

À quelques mètres seulement de la muraille, il interrompit sa course, pivota sur ses talons et lâcha une poignée d'étoiles crépitantes.

Il s'effondra dans l'herbe, mais les particules de lumière magique traversèrent la plaine à la vitesse de l'éclair pour aller foudroyer la créature aux prises avec Frond. Celle-ci profita de ce que son adversaire était sonné pour prendre ses jambes à son cou.

– Il faut aider Hexam à se sortir de là ! s'écria Liza.

Elle saisit le poignet de l'archiviste sans connaissance et tenta de le hisser sur ses jambes.

– Ouvrez ! ordonna Fife aux Fils de la Pierre postés en sentinelle au sommet des remparts.

– Pourquoi est-ce qu'ils n'ouvrent pas ? siffla Zed entre ses dents.

Il venait de rejoindre Liza et, s'emparant de l'autre main d'Hexam, entraînait le malheureux vers le portail, qui demeurait obstinément fermé.

– Ils ne peuvent pas, répondit Syd, les mâchoires serrées. Il est interdit d'ouvrir les portes quand il y a un Danger en vue. Ils ne prendront pas le risque.

Le cœur de Brock se serra lorsqu'il vit la créature se redresser à l'autre extrémité du pré. Il lui manquait des morceaux à présent. L'un de ses bras était ouvert en deux, et de la chair déchirée émergeait une longue patte segmentée d'insecte, terminée par une pointe acérée à l'endroit où aurait dû se trouver une main. Brock était pratiquement certain que le monstre avait aussi perdu une oreille, et un drôle de cliquettement sortait du fond de sa gorge, comme si quelque chose se tortillait à l'intérieur pour essayer de remonter.

Brock ne pouvait en détourner les yeux. Frond arrivait à fond de train sur eux, son visage balafré devenu l'image même de la fureur et de la détermination. Mais la bête s'élança derrière elle, plus vite que son corps délabré n'aurait dû le lui permettre. En fait, elle donnait plus l'impression de détaler que de courir. Penchée en avant, elle se servait de son curieux membre barbelé pour se propulser. Du liquide moussait à sa bouche en dents de scie, trop foncé pour être de la salive ou même du sang. Une fois à portée de Frond, la créature se redressa de toute sa taille, sans ralentir son allure, et ramena en arrière son bras en forme de lance.

– Frond ! Attention ! hurla Brock alors que le membre en pointe jaillissait dans les airs.

Un éclair fusa derrière Frond, qui se retrouva enveloppée d'un halo grésillant de couleurs lumineuses. La créature fut projetée en arrière, et Brock comprit ce qui venait de se passer : la chose avait heurté de plein fouet les barrières invisibles.

Frond aussi s'en était rendu compte. Elle s'arrêta, haletante, le visage toujours empreint de fureur, se retourna pour contempler le Danger qui se tordait de douleur sur l'herbe, et esquissa un sourire mauvais.

Elle sortit du périmètre de protection des écrans magiques.

– Non, attendez ! voulut l'arrêter Liza.

Syd et Fife s'élancèrent, mais Frond les chassa d'un geste de la main, leur ordonnant de retourner s'abriter.

Elle attrapa la créature par la peau du cou et la poussa violemment en direction de Brock et de ses compagnons. De nouveau, une lumière étincelante jaillit et, cette fois, Brock vit qu'elle prenait la forme de petits symboles clignotants, comme si ce mystérieux alphabet constituait les pierres et le mortier dont était fait le mur invisible.

Eût-il réellement été construit en pierre, la créature ne l'aurait pas percuté avec plus de force. Un craquement se fit entendre lorsque son crâne rebondit contre la barrière magique. Le monstre s'écroula une fois de plus.

– Qu'est-ce que c'est ? demanda Brock à Hexam.

L'archiviste secoua la tête sans un mot.

Brock se tourna alors vers Fife.

– Tu en as déjà vu un comme ça ?

– Jamais, de toute ma vie, assura Fife, je n'ai vu un Danger porter un pantalon ajusté.

À sa grande horreur, Brock s'avisa qu'il disait vrai : le Danger était vêtu d'un pantalon de cuir moulant et d'une simple chemise de coton en lambeaux. Ces vêtements n'avaient certes rien de raffiné, mais rien de commun non plus avec les peaux grossièrement cousues portées par les kobolds.

Cette créature ne se contentait pas de ressembler à un homme. Elle s'habillait comme un citoyen de Pierrefranche.

Frond ne perdit pas de temps à poser des questions. Elle saisit de nouveau la créature par la nuque et lui cogna la tête une fois, deux fois, trois fois, contre la barrière de protection. Elle laissa enfin tomber le monstre à ses pieds.

– L'écran magique fonctionne très bien ce soir, conclut-elle en passant devant ses compagnons pour regagner les remparts et la sécurité qu'ils procuraient.

Un liquide noir dégouttait de ses mains.

*

Les Fils de la Pierre chargés de défendre les murailles avaient de toute évidence appelé des renforts. Lorsque l'énorme porte s'ouvrit enfin, une dizaine de chevaliers attendaient de l'autre côté, armés de pied en cap.

Tous firent prudemment un pas en arrière au moment où Frond franchit le portail et pénétra dans l'enceinte de la ville. Brock avait toujours considéré les chevaliers en armure comme des durs, mais lorsqu'il les vit reculer ainsi devant la maîtresse de la guilde ils lui parurent soudain humbles et craintifs. Ils ne brandissaient plus leurs armes, ils se cachaient derrière.

Les Fils de la Pierre étaient formés pour gérer les problèmes à l'intérieur de la cité, mais jamais ils n'avaient affronté un naga, ni combattu un kobold.

Ni rencontré un tel cauchemar ambulant.

Frond saignait d'une dizaine de blessures superficielles, et Syd avait reçu une entaille dans le dos. Quant à Hexam, bien qu'il eût repris ses esprits, il défaillait de fatigue et pouvait à peine marcher droit. Pour sa part, Brock était indemne, mais ses jambes lui brûlaient et tout son corps était poisseux de sueur.

Seule Frond soutint sans ciller le regard des chevaliers.

– J'ai besoin de vous pour m'accompagner au marché, déclara-t-elle. À la tente de Makiva.

Elle essuya ses mains dégoulinantes sur son vêtement de cuir.

– Il faut que je parle à cette femme, et il se pourrait que ça tourne mal.

Les chevaliers échangèrent des regards gênés.

– Eh bien ? gronda-t-elle. Que diantre attendez-vous ?

– Il… il y a eu un incident au marché, répondit l'un d'eux.

– Je crois que vous devriez voir cela de vos propres yeux, ajouta un autre.

Brock faillit éclater en sanglots lorsque Frond repartit à fond de train. Malgré tout, ses compagnons et lui réussirent vaille que vaille à lui emboîter le pas, même Hexam.

Plus ils approchaient du marché, plus la foule était dense. Il était plutôt inhabituel de voir autant de monde dehors à cette heure-là, quand le marché s'apprêtait à fermer.

Alors, ils sentirent la fumée.

Dès qu'ils se furent frayé un passage jusqu'aux premiers rangs de l'attroupement, le drame leur apparut dans toute son évidence. L'une des tentes les plus remarquables du marché avait disparu – une tente somptueuse, d'une belle couleur pourpre, remplie jusqu'au plafond de breloques et d'amulettes.

Ces mêmes amulettes qui avaient dû faire de l'excellent petit bois.

De la tente de Makiva ne restait qu'un tas de cendres.

*

Après les évènements traumatisants de la journée, Brock pensait qu'il lui serait difficile de sortir en douce de la Maison de la guilde. Zed voudrait sûrement bavarder jusque tard dans la nuit, ou alors Liza insisterait pour échafauder des hypothèses sur le sens profond de l'infortune de la diseuse de bonne aventure.

Mais, en fin de compte, se glisser dehors ni vu ni connu se révéla d'une simplicité enfantine. Frond, Hexam et Lotte s'étaient enfermés pour discuter en privé. Liza, qui ne trahissait rien de la fatigue qu'elle devait ressentir, se jeta à corps perdu dans un combat contre les mannequins d'entraînement dans la cour. Zed, dans une tentative ratée de discrétion, tira un vieux volume de sous son matelas, où il l'avait caché, et partit en catimini s'installer dans un coin sombre de la grande salle pour le lire en toute tranquillité. Les autres Aventuriers, de leur côté, avaient trouvé des façons plus bruyantes de se distraire. Brock faillit se faire écraser lorsque la femme qu'il avait vue quelque temps plus tôt se balancer au lustre jusqu'à le démolir déboula au détour d'un couloir, hurlant de rire. Elle poussait une brouette chargée d'un tonnelet de bois, de Hank le médecin et d'un porcelet qui jetait des cris perçants.

Cette scène arracha à Brock un profond soupir, mais il se sentit soulagé de ne pas avoir à se soucier de discrétion ni d'explications. Il sortit tout simplement par une porte latérale et s'enfonça dans la nuit.

La ville était silencieuse. La plupart de ses habitants s'étaient à l'évidence barricadés chez eux pendant que les Fils de la Pierre cherchaient à savoir ce qu'il était advenu de la Vieille Makiva. Brock trouvait ce calme extrêmement perturbant. Il préférait l'action et le bruit. Il avait passé toute son enfance à faire le mur, à sortir en cachette de l'austère maison paisible et impeccable de ses parents pour aller courir les rues, libre de toute contrainte, chaque fois que l'occasion s'en présentait. Cette nuit, cependant, tout Pierrefranche semblait retenir son souffle. Les rues désertes donnaient une impression d'étrangeté, l'obscurité était chargée de menace.

Ou peut-être Brock avait-il vu trop de choses ces derniers temps.

Il refit le trajet qu'ils avaient effectué la veille pour se rendre au château. La Maison de la guilde des Aventuriers se situait près du portail, de même que les écuries, les tanneries et les logements réservés aux pauvres. Plus Brock s'engageait vers le cœur de la ville – plus il s'éloignait du mur et des Dangers qu'il représentait – plus cossus devenaient les quartiers.

Pour la première fois, Brock prit conscience de ce que cela signifiait. Si une brèche venait à s'ouvrir dans les remparts – en fait, si les barrières protectrices tombaient –, les défavorisés de la ville formeraient une seconde muraille entre les monstres et le roi.

Il passa devant sa propre maison, plus proche du centre de Pierrefranche que de sa périphérie. Il ne lui accorda qu'un coup d'œil furtif et poursuivit son chemin. Il arriva bientôt devant le manoir qu'il cherchait. Il songea un instant à aller cogner à la porte d'entrée, mais se ravisa. S'il se conformait aux règles du savoir-vivre, il risquait de se voir refuser l'entrée.

Il gagna le côté de la maison et entra directement par la porte de service. Un tablier était accroché à une patère près du vantail. Il l'enfila et inspira un grand coup. Il n'était pas particulièrement convaincant comme membre de la domesticité, mais, avec un peu de chance, il réussirait à se faufiler jusque dans les profondeurs de la maison avant qu'on le regarde de trop près.

À peine avait-il quitté le petit vestibule, cependant, qu'il tomba nez à nez avec une jeune femme. Il la jaugea d'un seul coup d'œil. Âgée d'à peine quelques années de plus que lui, elle portait le même genre de tablier et tenait à deux mains un plateau d'argent chargé de boissons variées. Elle sursauta en le voyant et ouvrit la bouche pour l'interroger, mais il l'interrompit avant même qu'elle eût pris la parole.

– C'est pour le maître ? demanda-t-il avec douceur, un sourcil légèrement arqué, dans l'espoir qu'elle ne verrait en lui qu'un jeune apprenti trop zélé.

– Euh... oui, répondit-elle, sa défiance momentanément distraite.

– Je vais le lui apporter, continua Brock avant d'esquisser un sourire timide. Je n'en ai encore jamais eu l'occasion. Je vous promets de faire ça bien. Il est dans la salle à manger ?

– Dans son bureau, rectifia-t-elle en lui tendant le plateau.

– Ah, oui, le bureau. Ils ont dit que vous pouviez prendre le reste de votre soirée. Je vais m'occuper de maître Quilby.

*

La demeure de Quilby incarnait la décadence dans toute sa splendeur. Sa taille, en soi, était déjà indécente. À Pierrefranche, l'espace était un luxe des plus précieux, et Quilby faisait partie des rares privilégiés à en avoir plus que nécessaire. En parcourant la bâtisse à la recherche du bureau, Brock tomba sur un placard grand comme la maison de Zed, une table de salle à manger assez longue pour recevoir vingt convives et une pièce entièrement consacrée aux livres.

Finalement, il trouva le cabinet de travail du maître de maison : une pièce haute de plafond, pourvue d'une cheminée de pierre et dont les murs lambrissés étaient ornés de portraits encadrés. Quilby était assis dans un fauteuil capitonné près de l'âtre, en compagnie de deux hommes que Brock ne connaissait pas. Tous trois admiraient l'éclat chatoyant des élégantes chaussures du seigneur marchand.

Personne ne remarqua l'entrée de Brock. Ils ne levèrent même pas les yeux quand il circula parmi eux pour leur présenter son plateau. Ce n'est que lorsqu'il se mit au garde-à-vous dans le fond de la pièce, refusant ostensiblement de quitter les lieux, que Quilby sembla enfin remarquer cette incongruité et détourna son attention de ses reluisantes chaussures neuves.

Ses yeux s'agrandirent quand il se rendit compte que c'était Brock.

Celui-ci tapota son nez de façon théâtrale, imitant le geste de prédilection du maître de guilde.

Les yeux de ce dernier s'écarquillèrent encore plus.

– Si vous voulez bien m'excuser, messieurs, cria-t-il d'une voix perçante. Je viens de me rappeler... quelque chose qui requiert mon attention.

Là-dessus, il se précipita hors de la pièce. Il ne daigna pas adresser un autre regard à Brock, mais celui-ci comprit qu'il devait le suivre. Ils firent quelques pas dans le corridor qui conduisait à la bibliothèque.

– Messire Dunderfel, commença Quilby, qui avait recouvré son calme, bien que je sois toujours ravi de vous voir, je me dois d'insister sur un point : c'est moi qui décide du moment et du lieu de nos rencontres. Une telle inconvenance n'était assurément pas indispensable, me semble-t-il.

Alors, Brock la ressentit : la petite flamme de colère au plus profond de son être, pareille à une braise ardente attisée par un soufflet.

– Je vais vous dire ce qui est inconvenant, rétorqua-t-il d'une voix égale. Mes amis et moi avons failli nous faire dévorer par des monstres aujourd'hui. Une fois de plus ! Et cette fois, parce que votre petite clique nous a lancés dans une expédition aussi pourrie qu'inutile.

Quilby émit une sorte de gloussement, comme si le manque de respect dont faisait preuve Brock l'amusait au plus haut point.

– Si vous vous souvenez, messire, c'est Frond que nous avons envoyée dans cette expédition... ou plutôt, *mission*, devrais-je dire. Si elle a décidé de mettre de nouveau en péril la vie de ses jeunes protégés, cela ne fait que confirmer...

– Sauf votre respect, messire, lâcha Brock avec un manque manifeste d'égards, fermez-la !

Quilby trouva cela beaucoup moins amusant.

– Co... comment ? bafouilla-t-il.

– J'ai accepté de vous servir d'espion. N'avez-vous pas envie de savoir ce que j'ai vu et entendu ? Je crois que ça pourrait vous intéresser.

Quilby se contenta de lui décocher un regard noir.

– Ça m'a frappé pendant que j'examinais les cendres de la tente de la Vieille Makiva, poursuivit Brock. Je me suis rappelé la dernière fois que j'étais là-bas et ça m'a fait penser au parfumeur. Vous vous souvenez, le jour où nous nous sommes rencontrés dans la tente ?

– Je me souviens, convint Quilby avec froideur.

– J'ai été très impressionné par le parfumeur, vous savez. On croit qu'on n'a plus rien à apprendre et, tout à coup, quelqu'un arrive et vous fait découvrir un usage inédit d'ingrédients archiconnus. Ce qui est aussi à votre avantage, non ? Puisque la guilde des Marchands reçoit sa part de bénéfice sur tout ce qu'il vend.

– Venez-en au fait, je vous prie. Le temps, c'est de l'argent, jeune Dunderfel.

– Tout est de l'argent pour certaines personnes. C'est d'ailleurs pour cela que je n'avais pas compris pourquoi vous teniez tant à avoir un homme à vous dans la guilde des Aventuriers. Tout le monde sait qu'ils sont fauchés. Il n'y a pas d'argent chez eux.

Brock se tapota de nouveau le nez et reprit :

– Mais ça ne veut pas dire qu'ils ne possèdent rien de valeur. Après tout, où un parfumeur se procure-t-il ses produits ? Où Makiva trouvait-elle tout ce bois ? J'ai vu un baume fabriqué à partir de cartilage de Danger, qui protège la peau des brûlures. J'ai vu des hommes armés, en mission d'importance capitale, s'arrêter pour cueillir des fleurs – des fleurs qui pourraient bien servir à produire des teintures pour les foulards de ces dames.

Brock baissa un regard éloquent sur les pieds de Quilby.

– Quant à vos chaussures, monseigneur, elles resplendissent. D'où vient la cire qui les fait briller ainsi ? C'est la guilde des Aventuriers qui fournit tout cela, pas vrai ?

Quilby garda encore sa mine renfrognée le temps d'un battement de cœur, de deux battements. Puis, d'un seul coup, un large sourire s'étira sur son visage.

– Vous êtes un malin, Brock. Je vois que je ne me suis pas trompé en plaçant ma confiance en vous.

– Mais vous saviez déjà tout cela. Alors, pourquoi tenez-vous absolument à m'avoir là-bas ?

– J'en ai assez des inepties de Frond, répondit Quilby. Ceux de sa guilde sont les seuls autorisés à franchir les remparts. Ils ont accès à toutes les ressources merveilleuses que le monde a à nous offrir. Et Frond refuse d'accepter de l'argent en échange !

Il essuya une goutte de salive sur son menton avant de continuer :

– Elle veut un système de troc. *D'échange équitable*. Ce qui est complètement archaïque.

– Et qui vous empêche de prélever votre part, ajouta Brock.

Le seigneur marchand haussa les épaules.

– Il y a de ça aussi.

– À vous entendre, on dirait que c'est Frond, le problème. Pas la guilde.

– Évidemment ! La guilde elle-même fournit un service inestimable. Et j'ai toutes les raisons de croire que le remplaçant de Frond serait beaucoup mieux disposé à notre égard. D'après ce que j'ai compris, son bras droit appartenait autrefois à la noblesse. Et les personnes de noble origine ont tendance à parler le même langage que moi.

Il mima le geste de faire sauter des pièces dans sa main.

– Jusqu'où iriez-vous pour vous débarrasser d'elle ? demanda Brock avec gravité. Seriez-vous prêt à mettre sa vie en danger ?

Le regard incrédule de Quilby, plus qu'aucune parole qu'il aurait pu prononcer, aurait convaincu n'importe qui de son innocence.

– Êtes-vous pour quelque chose dans l'incendie qui a ravagé la tente de Makiva ? insista Brock.

– Allons, voyons ! Il ne saurait y avoir rien de pire pour les affaires que ce malheureux incident, se défendit le seigneur marchand.

– Makiva est-elle morte ?

– Pas que nous sachions, répondit Quilby en haussant les épaules. On n'a pas retrouvé de corps. Les hommes de sire Brent sont à sa recherche.

– La femme qui était avec vous dans la tente du parfumeur, qui est-ce ?

– Ah, notre chère dame Gray ! Ne vous inquiétez pas. Elle est au-dessus de tout soupçon. Elle va où je ne peux aller et surveille mes arrières quand j'en ai besoin.

Quilby jeta un coup d'œil distrait par-dessus son épaule, se lécha les lèvres et conclut :

– Considérez-la comme mon ombre.

Brock garda le silence quelques instants, retournant dans sa tête tout ce qu'il venait d'entendre. Il savait que Quilby n'était ni honorable ni digne de confiance. Mais l'homme n'était pas non plus particulièrement difficile à percer à jour. Il était aisé de voir ce qui le motivait et d'en conclure qu'il n'avait rien à voir avec les focaliseurs magiques, ni avec les barrières de protection défaillantes, ni avec ce que Makiva était – ou non – en train de manigancer.

– J'aimerais modifier les termes de notre contrat, dit Brock.

Quilby laissa échapper un rire bref – ou plutôt une sorte de jappement aigu.

– Décidément, vous m'amusez, messire Dunderfel. Je suppose que vous voyez là une occasion de gagner quelque d'argent.

– Non. Ne croyez pas que vous et moi ayons les mêmes motivations, seigneur Quilby, même si nous aspirons à la même chose.

– À savoir ?

– Je vous aiderai à faire tomber le Basilic. Mais en échange je veux une porte de sortie. Pour moi et pour mon ami.

– Le jeune ensorceleur ?

– Il s'appelle Zed. Et il mérite une place dans la guilde des Mages.

– Si seulement vous vous contentiez d'argent ! soupira Quilby. Mais ce que vous me demandez est impossible. Vous, bien sûr, avez votre place ici. Nous avons préparé le terrain dans ce sens avant le Recrutement. Mais votre ami... Les règles de sélection sont inviolables.

– Je parierais que, pour ce qui est de s'attaquer aux autres maîtres de guildes, les règles sont également assez strictes, riposta Brock avec un sourire. Heureusement, aucune ne saurait empêcher le seigneur Quilby de parvenir à ses fins, n'est-ce pas ?

Cette dernière phrase était à la fois un éloge et une menace. Quilby plissa les paupières, ne sachant trop auquel des deux répondre. Finalement, il leva les bras en signe d'abdication.

– Très bien. Votre ami et vous serez réaffectés aux guildes de votre choix. *Après* que Frond aura été mise hors d'état de nuire. Un nouveau conseil se tiendra demain. Vous viendrez témoigner contre elle à ce moment-là. Dites ce que vous voulez, n'importe quoi, qui la fasse passer pour incompétente ou indigne de confiance. Qui convainque le roi qu'elle représente un danger pour les habitants de Pierrefranche.

Brock prit le temps d'y réfléchir un moment. Frond mettait-elle réellement la cité en péril ? Ce n'était pas vraiment pour cette raison que Quilby lui en voulait, évidemment. Mais n'était-ce pas tout de même la vérité ?

Il se rappela les zébrures sur ses bras après qu'elle avait porté Zed hors du sanctuaire.

Mais il songea aussi que c'était elle qui avait envoyé Zed là-bas.

Au bout du compte, peu importait ce que Brock pensait de Frond. Tout ce dont il était certain, c'était que, si les choses continuaient ainsi – si lui et Zed ne quittaient pas la guilde d'une façon ou d'une autre –, ils ne tarderaient pas à connaître de graves ennuis, auxquels ils ne pourraient échapper, avec ou sans saut de l'elfe.

– Marché conclu, concéda-t-il.

Sur ce, il serra la main moite de Quilby.

Après tout, Frond lui avait dit qu'il pouvait toujours essayer de lui porter un coup, non ?

Chapitre onze

Zed

Zed ouvrit les yeux et regarda le plafond. Il était encore tôt – trop tôt, à en juger par l'absence de lumière sous sa porte –, mais le bouillonnement de ses pensées était tel qu'il ne réussissait plus à trouver le sommeil.

Chaque fois qu'il fermait les paupières, il voyait... des choses horribles. D'immondes masses gélatineuses et des visages grimaçants fendus en deux. Des Dangers dotés de longs crocs pointus qui s'attaquaient à ses amis, et les yeux inhumains du monstre – à l'apparence par ailleurs très humaine – que Frond avait pulvérisé contre les barrières de protection.

Et la tente de la Vieille Makiva, qui continuait de se consumer sur la place du marché.

Qu'était-il arrivé à la marchande de talismans ? Pourquoi le monstre qui avait détruit l'écran magique portait-il l'un de ses fétiches ? Tout cela n'avait aucun sens.

Zed se redressa avec précaution en position assise. Chaque partie de son corps lui causait une douleur lancinante, comme une plainte sourde mais constante de ses muscles, peu habitués aux efforts de ces derniers jours.

Il jeta un coup d'œil au livre posé sur son chevet. *Liens de sang et de feu*... Il ignorait ce qu'Hexam avait espéré lui faire découvrir dans ce livre, en tout cas il ne comprenait rien à un texte aussi décousu. Les rites dont il était question dans cet ouvrage n'avaient ni queue ni tête.

Suivez le chemin jusqu'au troisième croisement, tournez à gauche et saluez l'inconnu que vous rencontrerez.

Observez la première étoile du soir par une fenêtre orientée au nord jusqu'à ce que vous entendiez un chien hurler. Puis ouvrez la porte.

Et ainsi de suite.

Si Zed avait trouvé ce livre dans la rue un mois plus tôt, il l'aurait aussitôt jeté à la poubelle. Ce n'était visiblement qu'un tas d'inepties.

Et pourtant...

La veille au soir, alors qu'il était allongé, seul, dans sa chambre, il y avait eu... quelque chose. Un moment. Il était en train de lire des explications sur les sabbats – ces assemblées de sorciers et sorcières qui se retrouvaient pour discuter de divers sujets diaboliques. Le livre décrivait un sentier obscur qui se taillait lui-même petit à petit à travers les bois, tel un couteau découpant une pièce de cuir, pour conduire la sorcière vers son sabbat.

Zed n'avait pas eu conscience de s'endormir. Il n'était même pas particulièrement fatigué. Mais il avait rêvé qu'il suivait ce chemin. Il humait l'odeur des arbres et voyait des lueurs clignotantes voleter entre leurs troncs. Il entendait le craquement des branches et, au loin, le glapissement inquiétant d'un animal qu'il reconnut instinctivement comme étant un renard. Il regardait le tapis de feuilles s'ouvrir devant lui, une piste se tracer au fur et à mesure qu'il avançait.

Zed avait senti une présence dans son rêve – comme des yeux qui le guettaient – et il savait que c'était elle qui l'attendait au bout du chemin. Une odeur bien différente l'accompagnait, qui gâtait les senteurs agréables de la forêt.

Une odeur de soufre.

Il s'était réveillé quelques instants plus tard, le livre d'Hexam ouvert sur la poitrine, les doigts serrés autour de sa chaîne elfique.

Si ce rêve étrange l'avait troublé, il l'avait aussi, tout au fond de lui, galvanisé. Ce qui le perturbait plus encore.

Zed se força à détourner les yeux de la couverture de cuir noir. Assez rêvé ! Il était temps de saluer la nouvelle journée qui s'annonçait.

Il se glissa hors de sa cellule et constata que l'aube n'éclairait pas encore le couloir qui desservait les chambrées. Il leur restait un peu de temps avant de devoir se présenter devant le roi et son Conseil et avouer qu'ils avaient échoué. Que Zed avait échoué.

Il s'approcha à pas de loup de la chambre de Brock, ouvrit tout doucement la porte et coula un regard à l'intérieur. Son ami dormait comme une souche, étalé sur son lit, encore tout habillé.

Si seulement il avait pu se décharger de ses soucis sur Brock, comme il en avait eu l'habitude avant que tous deux entrent dans la Mer d'Étoiles. Lui raconter ses cauchemars, lui parler du livre mystérieux, lui confier ses craintes à propos de ce qui se tramait : quelque chose de louche. Peut-être même de *terriblement* louche.

Mais Zed n'était pas le seul à souffrir. Brock en avait bavé autant que lui au cours des derniers jours. Il avait même subi la colère de Frond.

Zed referma la porte. Autant laisser Brock dormir encore un peu.

Il poursuivit son chemin à pas feutrés et se retrouva dans la salle commune. Au milieu de la pièce se dressait une silhouette, bras levé, raide comme un piquet.

Zed ne put retenir un petit couinement de peur avant de se rendre compte qu'il s'agissait de l'apprenti pétrifié.

Il secoua la tête et exhala un gros soupir. Le garçon figé dans la pierre le fixait d'un regard glacé d'horreur.

BOUM !

Zed bondit en arrière avec un cri perçant. Il fouilla des yeux la salle obscure pour localiser l'origine du bruit.

Après un court instant, un deuxième *BOUM* retentit, accompagné cette fois d'un cri de fille. Zed comprit que cela venait du terrain d'entraînement.

*

Liza était seule dans la cour. À son bras, son bouclier brillait des premiers reflets bleus et roses de l'aube. Ses cheveux noirs emmêlés collaient à la peau mate de son visage.

– Les nobles ne dorment donc jamais ? lui demanda Zed avec un sourire. C'est ça qui les rend si nobles ?

Liza lui lança un coup d'œil et essuya la sueur de son front.

– Oh, Micah dort bien assez comme ça.

– Et toi ?

Elle haussa les épaules et laissa tomber son bouclier à ses pieds.

– Ma mère remplissait mes journées de leçons de bienséance, mais je me suis toujours arrangée pour me réserver les toutes premières heures de la matinée. Et puis, j'apprécie la tranquillité. Les mannequins d'exercice, eux, ne se croient pas obligés de balancer sans cesse des vannes idiotes.

Zed jeta un regard vers le pauvre mannequin martyrisé à côté de Liza. Une cible était peinte en rouge sur sa poitrine et une moue chagrine dessinée sur son visage. Mieux valait que ça tombe sur lui que sur Brock, songea Zed.

– Je te dérange ? demanda-t-il.

Liza secoua la tête. Elle planta son épée dans le sol et posa une main sur sa hanche. Dans cette posture, elle ressemblait étonnamment à Frond, en plus jeune – non que Zed pût réellement imaginer pareille chose.

– Et toi ? répliqua-t-elle. Tu n'arrivais pas à dormir ?

– J'ai mal partout, admit-il avec un gémissement plaintif.

Liza eut un petit sourire goguenard.

– C'est parce que tu n'es pas entraîné. La douleur disparaîtra si tu fais de l'exercice.

– Et les cauchemars aussi ?

La question lui avait échappé. Le sourire moqueur de Liza s'effaça d'un seul coup, et Zed sentit ses oreilles prendre feu.

– Je ne sais pas, répondit-elle gentiment. Mais je l'espère. C'était vraiment si affreux... dans le sanctuaire ?

– Pas pire que ce qui s'est passé après. Ou avant.

Zed leva les yeux. Le soleil n'avait pas encore escaladé les murs de Pierrefranche, mais sa clarté commençait à s'écouler par les créneaux en minces filets lumineux, avant l'inondation.

– Si je n'avais pas utilisé ce sortilège, je serais mort à l'heure qu'il est.

Liza inclina la tête d'un air pensif.

– Tu pourrais le refaire, tu crois ?

Zed haussa les épaules.

– Pas sûr.

Un grand sourire se dessina sur le visage de Liza.

– Alors, faisons en sorte que ce soit sûr.

Levant le bras, elle braqua son bouclier tout éraflé et cabossé, droit sur Zed.

– Je vais te charger. Voyons si tu peux... Comment Hexam a-t-il appelé ça déjà ?

– Le saut de l'elfe, répondit Zed nerveusement.

– C'est ça. Voyons si tu peux t'en sortir grâce au saut de l'elfe.

– Liza, je ne sais pas. Et si je ne réussis pas ?

Une lueur de joie féroce s'alluma dans les yeux de la jeune fille.

– Alors, tu te fais massacrer !

– Ton frère et toi, vous vous ressemblez plus que ce que je croyais, marmonna Zed.

Sans répondre, Liza planta un pied en arrière dans le sol, prête à passer à l'attaque. Zed balaya la cour des yeux, essayant de se remémorer les effets que le sortilège avait produits en lui.

Mais soudain Liza emplit son champ de vision. Brandissant son bouclier, elle se ruait sur lui en poussant un cri guerrier.

Zed aussi lança un hurlement, beaucoup moins martial, toutefois. Il dirigea son regard vers le mannequin d'exercice et souhaita désespérément se retrouver n'importe où, sauf devant cette fille qui fonçait dans sa direction.

Il y eut une petite bouffée d'air, un bruit sec, un tourbillon.

Zed atterrit lourdement contre le mannequin, pivota sur une jambe et alla s'affaler par terre sur les fesses. La cour se mit à tourner de manière vertigineuse. Autour de lui, une brume argentée se dissipait déjà, pareille à un brouillard matinal. Zed leva les yeux. À dix mètres de lui, Liza l'observait avec un sourire triomphant, tandis qu'une bouffée de la même brume s'évaporait à l'endroit où il s'était tenu un instant plus tôt.

– Tu as réussi, s'esclaffa-t-elle. Zed, tu es un mage !

*

Ils restèrent assis dans la cour, à savourer ce qui restait du petit matin. Après la sonnerie de la première cloche, Zed entendit qu'on commençait à s'agiter à l'intérieur de la Maison. Son estomac gargouillait. Il espéra qu'ils auraient le temps de petit-déjeuner avant de se rendre chez le roi.

À côté de lui, Liza détacha son bouclier de son bras.

– Tu en veux à Frond ? demanda-t-elle distraitement – presque distraitement. De t'avoir envoyé dans le sanctuaire ? Ou de t'avoir recruté de force, pour commencer ?

Plongé dans la contemplation de l'aube naissante, Zed réfléchit à la question pendant un instant. Le ciel avait la couleur des bois et des vergers de Pierrefranche au printemps, quand les arbres fruitiers en pleine floraison semblaient nimbés de nuages roses et blancs.

Était-il en colère ? Bien sûr, il avait été furieux au début. Il détourna les yeux du ciel qui s'éclairait peu à peu et les reporta sur la cour encore envahie d'ombre.

– Tu sais, c'est curieux, mais je ne suis pas fâché. Même après tout ce qui nous est arrivé... ce qui est arrivé à *Jett*, précisa-t-il en ravalant sa salive. Tu te souviens quand Frond a dit au roi qu'il se tramait quelque chose ?

Le visage de Liza devint grave.

– Tu crois qu'elle a raison ? demanda-t-elle doucement.

– La chose qui nous a attaqués avait une apparence humaine. Et celle que j'ai rencontrée dans le sanctuaire détenait un talisman de Makiva.

– Elle aurait pu le trouver n'importe où, objecta Liza. Je suis sûre que de nombreux Aventuriers ont acheté des amulettes à la Vieille Makiva. Peut-être que l'un d'eux a perdu la sienne, ou est mort avec à l'extérieur des murs.

Zed secoua la tête.

– Et, le même jour, sa tente prend feu dans des conditions mystérieuses ? Ça fait beaucoup de coïncidences.

Liza hocha la tête et se leva en poussant un petit grognement.

– Je suis d'accord avec toi. J'y ai réfléchi toute la soirée. Tu as dit que ce... cet Insaisissable avait été envoyé pour saboter notre mission, pas vrai ? Mais pourquoi maintenant ? Cela faisait des siècles que le focaliseur se trouvait là.

Zed se rappela la voix railleuse de la créature qui l'avait poursuivi dans le temple en ruine. Elle affirmait qu'on lui avait *ordonné* de tuer quiconque voudrait s'emparer de la pierre.

– Elle savait que nous venions chercher le cristal, dit-il, les sourcils froncés. Donc, celui ou celle qui la dirigeait devait être au courant que *notre* focaliseur tombait en panne.

– Exactement, approuva Liza, qui marchait à présent de long en large dans la cour. À moins qu'il y ait quelqu'un à l'extérieur des remparts qui passe son temps à coudre des pantalons de cuir et à renifler les barrières magiques pour en déceler la moindre défaillance, le saboteur agit de *l'intérieur* de Pierrefranche.

Elle marqua un temps d'arrêt et se tourna vers Zed.

– C'est possible, tu crois ?

Il soupira.

– Au point où on en est, je suis prêt à croire n'importe quoi, sauf ce que dit Fife. Et il semble peu probable que quelqu'un en dehors de la cité ait su exactement où trouver le cristal de remplacement, afin d'être en mesure de le détruire juste au moment où nous en aurions besoin.

Le visage de Zed se rembrunit lorsqu'il ajouta :

– Makiva est la suspecte la plus vraisemblable, mais pourquoi voudrait-elle que les barrières de protection s'écroulent ? Pourquoi *quelqu'un* souhaiterait pareille chose ? Ça ne tient pas debout.

– Je ne sais pas, répondit Liza en secouant la tête. Si les barrières tombent, c'est toute la ville qui s'effondre. Les murailles seules ne suffiront pas à nous protéger indéfiniment. Bon sang, un simple dragon de rien du tout pourrait sans doute démolir cette ville jusqu'à la dernière pierre ! Je ne vois pas pourquoi quelqu'un voudrait cela. Mais je sais une chose… Frond avait raison. Il se passe quelque chose de bizarre.

Zed opina lentement du chef.

– Frond avait raison, répéta-t-il.

Soudain, la voix de Brock retentit dans la cour.

– Dites-moi que je dors encore et que je fais un cauchemar !

Zed se retourna et vit son ami, les cheveux en broussaille, se glisser furtivement par la porte entrouverte.

– Ce n'est pas le genre de chose que j'ai envie d'entendre dès le matin.

– C'est encore le matin ? s'étonna Liza avec désinvolture, en rejetant son bouclier de côté.

Brock ouvrit la bouche pour lui répondre, mais retint sa langue. Il baissa les yeux.

– Euh… bon…, vous devriez peut-être rentrer tous les deux. Surtout toi, Liza. Quelqu'un vient d'arriver.

– Quelqu'un ? répéta Zed.

Brock laissa échapper un long soupir.

– Il serait sans doute préférable que vous le voyiez de vos propres yeux. Inutile de vous en prendre au messager.

Il leva un regard anxieux sur Liza, puis s'empressa de baisser de nouveau la tête.

– Pourquoi ai-je un mauvais pressentiment ? maugréa Liza en s'éloignant à grands pas.

*

La Maison paraissait encore tranquille quand ils rentrèrent, mais Zed s'aperçut avec surprise qu'elle était en réalité bourrée de monde. Les membres de la guilde rassemblés par petits groupes fixaient d'un regard ahuri la porte d'entrée tout en échangeant des ricanements moqueurs. Impossible de distinguer grand-chose par-dessus leurs têtes.

Les trois compagnons trouvèrent Jett dans le fond de la salle, allongé dans ce qui devait être le fauteuil le moins déglingué de la guilde. Voyant que le nain avait quitté son lit, Zed en eut presque le souffle coupé. La jambe mordue par le monstre était emmaillotée dans des bandes de toile, et le garçon semblait terriblement amaigri. Cependant, il souriait avec les autres Aventuriers et, de temps en temps, agitait la tête pour manifester son intérêt envers ce qui se passait autour de lui.

Mais, quand Jett aperçut ses trois camarades, son sourire s'évanouit d'un seul coup.

– Je n'en reviens pas que tu sois déjà debout ! s'écria Zed en accourant auprès de son ami.

Il se retint à grand-peine d'arracher Jett à son fauteuil pour le serrer dans ses bras de toutes ses forces.

– Les nains ont une santé de fer, expliqua Jett en bombant un peu la poitrine. Ils peuvent aussi s'ennuyer comme des rats morts. C'est Hank qui m'a installé ici, mais ne le dites surtout pas à Frond. Normalement, je ne suis pas supposé quitter le lit jusqu'à... enfin, pas encore.

– Que se passe-t-il, ici ? chuchota Liza en désignant du menton l'autre extrémité de la salle.

– Lotte discute avec un visiteur, marmonna Jett, soudain intimidé. Une nouvelle recrue.

– Qui est-ce ? voulut savoir Liza.

Le visage de Jett vira à l'écarlate. Incapable de répondre – ou refusant de le faire –, il se borna à pointer un pouce vers la porte, tout en prenant soin de regarder ailleurs.

Liza, Zed et Brock se frayèrent un passage à travers la foule pour tenter de mieux voir. Zed repéra Jayna, seule dans un coin reculé de la salle, mais, lorsqu'il haussa les sourcils d'un air interrogateur, elle fit semblant de ne pas le remarquer. Puis il entendit la voix claire de Lotte s'élever au-dessus du brouhaha.

– Et pour quelle raison devrions-nous vous accepter parmi nous ? demanda l'intendante d'un ton ironique.

– Parce que vous y êtes obligés ! clama une voix familière. Vous vous y êtes engagés, non ?

– Oh, par tous les enfers ! jura Liza, au moment où un groupe de compagnons s'écartait pour laisser apparaître Micah – ex-Guerra – dans l'encadrement de la porte.

Les mains vides, il portait la robe la plus miteuse que Zed eût jamais vue sur un membre de la Voie d'Or. Le vêtement était fané et usé jusqu'à la trame ; le soleil jadis éclatant qui l'ornait avait perdu sa belle couleur dorée pour virer au beige.

Les cheveux de l'ancien noble avaient été coupés ras sur son crâne, son visage était couvert de crasse. Avait-il dormi dehors ? Malgré tout, il restait aussi beau et arrogant que jamais et toisait Lotte de son regard dédaigneux d'aristocrate.

L'intendante gardait son calme, ce qui était tout à son honneur.

Elle haussa les épaules.

– Nous *pouvons* assurément accueillir n'importe qui. Quant à y être *obligés*, c'est une autre histoire.

Micah plissa les yeux.

– Ne jouez pas à ce jeu-là avec moi, espèce de godiche illuminée. Je connais les lois de la cité.

Lotte se contenta d'esquisser un petit sourire narquois.

– Illuminée, vraiment ? Peut-être mon esprit s'est-il effectivement illuminé. Redites-moi pourquoi la guilde des Guérisseurs a jeté à la rue un jeune novice si prometteur ?

– Cette sorcière de Brenner a une dent contre moi ! tempêta Micah. Pourtant, je n'ai rien fait.

– Ah, c'est peut-être le problème, justement, déclara Lotte en battant des mains. La plupart des guildes attendent de leurs apprentis qu'ils *fassent* quelque chose.

Les yeux de Micah flamboyèrent. Mais, derrière les fanfaronnades du jeune garçon, Zed percevait le désespoir qui s'insinuait en lui. C'était le même regard qu'il avait eu lors de la cérémonie du Recrutement, quand il avait supplié sire Brent devant quasiment toute la ville. Zed n'avait jamais entendu parler d'un noble laissé pour compte. Cela dit, il n'avait jamais non plus entendu dire que quelqu'un s'était fait chasser de la guilde des Guérisseurs, réputée pour sa bonté et sa tolérance. Il y avait derrière l'expulsion de Micah plus que celui-ci ne voulait bien admettre.

Le garçon fouilla du regard les visages des Aventuriers massés dans la salle. Zed se prépara au pire. Les yeux de Micah le survolèrent, mais ne s'attardèrent pas sur lui très longtemps. Dès qu'il aperçut sa sœur, son visage s'illumina.

– Liza ! s'écria-t-il. Dis à cette idiote que la guilde des Aventuriers est forcée de m'accepter !

Toutes les têtes se tournèrent vers la jeune fille. Ses joues s'empourprèrent, elle se pinça la racine du nez.

– Oh, Micah, soupira-t-elle. Qu'as-tu encore fait ?

– *Rien !* protesta son frère. Il y a deux nuits, je me promenais tranquillement après le couvre-feu quand je suis tombé sur Brenner et un sans-guilde qui venait se faire soigner. J'ai dit qu'il sentait mauvais – *ce qui n'était que la pure vérité.*

– Ah, c'est donc une bouffée d'ironie que je sens émaner de votre robe, railla Lotte.

Une porte s'ouvrit avec fracas à l'étage au-dessus. Frond surgit au sommet de l'escalier qui montait à ses quartiers privés. Elle promena un long regard glacial sur l'attroupement en contrebas. Ses yeux s'arrêtèrent sur Lotte.

– Qu'est-ce que ça veut dire ? tonna-t-elle.

Le sourire moqueur de l'intendante avait disparu. Elle désigna Micah d'un signe de tête.

– Il vient de se faire renvoyer de la Voie d'Or. Il n'a plus de guilde.

Frond dévisagea le visiteur. Elle devait se rappeler l'incident survenu lors du Recrutement. Le visage de Micah n'était pas de ceux qu'on oublie.

– A-t-il appris à soigner ? s'enquit-elle.

Lotte émit un petit ricanement et secoua la tête.

– Il a été novice pendant moins de…

– Je sais soigner ! la coupa Micah, levant un regard implorant vers Frond. J'ai guéri un oiseau dès mon deuxième jour là-bas. Sœur Maeve a dit que j'avais un don pour puiser dans mon anima.

– Et voilà ce qu'il est devenu ! Un paria à notre porte ! fit mine de s'émerveiller Lotte. Le guérisseur d'oiseaux le plus talentueux que la Voie d'Or ait jamais connu.

Frond finit d'attacher le gant qu'elle enfilait et croisa les bras sur sa poitrine. Pendant un instant, elle considéra Micah d'un regard noir.

– On le prend, décida-t-elle enfin. Mets-le au travail avec Hank et veille à ce qu'il fasse ce que doivent faire les guérisseurs pour entretenir leurs pouvoirs : méditation, jeûne, flagellation… ça m'est égal. Avant la prochaine lune, je veux qu'il soit capable de guérir autre chose que des pigeons.

Micah poussa un rugissement de triomphe, qui lui attira aussitôt huées et gloussements de la part des autres Aventuriers.

– Nous n'avons plus de chambre pour les apprentis, déclara Lotte avec autorité, tâchant de se faire entendre malgré les rires qui fusaient dans la salle.

Elle ignora ostensiblement l'air suffisant de Micah et suggéra :

– Il faudra qu'il en partage une jusqu'à ce qu'une autre se libère.

Zed se faisait déjà tout petit au milieu de la cohue lorsque Frond décida :

– Donne-lui un lit de camp et mets-le avec Zed.

Elle descendit l'escalier d'un pas rapide et ajouta :

– En attendant, j'ai besoin d'Hexam, Zed, Liza, Brock, Syd et Fife. Allez vite vous habiller. Nous partons pour le château avant la seconde cloche.

*

Les sourcils froncés, son exemplaire de *Liens de sang et de feu* serré contre sa poitrine, Zed examinait sa chambre déjà trop exiguë à son goût.

Où allait-il bien pouvoir dissimuler son livre pour que Micah ne le trouve pas ?

Hexam avait expliqué que les membres de la guilde des Aventuriers jouissaient de libertés que les autres n'avaient pas, mais il n'avait pas dit *précisément* que la sorcellerie était autorisée. Et, sans trop savoir pourquoi, Zed doutait que Micah fût du genre à se montrer très compréhensif s'il venait à découvrir que son camarade de chambre de sang elfique cachait des ouvrages interdits.

Zed songea à remettre le livre sous son matelas, puis jugea la cachette trop évidente. Pour ce qu'il en savait, la première chose que ferait le garçon serait de fouiner partout.

Finalement, il enveloppa le volume dans un morceau de tissu propre et plaça le ballot sous son tas de linge sale. S'il y avait un endroit que Micah éviterait sûrement de fouiller, ce serait bien là.

Satisfait de savoir son livre en sécurité – du moins, dans la mesure du possible –, Zed ouvrit le tiroir de sa table de chevet, dans lequel il avait rangé ses trésors : le renard en bois au bout de sa chaîne de mithril et son insigne de la guilde des Aventuriers. Il ramassa la chaîne, l'attacha autour de son cou, fourra le talisman sous sa chemise – mieux valait le garder sur lui pour le moment –, puis jeta un coup d'œil sur l'insigne.

Tout terni et couvert d'éraflures, le médaillon de la guilde des Aventuriers manquait d'éclat. La peinture bleue et blanche représentant l'emblème de la Mer d'Étoiles s'était depuis longtemps fanée, bien avant que Zed eût tenu l'objet entre ses mains pour la première fois. En un éclair, il revit en esprit l'insigne immaculé qu'il avait été obligé de rendre aux mages lorsque Frond l'avait enrôlé de force : ce symbole-là rayonnait encore littéralement de promesses.

Zed referma le tiroir et sortit de la chambre.

Dans le couloir, il s'immobilisa brusquement. Deux voix étouffées s'élevèrent avant de retomber aussitôt.

Elles ne chuchotaient pas vraiment, mais leur timbre assourdi indiquait sans conteste qu'il s'agissait d'une conversation privée.

Zed se remit en route vers la sortie. Les autres devaient l'attendre – et, de toute façon, sa mère lui avait appris qu'il ne fallait pas espionner les gens.

Tout à coup, la voix de Frond retentit dans le couloir :

– Tu n'aurais pas dû y aller !

Zed se retourna, une excuse déjà prête aux lèvres, lorsque la maîtresse de la guilde continua :

– Tu n'es pas encore tout à fait guéri, Jett. Avec ce qui nous attend... tu as besoin de repos.

Zed se rendit compte que la voix provenait de la chambre de son ami. Le ton de Frond était empreint d'une douceur qu'il ne lui avait jamais entendue. Elle n'exprimait ni colère ni réprimande. Si Zed n'avait pas su à quoi s'en tenir, il aurait juré qu'elle était inquiète.

– Ce n'était que la grande salle, grommela Jett. Pas vraiment une destination dangereuse. Hier, vous avez bien emmené les autres de l'autre côté des barrières magiques.

Il y eut un long silence, puis Frond reprit la parole :

– À mon retour, je demanderai à Hank de t'examiner. En attendant, reste au lit. C'est un ordre, Jett.

La porte s'ouvrit avec un grincement pour livrer passage à Frond. Zed s'empressait déjà de déguerpir, lorsque la voix de Jett l'arrêta net :

– Un « ordre » ?

La voix habituellement si ferme du nain semblait brisée par un accès de désespoir à l'état pur. Depuis qu'il le connaissait – et cela faisait longtemps, maintenant –, Zed n'avait jamais entendu une seule fois Jett se plaindre ni gémir.

– Et d'abord, qu'est-ce que je fais encore ici ? continua-t-il. Je ne sers plus à rien pour la guilde. Je suis *cassé*.

Ce dernier mot résonna dans le couloir comme un fracas de verre. Les épaules de Zed s'affaissèrent, ses bras retombèrent mollement le long de son corps.

Jett. Toute cette assurance et ce bel optimisme, cet air bravache qu'il affichait... Reflétaient-ils réellement ce qu'il ressentait depuis le début ?

Zed vit l'ombre de Frond marquer un temps d'arrêt devant la porte. Il l'entendit se retourner et racler le sol de ses bottes.

– Jett, je ne veux plus jamais t'entendre parler ainsi.

– C'est pourtant la *vérité* ! s'écria Jett dans un sanglot. Vous n'avez qu'à m'envoyer à la Voie d'Or et donner ma chambre à Micah. Au moins, comme ça, elle servira à quelqu'un d'utile – quelqu'un d'entier !

L'ombre de Frond disparut derrière la porte. Quelques secondes plus tard, Zed entendit le lit de Jett grincer. La maîtresse de la guilde venait de s'asseoir sur la paillasse.

Elle reprit la parole d'une voix plus douce que Zed ne l'aurait jamais cru possible.

– Je vais te dire une chose, jeune nain, commença-t-elle. Une chose que ma maîtresse de guilde m'a apprise quand j'ai été recrutée dans cette corporation infernale. En vérité, pas un seul membre de la Mer d'Étoiles n'est entier. Et je ne parle pas seulement de nos blessures, de nos cicatrices. Ça...

Elle s'interrompit, le temps d'exhaler un soupir rauque.

– Ça, ce n'est *rien*. Chacun de nous – Liza, Brock, Zed, toi, moi – n'est qu'un minuscule point lumineux, s'efforçant désespérément de lutter contre les ténèbres qui entourent la ville. Séparément, aucun de nous ne pourrait espérer survivre longtemps à une telle obscurité. Mais ensemble... ensemble, ces petites taches de lumière forment quelque chose de plus. Quelque chose de vraiment complet. Une poignée d'étoiles brillant en même temps peuvent composer une constellation pour guider les égarés. Un ciel plein d'étoiles illumine le monde.

Le lit gémit lorsque Frond se releva.

– Tu es intervenu pour protéger ton ami, poursuivit-elle. Tu l'as fait sans hésiter et tu lui as sans doute sauvé la vie. Il n'y a *rien* de cassé en toi, Jett. Tu es le *cœur* de cette guilde, et je n'ai jamais été plus fière de l'un de mes apprentis.

La porte s'ouvrit en grand, et Frond sortit de la chambre. Elle la referma doucement, étouffant derrière le panneau de bois les pleurs silencieux du nain. En se retournant, elle croisa le regard de Zed, tout mouillé de larmes.

Elle passa devant lui sans prononcer un mot, mais posa une main sur son épaule et la pressa légèrement. Puis elle s'éloigna d'un pas vif en direction de la grande salle.

Chapitre douze

Brock

— Frond a *tort*, murmura Brock.

Les paupières plissées, il jeta un coup d'œil dans le miroir de verre. Celui-ci avait beau être terni et déformé, il ne lui renvoyait pas moins une image assez nette de lui-même. Non seulement Brock avait les yeux injectés de sang, mais il avait dormi tout habillé – et, en plus, par intermittence. Heureusement, cet air débraillé ne pourrait que l'aider dans la grande scène qu'il s'apprêtait à jouer devant le roi.

Tout en passant une main dans ses cheveux courts, il examina le miroir. De tels objets n'étaient pas faciles à dénicher dans Pierrefranche, or, celui-ci était de belles dimensions. Comment la guilde avait-elle réussi à mettre la main dessus ? L'explication devait être horrible et effroyable. Peut-être le miroir avait-il été volé dans un donjon, où une créature avec des asticots à la place des yeux entassait ses trésors secrets. Si ça se trouvait, ce n'était même pas du verre, mais du sang coagulé provenant d'une centaine de gobelins à l'hémoglobine argentée. Ou alors peut-être l'écaille d'un énorme reptile qui rougeoyait au soleil comme une fournaise mais disparaissait dans le noir.

Brock frissonna. Qu'il y eût ou non un monstre aux écailles réfléchissantes rôdant autour de Pierre-franche, une chose était sûre : il existait beaucoup de choses terrifiantes en dehors de la ville.

Soudain, Brock aperçut dans le miroir le regard furieux de deux yeux bruns. Il sursauta, recula d'un pas – et heurta Liza.

– Tu ne m'as même pas fait peur ! glapit-il.

Liza l'écarta sans ménagement.

– Pousse-toi de là ! Arrête de monopoliser le miroir.

Évitant soigneusement de se regarder dans la glace, Brock croisa les bras.

– Je ne monopolisais rien du tout. Je ne m'en suis servi que pendant une durée parfaitement acceptable.

– Je ne sais pas, Brock, répliqua-t-elle en s'avançant pour examiner son propre reflet dans le miroir. J'ai vu pas mal de choses épouvantables ces derniers jours, mais ton ego pourrait bien remporter le pompon.

Le cabinet, coincé sous l'escalier, était minuscule, à peine assez grand pour contenir une table à trois pieds et une bassine d'eau pour la toilette. Liza s'était placée entre Brock et la porte. Elle dénoua sa queue-de-cheval, et ses cheveux noirs retombèrent en cascade sur ses épaules. L'effet fut extraordinaire : il avait suffi d'une seconde pour qu'elle se mît à ressembler davantage à une jeune fille de noble origine qu'à un soldat. Brock discerna quelques témoignages de sa vie d'avant dans une demi-douzaine de détails qu'il avait jusque-là négligés, tels que l'arc impeccable de ses sourcils, la blancheur de ses dents ou les petites fossettes dans ses lobes d'oreilles, seuls souvenirs des anneaux qu'elle avait portés.

Mais Liza n'exhalait pas la fragrance fleurie de la plupart des jeunes filles de sa condition. Elle sentait le cuir huilé et la pierre à aiguiser. Une odeur franche. Brock se surprit à se pencher discrètement vers elle.

Avec un claquement de langue, Liza passa un peigne dans ses cheveux, tâchant tant bien que mal de démêler les nœuds.

– Je devrais les couper, conclut-elle.

Brock ouvrit la bouche pour lui dire de n'en rien faire, de les laisser comme ils étaient.

Mais elle ajouta :

– Je comprends pourquoi Frond a les cheveux courts.

Il ravala le compliment déjà sur ses lèvres et, à la place, produisit un son incongru venu du fond de sa gorge. Leurs yeux se croisèrent dans le miroir.

– À propos de Frond... J'oublie toujours de faire remarquer que cette femme est un véritable cauchemar, un despote qui nage en plein délire et va tous nous faire massacrer.

Liza leva les bras comme pour exprimer sa surprise.

– C'est ça que tu penses ? Eh bien, heureusement que tu t'exprimes enfin. Tu es toujours si aimable, je n'aurais jamais deviné le fond de ta pensée.

Ils se foudroyèrent du regard pendant un moment, puis Liza se remit en devoir de peigner sa chevelure.

– Zed n'est pas d'accord avec toi, tu sais.

Brock se pinça l'arête du nez et soupira.

– J'aimerais bien que tu ne le mêles pas à tout ça.

– Cela nous concerne tous, Brock ! Tous les habitants de Pierrefranche sont en danger.

– C'est drôle, j'aurais juré qu'ils étaient restés tranquillement chez eux pendant que Zed allait seul se jeter dans la gueule du loup. Et pour quoi faire ?

Liza secoua la tête d'un air triste.

– Cette idée ne me plaisait pas non plus. Mais c'était la meilleure décision à prendre. Et tu sais qui d'autre pense la même chose ?

Le visage renfrogné, Brock refusa de répondre.

– Toi et Zed, vous êtes amis depuis longtemps, non ?

– Ouais, répondit-il à contrecœur en donnant distraitement un coup de pied dans une plinthe du mur.

Sa mère travaillait dans la rue où j'habite. Elle n'était pas très... populaire, j'imagine. Quand j'étais gosse, j'ai entendu raconter des trucs à son sujet. Elle a eu du mal à trouver du travail pendant un temps. Je crois que ma mère y était pour quelque chose.

– Ta mère ?

Brock haussa les épaules, les yeux rivés sur le bout de ses bottes.

– Ma mère lui en voulait. Elle en voulait à Zed. Elle ne l'avait jamais rencontré, mais elle n'en démordait pas. Je crois que je... je crois que j'ai peut-être cherché à me rapprocher de lui juste pour l'agacer.

Il se mordit la lèvre et rectifia :

– Enfin, au début.

Liza gardait le silence.

– Zed ne sait rien de tout ça, ajouta-t-il.

– Eh bien, je trouve ça très gentil, dit-elle enfin. Ça fait des années maintenant que tu veilles sur lui. Mais il a de grandes capacités, Brock. C'est un mage ! Et, depuis que j'ai fait sa connaissance, il s'est montré à la hauteur de tous les défis qu'il a dû affronter.

Sa voix s'adoucit quelque peu.

– Crois-en quelqu'un qui a de l'expérience. La frontière est très mince entre protéger et surprotéger. Même si ça part d'une bonne intention, à la fin ça devient insultant.

Elle sembla momentanément perdue dans ses pensées, puis, rassemblant ses cheveux pour les tirer en arrière, elle accrocha de nouveau le regard de Brock dans le miroir.

– Je sais que tu penses bien faire, que tu détestes le voir risquer sa vie.

Elle attacha sa queue-de-cheval avec un ruban rouge vif.

– Mais Frond, elle, veille sur tout le monde. Chaque jour, elle s'interpose entre Pierrefranche et des centaines de Dangers menaçants.

Bien qu'il s'efforçât d'afficher une attitude de défi, Brock sentait ses certitudes se lézarder.

– Même si c'est vrai..., reconnut-il enfin, tâchant de trouver les mots justes. Même si ce n'est pas seulement une affaire de malchance mais qu'il se trame réellement quelque chose de louche... pourquoi serait-ce à nous de nous en occuper ?

Liza haussa les épaules. Sa queue-de-cheval rendait ses traits plus anguleux, mais ses yeux avaient perdu leur dureté.

– Qui d'autre, Brock ?

*

Juché sur le bord d'une table, Zed les attendait dans la salle commune. Il avait enfilé une chemise propre, mais ses cheveux se dressaient dans dix directions à la fois. Un vrai désastre ! Alors que Brock l'observait, essayant de se le représenter comme un puits de connaissances arcaniques, son ami tenta d'écraser une mouche, perdit l'équilibre et faillit dégringoler de son perchoir.

Brock poussa un soupir.

Quelques instants plus tard, Frond entrait en trombe dans la pièce. Elle s'était mise sur son trente-et-un : tenue de cuir noire cloutée de métal.

– Nous sommes attendus chez le roi, annonça-t-elle. Il ne va pas aimer ce que nous avons à lui dire.

Elle se tourna vers la porte.

– Super, les paroles d'encouragement, marmonna Brock.

Frond ouvrit le vantail... et recula, stupéfaite. Un jeune homme se tenait sur le seuil, un bras levé, prêt à frapper à la porte.

– Oh, non ! maugréa Brock entre ses dents, en reconnaissant Peter Magniole, qui les avait accueillis au palais lors de leur première visite. Pas lui !

– Quoi ? s'étonna Zed. Il a l'air gentil.

Brock leva les yeux au ciel.

– Tu ne vas pas t'y mettre, toi aussi, ronchonna-t-il.

Il évita de regarder Liza, qui, à tous les coups, devait fondre d'attendrissement devant le beau sénéchal.

– Le roi souhaite vous recevoir en audience, déclara Peter, dont les pommettes parfaites exaspéraient Brock au plus haut point.

– Nous le savons, répondit Frond. Nous partons à l'instant.

– Vous m'avez mal compris, répliqua l'officier royal. Sa Majesté veut vous voir... à l'instant.

Il s'écarta et, là, dans la petite cour devant la porte, apparurent une troupe de chevaliers au grand complet, les maîtres des quatre Hautes Guildes et le roi Pierrefranche en personne.

Même de loin, on pouvait voir que les yeux du souverain flamboyaient de colère.

Il fut bientôt évident pour tous que la Maison de la guilde n'était pas un lieu approprié pour recevoir le monarque. Deux intendants, qui d'autorité avaient pénétré dans la salle commune, se plaignirent du désordre et du manque de place.

Brock tremblait à l'idée de devoir conduire les dignitaires de la cité au sous-sol. La seule pièce assez spacieuse pour accueillir tout le monde était pleine à craquer d'armes plus horribles les unes que les autres, sans parler des têtes et des membres coupés d'une vingtaine de monstres au moins.

Finalement, il fut décidé que la réunion se tiendrait sur le terrain d'entraînement. Les chevaliers se postèrent côte à côte en un large demi-cercle pour former un mur de chair et d'acier destiné à assurer la tranquillité des participants.

Brock ne put s'empêcher de se sentir pris au piège.

Il avait éprouvé respect et admiration pour le roi en son château, mais c'était une sorte d'admiration naturelle, comme quand il voyait une lune des moissons particulièrement éclatante éclairer le ciel nocturne de sa lumière orangée. Un spectacle rare, mais pas complètement inattendu.

Voir le roi dans cette maison, c'était comme voir briller une lune des moissons dans les toilettes au fond du jardin. C'était pour le moins bizarre et de mauvais augure. Bref, ça n'allait pas du tout.

Le roi balaya du regard la triste petite cour, comme s'il se demandait où était passé son trône. Il décida finalement de rester debout à l'extrémité du terrain, près des mannequins utilisés pour le tir à l'arc. De là, il aurait une vue d'ensemble des lieux. Il planta les pieds dans le sol, posa les mains sur ses hanches, exhalant son mécontentement.

Les maîtres de guildes – sire Brent, l'archimage Grima, Mère Brenner et le seigneur Quilby – se campèrent de part et d'autre de leur souverain. Leurs visages étaient sévères, à l'exception de celui de Grima, qui regardait avec placidité autour d'elle.

Frond gagna le milieu du terrain, suivie d'Hexam et de Lotte. L'intendante fit s'avancer à leur tour les apprentis. Zed jeta à Brock un regard hésitant, tandis qu'avec Liza ils prenaient place aux côtés des dirigeants de la guilde. Le reste des Aventuriers se déversa dans la cour en un flot régulier. Contrairement à leur habitude, ils étaient silencieux, mais Brock n'en sentait pas moins leur présence dans son dos.

– Alabasel Frond, annonça solennellement Peter, et ses jeunes protégés, les apprentis de...

– Ça va, Peter, le coupa le roi d'une voix glaciale. Nous nous connaissons tous. Alabasel, dit-il en se tournant vers Frond, je suis heureux de constater que vous n'avez estropié aucun autre de vos apprentis depuis notre dernière entrevue.

Le corps de Frond se raidit et, un instant, Brock se dit qu'après tout il n'aurait peut-être même pas besoin d'intervenir. Mais elle resta muette.

– J'aimerais savoir pourquoi vous ne vous êtes pas rendue directement au château hier soir, dès votre retour de mission – une mission de la plus haute importance, dois-je vous le rappeler.

Frond attendit plusieurs secondes pour voir s'il allait continuer. Comme il n'en faisait rien, elle répondit :

– Il était très tard, Votre Majesté.

Le roi lâcha un rire bref.

– Quoi ? Vous vous souciez du protocole, à présent ? Ce serait bien la première fois !

Frond ne put réprimer une grimace.

– La mission n'a pas été non plus couronnée de succès.

Elle fit signe à Hexam de s'approcher. L'archiviste obtempéra et plongea la main dans sa sacoche pour en sortir les fragments rescapés du focaliseur.

Le souverain jeta un coup d'œil dédaigneux sur les éclats de cristal et, d'un geste, ordonna à Hexam d'aller les montrer à Grima. L'archimage tendit la main pour s'emparer des morceaux de cristal, sans se soucier du regard noir que lui dardait l'archiviste. Brock perçut de l'animosité dans l'air, du moins du côté d'Hexam.

– C'est très regrettable, dit le roi. Et cela ne présage rien de bon.

– Nous en convenons, Votre Majesté.

Le roi poussa un lourd soupir.

– Je voulais dire que cela ne présageait rien de bon pour vous, Alabasel, précisa-t-il d'un ton où se mêlaient réprimande et regret. Certains mettent en doute votre aptitude à diriger cette guilde.

De façon délibérée ou non, il inclina la tête en direction de Quilby, qui se tortilla, mal à l'aise, sous le regard pénétrant de Frond.

– Il y en a toujours pour contester, répliqua cette dernière, sans quitter des yeux le seigneur marchand. Et je ne manque jamais de leur répondre : « Vous n'avez qu'à venir faire le boulot vous-mêmes. »

Derrière Brock, des murmures mécontents s'élevèrent parmi les Aventuriers, tandis que le roi considérait la maîtresse de la guilde avec froideur, se demandant s'il devait prendre sa réponse comme un défi.

– Avec tout le respect que je dois à Votre Majesté, intervint alors Mère Brenner, est-ce bien le moment de discuter de cela ? Il ne s'agit pas de savoir si placer quelqu'un d'autre à la tête de la guilde aurait changé quoi que ce soit. Ce n'est pas Frond qui est responsable de ça, conclut-elle en désignant les fragments de cristal dans les mains de Grima.

– En effet, approuva l'archimage, qui fit tourner la pierre entre ses doigts pour capter la lumière du soleil matinal. Aucune main humaine ne peut briser un cristal focaliseur.

– Diantre ! s'exclama Brent. Et une main humaine armée d'un gros marteau ? Non, mais franchement !

– Vous ne comprenez pas, riposta Grima. Il est impossible de simplement fracasser à coups de marteau un focaliseur rempli de mana. Il faut d'abord le vider.

– Ce n'était pas Frond, affirma soudain Zed, avec toute la fermeté dont il était capable. C'était un Danger. D'ailleurs, il s'en est même vanté.

– Tu... tu as parlé à un Danger ? s'étonna le roi.

Zed ne rougit pas. La tête haute, il répondit :

– Oui, Votre Majesté. Il a affirmé être au courant de notre venue.

– De la tienne, plus particulièrement ?

Zed hésita.

– Réfléchis bien, mon garçon. C'est important.

Zed secoua la tête.

– Il s'attendait à ce que quelqu'un vienne. Il n'a pas précisé qui.

– Votre Majesté..., commença Frond.

Elle s'interrompit, tapota les pointes acérées d'une étoile à lancer suspendue à sa ceinture, le temps de peser ses mots.

– Combien de personnes connaissaient l'existence du focaliseur dans le sanctuaire ? Qui savait que nous irions le chercher ?

Seul le silence lui répondit. Les maîtres des guildes regardèrent tour à tour Frond et le roi. Celui-ci restait de marbre.

– Il n'est pas trop tard, Votre Majesté, reprit Frond. Nous pouvons encore remédier à la situation. Mais nous devons découvrir la vérité, même si elle dérange...

– Et voilà ! s'emporta le roi en lui lançant un regard noir. Vous êtes incapable de tenir une seule conversation sans susciter le mécontentement...

– C'est parce que vous n'écoutez pas ! cria Frond.

Au son de sa voix, Brock tressaillit, et il ne fut pas le seul.

– L'ennemi est *dehors*, Alabasel ! vociféra le roi, en montrant les remparts qui se profilaient au-dessus d'eux. Peut-être avez-vous affaire à des monstres depuis trop longtemps. Maintenant, vous en voyez partout. Je mesure parfaitement l'importance de la tâche que vous accomplissez et je la tiens en haute estime, ajouta-t-il avec un soupir mélancolique. Mais, en période de troubles, rien n'est plus indispensable que la stabilité, la discrétion et la confiance mutuelle entre les dirigeants. Les barrières de protection vacillent. Nous devons trouver une solution. Si cette solution se trouve dehors, quelque part..., conclut-il en désignant de nouveau la muraille, alors votre guilde en sera avisée. En attendant...

– En attendant, *quoi* ?

Le roi fronça les sourcils.

– Les Aventuriers resteront consignés dans leurs quartiers, excepté pour effectuer les patrouilles de routine.

Derrière Brock, on maugréa de plus belle. Le souverain éleva la voix.

– Interdiction également de parler de quoi que ce soit concernant les barrières magiques, les focaliseurs et tout ce dont nous avons discuté ici. Je vous ferai mander une fois la crise actuelle passée, et nous déciderons alors de quel genre de chef la Mer d'Étoiles a besoin.

Brock retint son souffle. Les Aventuriers derrière lui s'étaient tus – c'en était presque angoissant –, et il sentit la rage de Frond se répandre dans l'air comme une décharge d'électricité statique. D'un regard, le roi imposa silence à la maîtresse de guilde et lui enjoignit d'accepter sa décision. Quant à Quilby…

Quilby fixait Brock avec l'air d'attendre quelque chose.

Brock avait espéré ne pas avoir à prendre la parole. Après tout, Frond avait elle-même dressé son propre bûcher. Sauf qu'elle n'était pas allée jusqu'à l'allumer.

Cette tâche, semblait-il, lui revenait.

Il réfléchit à tout ce qu'il avait entendu dans la Maison, tout ce qu'ils avaient appris au cours des derniers jours. Et une pensée s'imposa à lui : Frond n'avait peut-être pas toujours raison sur tout, ni même sur beaucoup de choses… mais, sur ce point, elle ne se trompait pas. Un focaliseur abîmé, c'était un coup de malchance, mais deux…

Peu importait. Ni lui ni Zed ne pouvaient rien y faire. Il ne leur restait qu'à espérer se trouver aussi loin que possible quand ça commencerait à barder.

Pour cela, Quilby constituait leur meilleure chance.

– Frond a raison, déclara-t-il d'une voix forte, pour rompre le silence.

Comme les mots avaient laissé un drôle de goût sur sa langue, il les répéta, s'efforçant de se convaincre de leur véracité.

– Frond a raison. Elle... s'interpose entre notre cité et plus de cent Dangers. Chaque jour.

Du coin de l'œil, il vit Liza se tourner vers lui et lui sourire. Il ressentit un petit pincement au cœur et garda les yeux rivés sur le roi.

– Allez-y, reprit-il. Dites-lui de fermer les yeux quand la cité est en péril. Dites-lui de ne pas écouter son instinct quand il lui souffle que quelque chose ne tourne pas rond. Dites-lui de se montrer *discrète*. Cela ne l'arrêtera pas. Elle nous sauvera tous... que vous le vouliez ou non.

Le roi décocha un regard sombre à la maîtresse de guilde.

– Je crois que vous avez raison, mon garçon, admit-il d'une voix triste. Brent, emparez-vous d'elle.

Sur un signe de sire Brent, les chevaliers s'avancèrent.

– Non ! hurla Liza.

Des dizaines de cris de protestation lui firent écho.

Elle dégaina son épée.

– Liza, ne fais pas ça, l'avertit Brock, en lui tendant une main rassurante.

Il jeta un coup d'œil par-dessus son épaule et vit la guilde tout entière prête à passer à l'action. Si l'on devait en venir aux mains, se demanda-t-il, ces gens manifesteraient-ils leur loyauté à l'égard de leur roi ou de Frond ?

Armée, dangereuse et potentiellement traîtresse. Pas étonnant que Quilby voulût l'évincer.

– Ça suffit ! aboya Frond, tournant le dos au roi pour s'adresser aux Aventuriers. Que personne ne bouge !

– Mais..., hésita Liza.

– C'est un ordre, lui asséna Frond.

Abasourdie, la jeune fille hocha la tête et baissa lentement son arme.

Les chevaliers entourèrent Frond, lui lièrent les mains, prenant soin de retirer la douzaine de lames accrochées à son vêtement de cuir. Ce fut une opération longue et difficile et, même si les Aventuriers ne firent pas un geste pour s'y opposer, ils ne se privèrent pas de conspuer les chevaliers, de leur adresser des gestes obscènes et de faire des commentaires désobligeants sur leurs mères. Brock, pendant ce temps, se balançait nerveusement d'un pied sur l'autre, jetant des regards furtifs autour de lui.

Il vit Quilby se retenir de sourire, Brenner secouer la tête tristement, Grima caresser du bout des doigts l'éclat de cristal.

Il vit Brent et le roi s'entretenir à voix basse, la mine sombre.

Il vit Liza laisser tomber son épée par terre et Zed observer les maîtres de guildes avec suspicion, le nez froncé de dégoût.

Et, malgré tous ses efforts pour l'éviter, son regard revint inéluctablement se poser sur Frond. Dans son visage impassible, au milieu de toutes ses balafres, ses yeux étaient durs et pleins de haine. La fureur qu'ils exprimaient lui coupa le souffle.

Frond savait exactement ce qu'il venait de faire.

Chapitre treize

Zed

— Ce n'est pas possible, se lamentait Liza. Comment peuvent-ils faire ça ?

D'une fenêtre du premier étage, Zed, Liza et Brock regardaient un détachement de chevaliers prendre position à l'extérieur de la Maison de la guilde.

Manifestement, la nouvelle s'était répandue que Frond avait été arrêtée et que les Aventuriers étaient désormais retenus prisonniers dans leurs propres murs. Un attroupement s'était formé devant la Maison, des badauds la montraient du doigt et échangeaient des commentaires à voix basse. Certains avaient l'air de trouver tout cela plutôt drôle, mais la plupart affichaient des mines inquiètes, voire quelque peu scandalisées.

Quoi qu'ils pensent de nous, ils savent à quel point nous sommes indispensables à la cité, songea Zed.

Des planches avaient été clouées en travers de la porte d'entrée. Zed n'avait eu que le temps d'entrevoir les mots DÉFENSE D'APPROCHER inscrits en grosses lettres sur un morceau de parchemin frappé du sceau royal avant que celui-ci soit placardé sur le vantail.

À côté de lui, Brock émit un grognement.

– Zed, il vaudrait peut-être mieux que tu ne voies pas ça...

Trop tard.

Zed aperçut sa mère, qui se frayait un passage au milieu de la foule, le visage hagard. Compte tenu de l'heure, elle avait dû quitter précipitamment la noble demeure de ses employeurs. Elle portait encore son uniforme de servante, et ses cheveux – d'ordinaire attachés en un chignon impeccable pendant ses heures de travail – étaient dénoués et retombaient en mèches sur ses épaules.

Elle se faufila entre deux curieux pour se ruer vers la porte. Un chevalier lui barra aussitôt le passage et la repoussa sans ménagement de sa main gantée de fer.

– Maman..., murmura Zed d'une voix rauque. *Maman !* cria-t-il en tapant contre la fenêtre.

Elle ne pouvait l'entendre, bien sûr. Elle s'était engagée dans une discussion houleuse avec le chevalier, mais Zed ne parvenait pas à en saisir le moindre mot. Après quelques instants de violente dispute, le chevalier perdit patience. Avec un regard noir, il porta la main à la poignée de son épée. Ce qui constituait indéniablement un geste de menace.

Les paupières plissées, la mère de Zed le fixa sans ciller.

– Non, non, non, gémit Zed. Je vais bien, maman. Ne reste pas ici...

Une autre personne émergea soudain de la foule, une femme, qui posa une main protectrice sur le bras de la mère de Zed et vint se placer entre celle-ci et le chevalier.

– J'y crois pas..., souffla Brock.

C'était dame Dunderfel. Elle n'avait jamais adressé la parole à Zed qu'en de rares occasions, sur la place du marché – et encore, des paroles pour le moins acerbes et déplaisantes. Brock avait beau refuser de l'admettre devant lui, Zed se doutait depuis longtemps qu'elle ne voyait pas sa famille d'un bon œil. Comme à l'accoutumée, dame Dunderfel était habillée avec élégance – assurément beaucoup plus chic que la mère de Zed, avec son tablier gris des Serviteurs. Elle toisa le Fils de la Pierre avec un tel dédain que la sentinelle écarta aussitôt la main de son épée.

L'expression de sévérité sur le visage du chevalier s'effaça, il leva les mains, comme pour s'excuser, mais ne bougea pas d'un pouce. Il bloquait toujours le passage. Finalement, la mère de Brock ramena celle de Zed au milieu de la foule, un bras autour de son épaule.

– Pincez-moi, je rêve ! s'exclama Brock, abasourdi. Je n'en crois pas mes yeux.

Comme Zed regardait les deux femmes s'éloigner, un nœud se desserra tout doucement dans sa poitrine.

– Je me demande si mes parents ou mon frère ont appris la nouvelle..., murmura Liza. Ou s'ils sont même au courant pour Micah.

– Oh, ils le savent, tu peux compter là-dessus, fit la voix de Micah derrière eux – une voix dégoulinante de mépris. Mais ne t'attends pas à ce qu'ils viennent de sitôt se jeter à l'assaut de la porte.

Zed sentit un frisson lui parcourir l'échine. Il avait presque oublié Micah.

Les trois amis se retournèrent vers le jeune garçon, appuyé contre le chambranle de la porte. Il s'était décrassé le visage et avait troqué sa robe en lambeaux contre une tunique et un pantalon propres.

– La godiche qui m'a ouvert la porte est en train de convoquer une réunion, annonça Micah, la mine renfrognée. Je suppose que c'est elle qui commande maintenant ? Question malchance, on peut dire que je suis servi !

Les sourcils froncés, Liza dévisagea son frère.

– Je n'en reviens toujours pas que tu sois ici, dit-elle en secouant la tête. Comment est-il possible de se faire expulser de la Voie d'Or ?

Micah leva les yeux au ciel.

– Oh, lâche-moi un peu, Liza. Brenner est une vieille sorcière. Elle m'a pris en grippe dès le premier jour.

– Je me demande bien pourquoi, remarqua Liza d'un ton faussement naïf. Oh, attends ! Tu crois que ça aurait quelque chose à voir avec la fois où tu as pratiquement hurlé devant toute la ville que tu ne voulais pas faire partie de la guilde des Guérisseurs ?

Son frère croisa les bras sur sa poitrine et haussa les épaules.

– J'ai perdu mon titre et mon nom, résuma-t-il, et je n'ai pas assez de doigts pour compter les fois où j'ai été publiquement humilié cette semaine. Alors, estimez-vous heureux, tous. Sauf toi, peut-être, l'ensorceleur, ajouta-t-il en se tournant vers Zed. Parce que je te préviens, je ronfle !

– Bon sang ! s'indigna Brock. Il s'appelle Zed. « L'ensorceleur » n'est pas un nom.

Micah l'ignora.

– Je descends, annonça-t-il. Venez avec moi si ça vous chante. La demeurée ne sait déjà plus où donner de la tête. Ça promet au moins d'être divertissant.

Liza poussa un soupir et sortit de la pièce sur les talons de son frère. Quelques secondes passèrent, puis Brock lui emboîta le pas, laissant Zed à la traîne derrière eux.

La mine soucieuse, Zed regarda ses pieds.

Il avait un secret.

Enfin, *plusieurs* secrets.

Il lui fallait avouer quelque chose à ses amis. Il aurait dû déjà le faire, il en avait conscience – il aurait peut-être même dû le clamer devant tout le monde sur le terrain d'entraînement –, mais il ne savait pas comment les gens réagiraient. Ses amis se retourneraient-ils contre lui ? Les habitants de la cité lui en voudraient-ils ?

Les choses avaient beau aller mal, Zed avait le pressentiment que la situation ne tarderait pas à empirer.

*

Lotte ne savait effectivement plus où donner de la tête. Les membres de la guilde se pressaient autour d'elle dans la grande salle, la dominant de toute leur taille. Chacun d'eux, ou presque, hurlait à pleins poumons.

En entrant, Zed repéra Jayna au fond de la pièce, debout à côté d'Hexam. La jeune fille se mordillait nerveusement les lèvres. Son regard croisa celui de Zed, mais se détourna aussitôt.

– DU CALME ! cria Lotte, qui réussit enfin à se faire entendre par-dessus le vacarme.

Les Aventuriers firent silence, encore que Zed entendît la voix de Fife achever sa phrase : « ... devrait lancer des pixies carnivores contre eux ! »

Lotte s'éclaircit la gorge, se redressa légèrement.

– Pour le moment, personne n'a le droit d'entrer ni de sortir de la Maison, excepté pour nos patrouilles de routine à l'extérieur des murs. On m'a assuré que cette mesure de confinement ne serait que temporaire. Dès que le roi aura jugé que notre guilde s'est sincèrement repentie, l'ordre de réclusion sera levé.

– Repentie de *quoi* ? demanda une voix, bientôt soutenue par d'autres.

– Le Conseil du roi accuse Frond d'imprudence et d'insubordination, expliqua Lotte. Et ses actes rejaillissent sur nous tous. Si terrible que cela paraisse, les choses auraient pu tourner encore plus mal. Une épée a été tirée ce matin en présence du roi. Normalement, cela devrait être considéré comme une trahison.

Lotte ne regarda pas Liza, mais Zed sentit la jeune fille se raidir à côté de lui. *Trahison ?* Liza avait seulement tenté de protéger Frond !

– Le roi Pierrefranche fait preuve de clémence à notre égard, poursuivit Lotte, et pour regagner la place qui est la nôtre au sein de la cité nous devons lui montrer que nous sommes toujours prêts à la protéger. Les patrouilles à l'extérieur des murs s'effectueront comme d'habitude, mais nous n'utiliserons que la porte d'accès réservée à la guilde. Notre mission demeure la même. Rien n'a changé.

Sauf que Frond a été emmenée et mise aux fers on ne sait où, songea Zed avec amertume.

– Et qu'en est-il de la brèche dans la barrière de protection ? gronda une voix grave.

Tous les regards se tournèrent vers Hexam. Zed n'avait jamais entendu le magicien prendre la parole devant la guilde réunie, mais les Aventuriers semblaient s'en remettre à lui.

– Que fait-on de la destruction du focaliseur et des preuves attestant qu'il s'agit d'un acte criminel ? Le Conseil ne peut quand même pas ignorer nos mises en garde !

Des murmures d'approbation s'élevèrent parmi les Aventuriers. Tous avaient vu les morceaux de cristal remis à Grima et entendu les accusations de Frond. Ils étaient les seuls habitants de Pierrefranche à avoir conscience du danger qui pesait sur les barrières magiques, et voilà qu'à présent on les isolait du reste de la population !

– Ils nous enferment ici pour nous faire taire !

– Toute la ville s'effondre autour de nous !

Lotte leva une main.

– *Merci*, Hexam, dit-elle d'un ton irrité. Le Conseil étudie la question, et une récompense sera offerte pour l'arrestation de la Vieille Makiva.

– La mystique ? s'étonna Hexam. Pour quel motif ?

– Sorcellerie. Plusieurs objets ayant réchappé à l'incendie de sa tente tendent à prouver que c'était en réalité une sorcière en exercice. Apparemment, elle possédait un bon nombre de focaliseurs, taillés dans de l'os. Les os de qui, je l'ignore, mais, après avoir vu le fétiche que vous avez rapporté, le Conseil pense que Makiva pourrait être liée à...

– Makiva ne connaissait pas le but de notre mission, l'interrompit Hexam. Même les scribes ne savaient pas à quoi servirait leur carte. Seul le Conseil était au courant. Frond l'a souligné clairement, Lotte.

Aux côtés de l'archiviste, Jayna se tordait les mains.

Lotte poussa un soupir, et la guilde retomba dans le silence, attendant sa réponse.

– Nous n'avons aucune certitude, déclara-t-elle. Et il n'y a rien que nous puissions faire pour l'instant. Le roi a entendu notre version de l'histoire. Si nous continuons à protester, nous risquons *tous* de finir comme Frond.

Brusquement, la grande salle résonna de dizaines de voix tonitruantes – certaines exigeaient qu'on passe à l'action, d'autres recommandaient la plus grande prudence. D'autres encore se contentaient de s'égosiller. Celle de Lotte fut noyée dans le brouhaha.

Zed n'en revenait pas. Makiva était réellement une sorcière ? D'un geste nerveux, il tripota la chaîne elfique cachée sous sa tunique. Depuis des années, les gens parlaient en ces termes de la marchande d'amulettes, mais personne n'y avait vraiment ajouté foi. Cela faisait des décennies qu'il n'y avait pas eu de véritable sorcière ni de sorcier dans la ville.

Sauf que...

Sauf que Zed savait quelque chose que les autres ignoraient. Quelque chose qu'il avait gardé pour lui. Le temps était venu de révéler la vérité.

Sur tout.

Il se tourna vers Brock et Liza, et fut surpris de trouver Micah derrière eux. Brock observait Lotte avec un drôle d'air. Il paraissait tendu et agité.

– J'ai quelque chose à vous dire, commença Zed. Mais... seulement à vous. Pour l'instant.

Liza promena un regard autour d'elle dans la salle bondée.

– Retournons dans nos quartiers, suggéra-t-elle.

Zed opina du chef.

– Retrouvons-nous dans la chambre de Jett. Je tiens à ce qu'il soit là.

*

Jett semblait perplexe.

– Euh... ? bredouilla-t-il.

– Salut, fit Micah en lui adressant un signe de tête. Comment ça va ?

Zed n'était pas du tout ravi que Micah les eût suivis dans la chambre de Jett, mais il n'osait pas lui ordonner de partir. De toute façon, Micah ne tarderait sans doute pas à découvrir la vérité.

Jett répondit à Micah par une moue maussade, puis lança un coup d'œil à Zed et aux autres.

– Quelqu'un peut m'expliquer ce qui se passe ?

– Pas la peine de me regarder, répliqua Brock. Il y a longtemps que j'ai décroché.

Zed laissa échapper un soupir. Un jour, quand il était petit, il s'était fait piquer par une abeille alors qu'il jouait dans la rue. Ses amis s'étaient rassemblés autour de lui pour regarder la plaie sur son bras enfler et devenir toute rouge.

« Il faut racler la peau pour extraire le dard et l'empêcher de libérer encore plus de venin, avait conseillé une fille.

– Non ! avait objecté un garçon. Tu dois le pincer pour le faire sortir, sinon la pointe te griffera. »

Zed était resté planté là, paralysé par l'indécision, jusqu'à ce que sa mère le découvre enfin, une heure plus tard. Avec une efficacité étonnante, elle avait retiré le dard – Zed n'avait même pas vu comment elle s'y était prise – puis avait grondé son fils pour l'avoir laissé aussi longtemps fiché dans son bras.

« Peu importe comment tu l'enlèves, Zed, lui avait-elle dit, du moment que tu le *fais*. Plus le poison reste dans la peau, plus c'est dangereux. »

La boursouflure sur son bras avait duré plusieurs jours.

Il regarda Jett. Le jeune nain avait tant sacrifié pour sauver Brock, et ce, sans l'ombre d'une hésitation. Pourquoi Zed ne pourrait-il pas faire la même chose pour la ville entière ?

– Il y a un sorcier dans le Conseil, lâcha-t-il avant que la peur le retienne.

Ébahis, ses amis le dévisagèrent avec des yeux ronds.

– Ce n'est pas possible, protesta Brock à voix basse.

Zed secoua la tête, baissa les yeux.

– J'en suis sûr.

– Qu'est-ce qui te fait dire ça ? voulut savoir Liza.

Il prit une profonde inspiration.

– Parce que je suis capable de détecter la magie noire. Elle a une... une odeur particulière. Hexam dit que c'est parce que je suis un ensorceleur. Je peux déceler de la magie sans lancer de sorts. La mana des magiciens provient de la Féerie – celle-là est mentholée –, mais la mana des sorcières et des sorciers est liée à... aux Enfers.

Ses amis gardèrent le silence, le temps de digérer cette révélation.

– Je sais reconnaître cette odeur parce que je l'ai déjà sentie, reprit Zed. Quand nous étions dans la forêt, le premier jour. Le sort que j'ai lancé contre les kobolds – celui qui se trouvait dans le bâton –, c'était de la magie démoniaque. Je ne l'ai compris qu'après, ajouta-t-il d'une voix faible.

Ses mains étaient moites de sueur. Il marqua un temps d'arrêt, attendit que quelqu'un prît la parole, mais le silence n'en finissait plus de s'étirer.

Ce fut Micah qui, finalement, le rompit.

– Vraiment passionnant, remarqua-t-il en levant les yeux au ciel. Eh bien, vas-y, continue !

Zed releva la tête, consterné. Ses amis attendaient la suite avec impatience. Il avait anticipé des réactions plus proches de celle de Jayna, mais nul ne paraissait s'émouvoir particulièrement de sa confession.

– Je vous dis que j'ai usé de magie noire ! insista-t-il. Je ne l'ai pas fait exprès, mais quand même...

Brock secoua la tête.

– Ce qui m'étonne surtout, c'est que tu aies réussi à garder un secret pendant si longtemps. Ça fait quoi ? Deux jours ? Tu as dû battre un nouveau record.

– Zed, intervint Jett depuis son lit, tu es en train de nous expliquer que tu as décelé de la magie noire chez un membre du Conseil ?

Zed hocha la tête.

– C'était après l'arrestation de Frond. Je ne sais pas de qui ça venait, mais je suis certain d'avoir senti une odeur de soufre. Hexam dit que c'est le souffle des Enfers.

– Mais qu'est-ce que ça signifie ? demanda Liza.

– Je ne sais pas. Mais, si vraiment quelqu'un au sein du Conseil nous a trahis, il y a peut-être un rapport.

– C'est encore pire que ça !

La porte de la chambre de Jett s'ouvrit avec un grincement. Zed se retourna et vit Jayna qui les observait depuis le seuil.

– Excusez-moi, fit-elle en se glissant timidement dans la pièce avant de refermer derrière elle. Mais je vous ai vus partir tous ensemble et...

Elle lança un regard vers Zed et cette fois, lorsque leurs yeux se croisèrent, elle ne détourna pas la tête.

– Une sorcière ou un sorcier aurait le pouvoir d'endommager les barrières de protection, expliqua-t-elle. À condition d'avoir accès au focaliseur de la cité. À partir du moment où les énergies provenant des Enfers et de la Féerie sont comme l'huile et l'eau, la magie démoniaque pourrait être utilisée pour empiéter sur la mana versée dans le focaliseur par les Mages. Et, si cela était fait assez lentement, les Éclats d'Argent ne s'en apercevraient pas avant qu'il soit trop tard. Les deux sortes de mana se combattraient à l'intérieur du focaliseur, si bien qu'il s'affaiblirait jusqu'à sa destruction complète – comme celui que tu as trouvé.

– C'est complètement dingue ! s'indigna Brock, en secouant la tête vigoureusement. Aucun membre du Conseil ne s'amuserait à tripatouiller les protections magiques. Qui en aurait la possibilité, de toute façon ?

– Grima a accès à la chambre où est conservé le focaliseur, révéla Jayna. De même d'ailleurs que tous les autres membres du Conseil royal, en cas d'urgence. Et les apprentis Mages y rencontrent tout le Conseil au grand complet pour leur cérémonie annuelle d'inauguration. Le roi Pierrefranche fait un discours pour l'occasion.

Brock jeta un coup d'œil à Zed.

– Dommage que tu aies raté la petite fête dans la chambre du focaliseur, mais au moins tu as échappé au discours. Vois ça comme un des bons côtés de la conscription.

– En réalité, n'importe qui peut devenir sorcier, ajouta Jayna d'un air sombre. Et c'est précisément la raison pour laquelle la guilde des Mages interdit le savoir arcanique au public. Il suffit de conclure un pacte avec un protecteur, en général un puissant démon ou un autre sorcier.

Le sourire ironique de Brock s'effaça. Il chercha de nouveau le regard de Zed.

– Tu n'aurais pas, *sans le faire exprès*, passé un pacte… hein ?

– Bien sûr que non ! s'empressa de riposter Zed.

– La magie d'un ensorceleur est innée, continua Jayna. Voilà pourquoi Zed a pu se servir de ce bâton maléfique. Il aurait besoin d'un véritable protecteur pour jeter ses propres sortilèges de sorcier.

– Comment sais-tu tout ça ? demanda Jett.

– C'est le b.a.-ba de l'éducation des mages, répondit Jayna. Ou du moins ça devrait l'être. Les protections magiques, les focaliseurs, les dangers de la magie noire – tout ça, on l'enseigne aux apprentis dès le premier mois.

– Nous devons mettre Hexam au courant, décida Liza. Il faut avertir le roi Pierrefranche.

Zed fronça les sourcils.

– Il se pourrait que le sorcier soit le roi lui-même, hasarda-t-il. Je sais, ça peut paraître fou, mais il se trouvait avec le reste du Conseil. On ne peut pas l'exclure.

– Il est impensable que le roi de Pierrefranche soit un sorcier, protesta Liza. C'est forcément Grima. Elle n'avait pas l'air de s'inquiéter beaucoup de la dégradation des barrières magiques.

– L'archimage déteste la magie noire, protesta Jayna avec véhémence. Lors du premier cours qu'elle donne aux nouveaux Mages, elle les met précisément en garde contre ça.

– Pour mieux détourner les soupçons, insinua Liza.

– Ce doit être Brenner, intervint Micah, le nez plissé de dégoût. Cette vieille chouette !

– En fait, on ne sait pas qui c'est, coupa Jett. Et, si nous en parlons à Hexam et qu'il décide d'aller voir le roi sans preuve, il risque de finir comme Frond – ou pire, si la sorcière ou le sorcier le considère comme une menace.

Liza soupira et leva les bras dans un geste d'impuissance.

– Alors, qu'est-ce qu'on fait ?

Jayna se balançait d'un pied sur l'autre.

– Eh bien, justement, je sais où se trouve le focaliseur. Si on réussissait à surprendre celui ou celle qui s'en sert pour détériorer les barrières de protection, on saurait qui accuser. Seulement, je ne peux pas nous faire pénétrer dans la chambre du focaliseur sans la clé. La porte est verrouillée de l'extérieur.

Liza se tourna vers Zed.

– Mais pas de l'intérieur ?

Zed comprit alors ce que Liza avait en tête.

– Si je pouvais regarder par le trou de la serrure, il me suffirait d'effectuer un saut d'elfe pour pénétrer à l'intérieur et ensuite ouvrir la porte, hasarda-t-il. Il ne nous resterait plus qu'à nous cacher pour démasquer le traître.

– *Quoi ?* glapit Brock. Non, Zed, voyons ! C'est du délire. Même à supposer que toute cette histoire soit vraie, il y a peut-être d'autres choses qu'on ignore. Si on se faisait prendre…

– On passerait pour une bande de jeunes crétins qui auraient fait le mur ! fit valoir Liza. Mieux vaut que ce soit *nous* qui ayons des ennuis plutôt qu'Hexam ou la guilde tout entière.

Brock la dévisagea avec effarement.

– Pas mieux pour *nous* ! On parle de nos vies, là !

Son regard alla de Liza à Zed.

– Zed, s'il te plaît ! Attendons que l'interdiction de sortir soit levée. Je suis sûr que… quelqu'un nous aidera quand on aura pu raconter notre histoire. Il faut juste être patients.

– Nous n'aurons peut-être pas le temps d'attendre, répliqua Zed, le front plissé. Que se passera-t-il si les barrières magiques tombent avant que nous soyons libérés ? Ou si personne ne veut nous écouter ? Ou si nous allons tout révéler à la mauvaise personne ? Liza a raison. C'est le meilleur moyen.

Après cela, Brock ne dit plus rien, mais Zed eut l'impression que son regard brûlant le transperçait de part en part. On aurait dit qu'il voulait ajouter quelque chose, mais ne savait pas comment s'y prendre.

– Tu avais raison dans la cour, lui dit Liza gentiment en lui posant une main sur le bras. Frond ne reculerait devant rien pour protéger cette ville. Nous ne pouvons pas faire moins.

Brock lâcha un rire sonore mais sans joie, puis baissa la tête. Il prit une longue, une profonde inspiration. Expira. Inspira. Lorsqu'il releva les yeux, une résolution inflexible se lisait sur son visage.

– Très bien, abdiqua-t-il. Mais dans ce cas j'y vais aussi. Plus question de laisser Zed se jeter tout seul dans la fosse aux lions.

– Moi aussi, décida Liza. Et nous aurons besoin de Jayna.

– Je viens aussi, fit Micah.

Tous se tournèrent vers lui.

– Quoi ? les défia-t-il.

– Micah, soupira sa sœur, plus nous serons nombreux à essayer de sortir en douce, plus nous risquerons de nous faire repérer.

– Alors, il n'y a qu'à ne pas emmener le fils de marchand, s'emporta Micah, bouillant de rage. *Moi*, au moins, je sais guérir !

– On ne va pas dans un pigeonnier, tu sais, répliqua Brock. Des oiseaux auront peut-être besoin de toi ailleurs.

– Je vous assure, je suis un excellent guérisseur !

– Ça suffit ! gronda Liza en levant la main qu'elle avait placée sur le bras de Brock. D'accord, tu peux venir. Mais fais en sorte de ne pas nous gêner.

Jett se racla la gorge. Zed et les autres se retournèrent vers lui, et tous eurent brusquement la sensation de se dégonfler comme des ballons.

– Je sais que je ne peux pas aller avec vous, dit le nain avec un pauvre sourire contrit. Et ce n'est pas grave. Mais je vous conseille quand même d'échafauder un plan pour le cas où vous rencontreriez des problèmes, non ?

– Nous devrions partir cette nuit, suggéra Liza d'un ton d'excuse. Les Fils de la Pierre n'ont scellé que les portes principales et latérales. Nous pourrions sortir par celle qui donne sur la cour d'entraînement. Si nous ne sommes pas revenus pour le petit-déjeuner, Jett, va trouver Hexam et raconte-lui tout. Soit nous aurons été arrêtés, soit...

Elle hésita, regarda Brock.

– Soit le sorcier nous aura attrapés, termina-t-il à sa place avec un haussement d'épaules. Et nous aura tous assassinés.

Chapitre quatorze

Brock

– Le secret pour sortir ni vu ni connu, déclara Brock avec assurance, c'est de ne pas avoir l'air de sortir ni vu ni connu.

Zed opina docilement du chef, jeta un coup d'œil par-dessus son épaule et s'aperçut que Brock s'adressait à lui en particulier.

– Moi ? demanda-t-il en pointant le pouce sur sa propre poitrine.

– Toi, confirma Brock.

Ils s'étaient retrouvés dans le petit hall d'entrée qui s'ouvrait sur le terrain d'entraînement. Liza et Micah, Jayna et Zed. Et Brock... qui se retrouvait à faire le mur pour la seconde nuit d'affilée. Il comptait sur une poussée d'adrénaline pour le maintenir éveillé, mais espérait ne pas trouver la même chose chez les Fils de la Pierre si d'aventure il tombait sur eux.

Zed examina sa tenue. Il était entièrement vêtu de noir : cape, pantalon de toile, bottes – même ses lacets étaient noirs.

– J'essaie de passer incognito, se défendit-il.

– C'est justement le problème, rétorqua Brock. Vois-tu, si quelqu'un te voit habillé comme ça, il saura tout de suite que tu mijotes un mauvais coup. On doit avoir l'air décontracté. Comme une bande de copains qui partent faire un tour.

– Laisse-le tranquille, Brock, conseilla Liza, occupée à lacer ses propres bottes. Il est très bien comme ça. Et ce n'est pas comme si on n'avait jamais sauté le mur la nuit.

– Parlez pour vous, dit Jayna en levant la main d'un air pincé. Ma mère m'a toujours dit que ce qui ne pouvait se faire en plein jour ne méritait pas d'être fait.

Elle vacilla légèrement sous le regard des autres qui s'étaient tournés vers elle, mais poursuivit :

– Euh... je ne juge personne, évidemment. Je suis sûre que les raisons que vous aviez pour sortir sans permission vous semblaient parfaitement légitimes sur le moment. Tout comme maintenant !

Elle se rendit soudain compte que sa main était toujours en l'air et s'empressa de la baisser.

– Attends une minute ! Toi, tu es déjà sortie en cachette ? demanda Micah à sa sœur, son regard morne soudain devenu perçant. De la maison ? Mais pourquoi tu aurais fait une chose pareille ? Toi, la petite princesse à son papa !

– Justement, fit Liza d'un ton sans réplique, qui ne sembla pas du tout satisfaire son frère. Une prison avec des tentures somptueuses et des fauteuils confortables reste une prison, Micah.

– Comme dirait quelqu'un qui n'a jamais vu l'intérieur d'une geôle, grommela Brock.

– Comme dirait quelqu'un qui va bientôt voir l'intérieur de la maison des Guérisseurs, riposta-t-elle.

– Oh, nom de... On peut y aller, maintenant ? s'énerva Micah.

– D'accord, capitula Brock, en gratifiant le frère et la sœur d'un regard hostile. Suivez-moi.

Il ouvrit la porte de la cour d'entraînement.

Debout sur le seuil, leur barrant le passage, se dressait un chevalier à la mine patibulaire.

C'est alors que Brock fut frappé par la pertinence du terme « Fils de la Pierre ». Raide comme une statue, l'homme avait les mâchoires crispées et le visage sévère. Il gardait les bras croisés sur sa poitrine, de sorte que ses biceps durs comme de la roche saillaient sous sa tunique gris ardoise. On l'aurait dit taillé dans un bloc de granit.

Ses yeux aussi avaient une dureté et une froideur minérales.

– Les portes doivent rester closes, énonça-t-il, sans faire un geste pour fermer celle-là lui-même.

Il restait planté là, parfaitement immobile, s'attendant à être obéi sans discussion.

– Mais nous avons besoin de votre aide, gentil chevalier, dit Brock en ouvrant la porte un peu plus grand.

Il sortit un objet de sa poche et le lança au Fils de la Pierre, qui fut alors bien obligé de bouger. L'homme le rattrapa non sans mal en le plaquant contre sa poitrine.

Puis il le leva dans la lumière. C'était une figurine représentant un blaireau.

– L'œuvre de la Vieille Makiva, remarqua-t-il sombrement.

– C'est bien ce que je pensais, approuva Brock. Nous venons de le trouver dans la salle commune. Je crois... je crois que la sorcière se cache quelque part dans la Maison. Et qu'elle est venue nous régler notre compte !

Le chevalier poussa un juron entre ses dents, avant de se retourner pour aboyer des ordres à ceux de ses compagnons qui se trouvaient à portée de voix :

– Avec moi !

Il dégaina son épée et enjamba le seuil.

– Euh..., objecta Brock en s'écartant avec réticence, l'épée n'est peut-être pas...

Le chevalier passa en trombe devant les cinq apprentis et se précipita à l'intérieur de la Maison.

– ... nécessaire, acheva Brock, tandis que trois autres Fils de la Pierre s'engouffraient à leur tour dans le vestibule.

– Oh là là, Lotte ne va pas du tout aimer ! soupira Jayna.

– Lotte est assez grande pour régler ça, affirma Liza. Mais, s'ils fouillent la Maison, il ne leur faudra pas longtemps pour s'apercevoir que nous sommes partis. Alors, vite, on lève le camp !

Elle fut la première à mettre le pied dehors. Il n'y avait plus aucun chevalier en vue dans la cour et, bien que Brock s'y fût préparé, aucun appel ne retentit lorsqu'ils traversèrent le terrain et franchirent le portail pour atteindre le chemin de terre de l'autre côté.

– Jayna, tu ouvres la marche, ordonna Liza. Allez, on ne traîne pas !

– Bon, je suppose qu'on laisse tomber « la bande de copains qui vont faire un tour après la tombée de la nuit », remarqua Zed en réglant son pas sur celui de Jayna.

– Exact, approuva Liza. Mais le plan B est bien aussi.

– Le plan B ? répéta Brock. Le plan B prévoyait d'arracher les vêtements du garde, en fait, sauf qu'il n'avait pas l'air du genre pudique. Quant au plan C, il consistait à le soudoyer. « Distraire l'attention avec une babiole et prendre ses jambes à son cou », ça, au mieux, c'est un plan D.

– Et où précisément as-tu trouvé cette babiole ? maugréa Micah.

– Oh, Micah, intervint Liza, s'il te plaît, ne le prends pas pour un blaireau !

Sa propre boutade la fit glousser. Son rire était si léger et insouciant que Brock ne put se résoudre à la faire taire, même dans l'intérêt de leur mission.

*

Jayna les conduisit à travers un dédale de rues sinueuses. Bien qu'elle semblât ne pas bien connaître cette partie de la ville, elle n'eut aucune difficulté à trouver son chemin. Ils se dirigeaient vers la tour des Éclats d'Argent, qui, du centre de Pierrefranche, dominait toute la ville. Par moments, les constructions précaires qui abritaient plusieurs logements familiaux leur masquaient la vue de la tour, mais celle-ci réapparaissait toujours au détour du virage suivant.

Depuis longtemps, Brock se sentait davantage chez lui dans la Basse-Ville que dans son propre quartier. La vie y était certes plus rude que là où il avait grandi, mais les rires bruyants et le chahut qui s'échappaient des tavernes respiraient la cordialité, la joie et l'entrain. Il sentait une pulsation vibrer dans l'air de la Basse-Ville, comme si la nuit avait été un être vivant qu'il pouvait dompter, ou du moins essayer d'apprivoiser. Et il se demanda, pour la première fois sérieusement, ce qu'il ferait en cet instant s'il avait rejoint la guilde des Marchands.

Il dormirait, probablement. Ou s'absorberait dans l'étude d'ennuyeux registres, avec une seule idée en tête : aller dormir.

À mesure qu'ils s'enfonçaient dans la ville, les chemins de terre faisaient place à des rues pavées, et les tavernes délabrées, pleines de vie et de musique, étaient remplacées par les étals du marché plongé dans l'ombre puis par des maisons aux volets fermés.

Au lieu de les emmener directement à la tour, Jayna tourna brusquement et s'engagea dans une ruelle transversale.

– On ne va pas à la tour ? demanda Zed.

– Si... et non, répondit-elle. Le focaliseur se trouve sous le bâtiment, mais ce serait trop voyant si on y accédait par là. L'entrée se fait par une boutique.

Ils parvinrent à une petite bâtisse d'apparence insignifiante. L'enseigne extérieure indiquait qu'il s'agissait de l'échoppe d'un marchand de chandelles.

– Des chandelles ? Voyez-vous ça ! commenta Liza.

– C'est plutôt poétique, observa Zed. Des fanaux dans l'obscurité ? À l'image de Pierrefranche, en fait.

– L'archimage Grima aime bien les métaphores, confirma Jayna. Je m'imagine toujours la mana comme un lac d'eau claire et fraîche, alimenté par un torrent de montagne dans une vallée verdoyante, préservé des hommes et des Dangers… même si cette description fait pleurer Hexam de rire, ajouta-t-elle avec un haussement d'épaules. Cela dit, il est vrai qu'on vend des chandelles ici. Et il se trouve aussi qu'il y a une arrière-boutique qui s'ouvre sur un tunnel et que ce tunnel conduit au focaliseur.

La porte était verrouillée, et Zed dut plisser les yeux pour regarder par le trou de la serrure.

– Attends, l'arrêta Brock en lui faisant signe de reculer. Économise ton ruisseau verdoyant, ou je ne sais quoi.

Il essaya d'ouvrir une fenêtre, laquelle coulissa en douceur.

– Quelqu'un me fait la courte échelle ?

L'intérieur de la boutique était tel qu'on pouvait s'y attendre. Des chandelles de cire de tailles variées remplissaient tous les espaces disponibles. Il y en avait de pleins paniers et au plafond étaient suspendues les épices, les herbes aromatiques et les fleurs séchées qui serviraient à les parfumer. Maintenant que Brock savait quoi chercher, il lui apparut clairement que seule une petite quantité de ces plantes pouvait provenir de Pierrefranche. Même d'humbles fabricants de bougies devaient donc se livrer à des transactions avec les Aventuriers.

Il déverrouilla la porte et fit entrer ses camarades.

– Alors, c'est qui le plus utile ici ? demanda-t-il à Micah, qui fit semblant de ne pas l'entendre.

– Il n'y a personne ? s'étonna Liza en entrant. Ce n'est pas du tout surveillé ?

– Pas l'échoppe, répondit Jayna, qui les mena vers une trappe dans le plancher de l'arrière-boutique. Mais il y aura au moins un ou deux mages de garde dans le sous-sol.

– Comment on fait pour s'occuper d'eux ? demanda Brock.

Jayna le regarda d'un air passablement horrifié.

– Je suis sûre qu'on pourra les raisonner. Ce ne sont pas des voyous.

– Bien entendu, tu as raison, approuva Liza sur un ton rassurant.

Mais, dès que Jayna eut le dos tourné, elle effleura le pommeau de son épée et lança un regard dur à ses autres camarades. Brock n'eut guère de mal à déchiffrer son expression : « Tenez-vous prêts à vous battre. »

Tandis que Micah s'escrimait à tirer sur l'anneau de la trappe pour l'ouvrir, Brock posa une main sur l'épaule de son ami.

– Zed, chuchota-t-il, quoi qu'il arrive là-dedans, tu restes près de moi, d'accord ? Excepté, bien sûr, ajouta-t-il avec un froncement de sourcils, au moment où tu te volatiliseras pour réapparaître de l'autre côté de la porte. Pour ça, il faudra peut-être qu'on se sépare.

Zed sourit, pas inquiet pour un sou. C'était le sourire d'un gamin à qui les gosses de son quartier avaient toujours fait appel en dernier pour jouer avec eux – quand ils ne le laissaient pas carrément à l'écart – et qui à présent était la vedette de l'équipe.

– Pas de souci, mon pote, répondit-il en entourant d'un bras les épaules de Brock. Je protège tes arrières.

Puis il se retourna pour jeter un œil dans le gouffre sombre qui s'ouvrait sous la trappe.

– Je passe le premier, décida-t-il.

*

Si la trappe dans le sol d'une arrière-boutique paraissait tout à fait anodine aux yeux de Brock, il n'en fut pas de même pour le tunnel qui se trouvait en dessous. Le long couloir souterrain était éclairé par une succession de globes lumineux, encastrés en haut des murs et irradiant des lumières colorées. Le fait qu'il n'y eût pas deux globes de la même couleur rendait l'atmosphère assez étrange, mais du moins y voyait-on beaucoup mieux qu'avec une torche ou une simple bougie.

– Je n'ai jamais vu ces trucs en vente au marché, remarqua Brock.

– Les lampes doivent être entretenues régulièrement, expliqua Jayna. Si un mage ne venait pas les recharger, elles ne diffuseraient pas de lumière pendant plus d'un jour ou deux.

La galerie débouchait sur une petite pièce lambrissée, meublée d'une bibliothèque et d'un grand bureau en bois. L'homme assis à la table de travail se leva aussitôt, mais l'inquiétude apparue sur son visage se dissipa lorsqu'il se rendit compte qu'il avait affaire à une bande de gamins.

– J'espère que vous avez une bonne raison d'être descendus ici, dit-il.

Brock crut sentir la température de la pièce augmenter de plusieurs degrés. Il vit l'homme faire un petit geste répétitif avec les doigts de sa main droite.

– Une très bonne raison, confirma Jayna. J'appartiens maintenant à la Mer d'Étoiles, mais avant je faisais partie des Éclats d'Argent, et je crains qu'il n'y ait un problème avec le focaliseur.

L'homme ne parut pas convaincu.

– Désolé, mais qui êtes-vous ? Je ne crois pas que vous soyez autorisés à venir ici.

– Je vous supplie de vous montrer raisonnable, insista Jayna. Votre devoir consiste à protéger le focaliseur, n'est-ce pas ? Quel mal y aurait-il à nous laisser vérifier si tout va bien, juste pour que nous en soyons absolument certains ?

Le mage sembla réfléchir à la question.

– Vous avez raison, convint-il finalement en hochant la tête.

Jayna se détendit visiblement.

– Oh, merci ! Vous n'imaginez pas à quel point il est difficile...

– Allons d'abord chercher l'archimage, l'interrompit le mage. Vous pourrez lui expliquer la situation.

– Non, nous..., inutile de la déranger, objecta Jayna.

Le mage afficha alors un air franchement soupçonneux. Il plissa les paupières et laissa son regard aller de l'un à l'autre, s'attardant au passage sur les armes de chacun.

– Allons voir l'archimage, répéta-t-il, sans interrompre le mouvement discret de sa main.

Brock sentit se hérisser le petit duvet sur ses bras. Peut-être n'était-ce qu'une illusion d'optique, mais il crut voir le bref éclat d'un arc lumineux entre les doigts du mage.

– Attendez ! s'écria Zed.

De sous sa chemise, il sortit une chaîne scintillante qu'il tendit au mage. Au bout se balançait une petite silhouette de renard sculptée dans du bois.

– Qu'est-ce que c'est que ça ? demanda le mage. Un chien... ?

– Un renard, rectifia Zed, quelque peu vexé. Mais,

plus important, c'est l'œuvre de la Vieille Makiva ! Nous pensons qu'elle est ici !

Le mage le considéra d'un regard perplexe.

– Et alors ?

Zed cligna des yeux, interloqué.

– Oh, je comprends ! Ça fait longtemps que vous montez la garde ici, vous n'avez peut-être pas appris la nouvelle. Vous voyez, on offre une prime parce que... enfin, en réalité, il y a d'abord eu l'incendie de sa tente et...

Alors, sans crier gare, Liza assomma le mage d'un grand coup sur l'arrière du crâne avec un énorme livre relié de cuir.

Zed poussa un petit cri et fit un bond pour éviter l'homme qui s'effondrait sur son bureau.

– Ha ! Je savais bien que les livres devaient servir à quelque chose, claironna Micah.

– Bravo ! Tu as eu une excellente idée de le distraire ! se réjouit Brock en gratifiant Zed de petites tapes dans le dos comme il l'aurait fait à un chiot.

Zed eut un rire gêné.

– Le distraire..., oui, bien sûr !

– Était-ce vraiment nécessaire, Liza ? s'indigna Jayna, les mains sur les hanches.

– On a essayé ta méthode, et elle ne nous a menés nulle part, répliqua Liza sans s'émouvoir. Grâce à la mienne, il va se réveiller avec un terrible mal de tête et les barrières magiques intactes. Il s'en remettra. Micah, qu'est-ce que tu fais ?

Son frère traçait quelque chose à la plume dans le registre ouvert sur le bureau.

– Je signe le livre d'or.

– Le livre d'or ?

Brock se pencha pour regarder Micah apporter les dernières touches à un dessin obscène sous la liste des noms manuscrits.

– Jayna, tu connais ces noms ?

Jayna examina quelques pages du livre, rougit violemment et se hâta de détourner les yeux.

– Jayna, c'est important, insista Brock. Je vois ceux de Grima, de Brenner, de Brent et du roi, plus tout un tas de noms que je n'ai jamais entendus.

– Ce sont des mages, répondit Jayna en glissant des coups d'œil en coin vers le registre. Ceux qui sont chargés de l'entretien du focaliseur. Rien de suspect en apparence, mais n'importe lequel pourrait tremper dans une affaire douteuse.

Le bureau lambrissé débouchait sur une sorte de cavité rocheuse, longue et basse de plafond. Aucun globe lumineux ne l'éclairait, et la lumière du bureau derrière eux projetait leurs ombres sur toute l'étendue de la pièce. Dans la paroi du fond s'ouvrait une imposante porte d'acier.

– C'est là, souffla Jayna. Le focaliseur est derrière cette porte.

– À toi de jouer, Zed, dit Liza. Fais-nous entrer.

Il hocha la tête, s'approcha de la porte, s'agenouilla et glissa un regard à travers le trou de la serrure.

– C'est bon, je le vois. Allez, c'est parti !

Il inspira un grand coup, rejeta les épaules en arrière et disparut dans un léger panache de brume argentée.

Brock en resta complètement désorienté, comme si la pièce s'était mise à tanguer. Son esprit tenta de se raccrocher à une explication logique – Zed était tombé dans un trou, il avait glissé dans de profondes ténèbres –, alors même qu'il connaissait parfaitement la cause de ce phénomène : la magie.

Mais celle-là n'avait rien à voir avec la magie des globes lumineux, des murs invisibles ni même des boules de feu. Il ne s'agissait pas seulement de déplacer de l'énergie. C'était quelque chose de plus ancien, de plus étrange et, d'une certaine façon, de plus perturbant. En fait, Brock s'en méfiait.

Cette soudaine vague de doute et de répugnance lui donna cependant l'impression de trahir Zed, et il se dépêcha de la réprimer. Il ne pouvait, malgré tout, nier qu'elle l'avait assailli l'espace d'un instant.

Les petits cheveux sur sa nuque se dressèrent. Il se sentait terriblement mal à l'aise de devoir attendre que Zed leur ouvre la porte, tandis que leurs cinq ombres s'allongeaient sur le mur, tels des spectres retenus entre la vie et la mort, incapables d'agir, dans l'attente de leur jugement...

Cinq ombres ? s'avisa-t-il brusquement.

Il pivota sur ses talons. Peut-être Zed était-il déjà de retour ? Ou même pas encore parti ? Mais, à la place de son ami, c'était Mère Brenner qui se tenait dans l'encadrement de la porte ouverte.

– Oh, super ! gémit Micah.

Liza lui flanqua un coup de coude dans les côtes.

– Chut !

– Mère Brenner, commença-t-il, nous pouvons vous expliquer...

– Allez-y, je vous en prie, le coupa-t-elle d'un ton pincé.

Elle s'avança de quelques pas dans la pièce, croisa les bras sur sa poitrine, mais, à contre-jour, son visage resta noyé dans l'ombre.

– Cet endroit est situé *au-delà* de la zone interdite.

– Nous sommes ici en tant que représentants de la Mer d'Étoiles, déclara Liza d'une voix claire et ferme. L'une des plus anciennes et des plus illustres guildes de Pierrefranche, et la plus compétente concernant ce qui se passe à l'extérieur des remparts. Mère Lumineuse, je vous en prie, écoutez-nous. Nous avons toutes les raisons de croire que Frond avait raison. Si vous voulez bien entendre...

– Frond, répéta Brenner dans ce qui ressemblait à un soupir d'épuisement. Toujours Frond. Mais, très bien, parlons-en. Suivez-moi, nous pourrons en discuter dans ma retraite.

– Oh non ! refusa Micah. Pas question. Laissez tomber.

– Micah ! gronda Liza.

– C'est là qu'elle emmène tous les sans-guilde un peu tordus, siffla-t-il entre ses dents. Il y a une puanteur infecte là-dedans, on la sent même à travers la porte.

– Je suis sûr qu'à nous *quatre*, nous pourrons sans mal supporter une légère odeur de petite vieille, murmura Brock. On devrait aller avec la Mère Lumineuse. Tous les *quatre*.

– D'accord, convint Liza, dont les yeux s'illuminèrent tout à coup.

Elle venait de comprendre : en partant maintenant, ils donneraient à Zed le temps de mettre leur plan à exécution. Même si Brenner ne leur était d'aucune utilité, même si elle refusait de les écouter, Zed découvrirait peut-être pendant ce temps la preuve dont ils avaient besoin.

Hélas, à cet instant précis, la porte derrière eux s'ouvrit, et la pièce s'emplit de la lueur violette surnaturelle du focaliseur.

– Ouh là là ! s'exclama Zed. C'est encore pire que ce qu'on croyait. Il y a bien un sorcier… euh… Bonsoir, Mère Brenner.

La Mère Lumineuse ne lui rendit pas son salut. Son sourire placide s'était évanoui. Dans la mouvante lumière violacée, elle parut soudain menaçante. Des rides se creusèrent sur son visage, que tordait un rictus hostile. Ses yeux étaient inexpressifs. Au lieu de capter la lumière du focaliseur, ils demeurèrent pareils à de profondes flaques d'ombre.

– J'aime tant les enfants, fit-elle d'une voix lugubre.

Brock recula d'un pas et pressa son épaule contre Zed. Quelque chose clochait.

– On ne m'a pas permis d'en avoir, vous savez, continua Brenner. Quand j'ai rejoint la Voie d'Or, je n'étais encore qu'une petite fille. Je n'ai pas saisi, à l'époque, ce qu'on attendait de moi, je n'ai pas mesuré la portée de mes vœux. Lorsque j'ai enfin compris, il était trop tard…

– Nous… nous devons tous faire des sacrifices pour le bien de Pierrefranche, dit Liza, récitant un serment qu'ils connaissaient tous depuis qu'ils avaient l'âge de parler.

Elle s'était placée à la tête de leur petit groupe et, bien qu'elle eût porté la main à son épée, elle semblait réticente à la dégainer.

– En effet, convint Brenner. Et c'est ce que nous faisons. Mais j'ai trouvé une... une parade. Ou plutôt *elle* m'a trouvée. Maintenant, j'ai... tellement d'enfants..., ajouta-t-elle en avançant d'un pas traînant, un sourire violet aux lèvres. Tellement de bouches à nourrir.

– Mère Brenner, je vous en prie, insista Liza. Retournons là-haut. Comme vous l'avez proposé tout à l'heure.

La guérisseuse fit un autre pas en avant. Liza tira lentement son épée.

– S'il vous plaît !

Les autres se serrèrent derrière elle.

– Je... je sens son odeur, chuchota Zed d'une voix rauque.

– C'est vous ! clama Jayna. Vous êtes la sorcière !

– Une sorcière ? s'esclaffa Brenner d'un rire creux. Non, non. Les sorcières et les sorciers quémandent leurs pouvoirs, ils marchandent pour les obtenir, mon enfant. Moi, on me les a imposés. Mais j'avoue que j'adore ça, conclut-elle en tendant ses mains écartées devant elle dans un grand geste théâtral.

– Je vous le demande encore une fois, fit Liza d'un ton implorant. Mère Brenner, je vous en prie, n'oubliez pas qui vous êtes !

– Qui je suis ? répliqua la Guérisseuse.

Elle fit rouler ses épaules en arrière, inclina la tête d'un côté puis de l'autre.

– Vous savez, reprit-elle, songeuse, je crois que je ne suis *plus* la Lumineuse Mère Brenner.

Son cou se tordit selon un angle pas naturel du tout.

– D'ailleurs, je ne le suis plus depuis déjà quelque temps.

Il y eut un bruit sec, puis un claquement mouillé, et Brock sentit une onde d'horreur et de répulsion l'envahir lorsqu'il se rendit compte que la tête de la femme se séparait de son corps. Dans la jointure qui se dessina en travers de son cou, une sorte de petit ver apparut, tâtonnant autour de lui. C'était un tentacule, suivi bientôt d'un deuxième, d'un troisième, puis d'une demi-douzaine d'appendices, accompagnés d'une multitude de pattes grêles. Et tout cela se bousculait pour sortir du cou de la femme tandis que le reste de son corps devenait flasque et s'affaissait, inerte, sur le sol.

Ils hurlèrent – tous les cinq –, mais ce que le cri de Liza exprimait, c'était de la fureur, pas de l'épouvante. Elle s'élança en faisant des moulinets avec son épée. La créature repoussa la lame d'un grand coup de tentacule.

L'épée ne fut pas seulement déviée de sa trajectoire – elle vola en éclats.

Liza retomba en arrière, et Brock n'eut qu'à faire un pas pour la rattraper – sauf que, maintenant, il se retrouvait entre ses amis et le monstre, lequel se cabrait, prêt à frapper de ses multiples appendices, tout en muscles noueux et mucus gluant.

L'un de ces tentacules avait brisé une lame d'acier. De quoi seraient capables plusieurs d'entre eux s'ils s'attaquaient à un être de chair et de sang ?

Zed extirpa un couteau de la ceinture de Brock.

– Zed, ordonna ce dernier, sans quitter des yeux la créature devant eux. Zed, reste derrière moi.

Zed posa une main rassurante sur l'épaule de son ami.

– Pas cette fois, murmura-t-il.

Et, soudain, la pression sur l'épaule de Brock s'envola. Une brume argentée flotta à la lisière de son champ de vision.

Le monstre se déchaîna, tournoyant sur lui-même et lançant ses tentacules meurtriers dans toutes les directions.

Brock grimaça, ferma les yeux.

Il y eut un éclair. Un rugissement de douleur.

Brock rouvrit les paupières et vit Jayna, debout devant lui, les bras levés, les doigts tendus.

– Le Bouclier du Magicien ! s'exclama-t-elle, radieuse. Ça a marché !

Brock se rendit compte qu'elle venait de dresser un écran magique assez large pour se protéger elle-même et ceux qui se tenaient derrière elle.

Puis il s'aperçut que tous ne se trouvaient pas derrière Jayna au moment où le monstre attaquait.

Zed avait dû effectuer son fameux saut de l'elfe. Il avait sûrement décidé de se projeter de l'autre côté de la créature. Pour la frapper par-derrière.

Hélas ! Au lieu de cela, le garçon avait été percuté par un tentacule et catapulté à travers la pièce. Brock le vit affalé en un pauvre petit tas contre le mur de pierre dans le fond de la salle. Minuscule et frêle, il saignait et ne bougeait plus du tout.

Et la chose qui avait été Brenner était toujours debout.

Chapitre quinze

Zed

Les ténèbres.

C'était tout ce que Zed voyait – une obscurité silencieuse et vide comme un ciel sans étoiles. Il n'éprouvait aucune peur ni douleur, aucune inquiétude pour ses amis ni horreur devant la terrifiante métamorphose de Brenner. Il ne ressentait rien du tout – un néant paisible qui l'enveloppait comme une couverture dans son sommeil.

Aussi fut-ce avec un brin de contrariété qu'il fut réveillé par un gazouillis d'oiseaux.

Zed ouvrit les yeux. Une faible lumière filtrait à travers une voûte de feuillage, tapissant le sol de filaments scintillants. L'air résonnait de chants d'oiseaux. Il était blotti contre le tronc d'un arbre énorme, au beau milieu d'une forêt qui s'étendait à perte de vue.

J'ai dû m'endormir, songea-t-il, le cerveau encore embrumé. Il se frotta les yeux et s'étira. Brock devait se faire du souci.

Brock.

Alors, tout lui revint en mémoire. La salle du focaliseur, Brenner et ce qu'elle était devenue. Zed se releva péniblement et scruta les alentours. Quelque chose n'allait pas. Que faisait-il là ? Et d'abord, où se trouvait-il ? Où étaient *ses amis* ?

– Ohé ? appela-t-il, sans trop savoir à qui il s'adressait. Il y a quelqu'un ?

Seuls les oiseaux lui répondirent.

Zed avança d'un pas. Était-il à l'extérieur des remparts ? Comment cela se pouvait-il ? Il y avait seulement une minute, il était avec ses amis, et ensuite...

Ensuite, la créature qui avait été Brenner avait attaqué. Zed se rappelait l'atroce douleur au moment où le tentacule l'avait frappé – une douleur si intense qu'il avait eu l'impression que son corps hurlait, qu'elle noyait le reste du monde –, puis plus rien.

Je suis mort, conclut-il, hébété. *Brenner m'a tué et maintenant elle va assassiner mes amis. J'ai tout raté. J'ai manqué à mes devoirs envers la cité.*

Mais s'il était mort, quel était cet endroit ?

Jetant un coup d'œil autour de lui, Zed se rendit compte que cette forêt lui était étrangement familière. Y était-il déjà venu ? Ces arbres ne ressemblaient pas à ceux qui poussaient au-delà des murailles de Pierrefranche. Ils étaient trop gros et dégageaient une odeur différente. Ils lui évoquaient plutôt… un rêve qu'il avait fait quelque temps plus tôt.

Il fit prudemment un autre pas en avant. Le sol était recouvert d'un épais tapis de feuilles. Un gémissement sinistre retentit dans le lointain.

Encore un pas. Au loin, d'étranges lumières voltigeaient entre les arbres, pareilles à des langues de feu verdâtre.

Un pas de plus, et les feuilles sous les pieds de Zed commencèrent à s'écarter.

On aurait dit que l'air lui-même traçait un chemin sur le sol. Le souffle coupé, Zed s'arrêta, mais la piste continua son avancée dans la forêt, serpentant entre les arbres, comme si de rien n'était, jusqu'à ce que Zed cessât d'en voir la fin.

Cela ne faisait plus aucun doute. Il était déjà venu là – ou du moins il l'avait rêvé, la fois où il s'était endormi sur le livre qu'Hexam lui avait donné. Il se souvenait de ce curieux sentier qui se déroulait au fur et à mesure qu'il le parcourait et aussi de cette impression d'être épié.

Il rêvait donc encore ? Il ne semblait pas y avoir d'autre explication. Zed s'efforça de ne pas s'imaginer, le corps brisé, aux portes de la mort, en proie à des visions hallucinatoires de forêt qui n'existait pas.

Il se frotta de nouveau les paupières. Le chemin s'étirait toujours devant lui, tranquillement, sans se laisser troubler par ses doutes. Ne sachant que faire d'autre, Zed le suivit.

Le sentier poursuivait son trajet sinueux entre les arbres, toujours plus loin. Zed ne savait plus depuis combien de temps il marchait. Ses pensées étaient confuses et insolites et, pour ne rien arranger, les brasillements verts au loin l'empêchaient de se concentrer.

Il ne remarqua pas que la forêt s'assombrissait, mais il ne put ignorer l'odeur de soufre qui se répandait dans le bois, de plus en plus forte à mesure qu'il progressait.

Et lorsqu'il parvint enfin au bout du chemin – et découvrit ce qui l'attendait – il s'aperçut qu'il n'était même pas surpris. C'était comme s'il arpentait la même route depuis ce jour, au marché, où tout avait commencé.

La Vieille Makiva l'accueillit avec un sourire.

– Bonjour, Zed.

– Makiva...

Zed éclaircit sa gorge brusquement desséchée. Un long silence s'installa entre eux. Makiva était restée la même que dans ses souvenirs : gentille et jolie, et beaucoup trop jeune pour le surnom qu'on lui donnait.

– Vous aviez disparu, murmura Zed. Ils… ils ont dit que vous étiez une sorcière.

La marchande d'amulettes hocha la tête.

– Ils répètent la même chose depuis tant d'années. Depuis bien avant ta naissance.

Il laissa errer son regard sur le bosquet. Les éclairs de lumière verte étaient plus proches ici, et plus fréquents. Il leva les yeux et constata avec un léger étonnement que parmi les branches flottaient des myriades d'orbes lumineux, comme autant de lanternes fantomatiques. Les lueurs vertes étaient si épaisses par endroits que Zed pouvait à peine distinguer le feuillage parmi elles. Des centaines de lumières descendaient paresseusement des arbres, si bas qu'il aurait presque pu les saisir en tendant le bras.

– Où étiez-vous partie ? demanda-t-il, détournant lentement son attention des globes étincelants. Sommes-nous à l'extérieur des murs ?

– Nous sommes en lieu sûr, répondit la Vieille Makiva. Au-delà de nombreux murs, ajouta-t-elle en inclinant la tête, les sourcils froncés. J'ai deviné – trop tard, je le crains – ce que Brenner était devenue. Et elle l'a senti. Je savais qu'elle viendrait se venger, alors j'ai décidé de prendre le large pendant un temps.

Zed osait à peine poser la question qui lui brûlait les lèvres :

– En *quoi* s'est-elle transformée ?

– En un être démoniaque, répondit sans détour Makiva, les yeux étincelants. Il existe des êtres pires que les sorcières dans ce monde, Zed. Il y a des monstres qui se propagent comme des maladies, qui vous rongent de l'intérieur. Cela fait des mois que Brenner s'attaque aux sans-guilde, qu'elle répand la pourriture qui l'a infectée. Elle en a dévoré certains, contaminé d'autres. Et elle a envoyé ses nouveaux *enfants* au-delà des barrières de protection avant qu'ils se métamorphosent et qu'on les découvre.

Elle soupira tristement.

– Je suis désolée, Zed. Mais elle anéantira la cité si tu ne l'arrêtes pas. Elle engloutira tes amis et détruira le focaliseur. Ensuite, sa progéniture et elle pourront commencer à s'alimenter pour de bon. Il ne reste plus rien de la Mère Lumineuse. Il n'y a plus que sa voracité.

Zed sentit un sanglot se coincer dans sa gorge.

– Comment sommes-nous censés empêcher cela ? Elle est trop puissante.

Un nouvel éclat s'alluma dans les yeux de Makiva.

– Alors, tu auras besoin de pouvoirs, toi aussi.

Elle tendit la main, et une flamme verte se déploya au creux de sa paume, brillant d'un éclat surnaturel.

– Je peux t'aider, Zed.

Il regarda la flamme danser dans sa main.

– Comment ? demanda-t-il, soupçonneux.

– De la même façon que j'en ai aidé d'innombrables autres comme toi. J'appartiens à une tradition de la magie qui remonte à un passé encore plus lointain que les origines de Pierrefranche. Jadis, mes apprentis vivaient aux quatre coins de Terryn. Ils ont façonné *le monde* grâce à leurs sortilèges.

Zed secoua la tête.

– Quel âge avez-vous donc ?

Makiva esquissa un sourire malicieux.

– Tu me fais beaucoup penser à mon dernier apprenti – si gentil, si intelligent et... si désorienté. Il avait à peu près ton âge quand nous nous sommes rencontrés. Il voulait vraiment se rendre utile.

Un effroi subit s'empara de Zed. Il en eut la chair de poule.

– Qui était-ce ? murmura-t-il d'une voix rauque.

– Je crois que c'est peut-être à cause de ça que les choses ont mal tourné, soupira Makiva. Le désir d'être indispensable a grandi en lui. C'est devenu une véritable soif de pouvoir. Pauvre Foster...

– Foster...

En répétant ce nom, Zed fut secoué d'un frisson de terreur et de répulsion.

– Vous voulez que je passe un pacte avec vous, c'est ça ?

Makiva sourit. La luminescence verte dans sa paume accentuait les traits de son visage.

– Tu pourrais être meilleur que lui, Zed. Un feu brûle déjà en toi. Je l'ai senti le matin du Recrutement. Je t'aiderai à le libérer.

– Et que voulez-vous en échange ?

– Rien, murmura la marchande de talismans. Rien pour l'instant. Sauve tes amis. Sauve la cité. Quand tu auras réussi, nous en reparlerons.

Zed secoua la tête. Ses mains tremblaient.

– Mais crois-moi, reprit Makiva, si tu n'agis pas immédiatement, alors tes amis et toi mourrez. Micah, Jayna, Liza et Brock – Brenner les massacrera. Ensuite, ses enfants et elle dévoreront la cité. L'un des derniers phares de Terryn disparaîtra à jamais.

Elle avait raison. Quel choix Zed avait-il ?

– D'accord, acquiesça-t-il d'une voix étranglée. Je le ferai.

Makiva lui sourit, et, bien que ce fût le même sourire de fausse modestie qu'elle avait affiché au moment de lui offrir la chaîne elfique, Zed le trouva effrayant derrière la lueur verdâtre.

– Tends la main, ordonna-t-elle avec douceur.

Zed obtempéra.

Un morceau de braise rouge s'enflamma dans le creux de sa paume. Zed le contempla avec émerveillement. Était-ce *lui* qui opérait ce prodige ? La flamme s'éleva peu à peu, on aurait dit qu'elle se réveillait d'une petite sieste.

Makiva passa à l'acte avant que Zed ait eu le temps de réagir. Il y eut un bref éclat métallique et une sensation de piqûre lorsque, d'un coup de couteau – cette même lame incurvée qu'elle avait utilisée pour tailler son talisman –, elle lui entailla le pouce sur toute sa longueur. Zed geignit de douleur. Il tenta de retirer sa main, mais Makiva lui saisit le poignet de sa main libre et l'immobilisa avec une force inquiétante.

Elle fit alors glisser le tranchant du couteau, à présent maculé de sang, jusqu'à la flamme dans sa paume, sous laquelle elle enfonça la pointe de la lame. Zed en eut le souffle coupé. Au contact du sang et de la lame, la couleur du feu changea. De rouge, la flammèche devint verdâtre.

Bientôt, Zed ne ressentit plus aucune brûlure.

– De mon temps, on appelait ça un feu follet, expliqua Makiva en souriant. Ou feu de renard. Mais ça m'étonnerait qu'on s'en souvienne de nos jours.

Zed observait, ébahi, la vacillante flamme émeraude, quand des voix lui parvinrent en provenance des bois – des voix qu'il connaissait bien.

– Zed ! ZED ! Réveille-toi ! S'il te plaît !

– Ne laissez pas cette chose s'approcher de moi !

– Oh, non, non, non ! Elle revient !

Zed leva la tête, fouilla les arbres des yeux, en quête de ses amis, mais il ne voyait rien au-delà des lueurs clignotantes – du même vert que le feu dans sa main.

Une douleur commença à irradier dans sa poitrine – identique à celle qu'il avait ressentie au moment où Brenner l'avait frappé. Mais à peine était-elle revenue qu'elle s'estompait déjà, apaisée par une chaleur nouvelle.

– Je crois qu'il est temps de partir, décréta la Vieille Makiva, sans toutefois lui relâcher le poignet. Sois prudent, Zed. Utilise ce don avec sagesse, et garde les oreilles fièrement dressées.

– Attendez ! s'exclama Zed, éperdu. Le feu vert... comment dois-je l'employer ? À quoi sert-il ?

Lorsqu'elle sourit cette fois, les yeux de la marchande de talismans brillèrent de la même lueur étrange que celle du feu.

– Il brûle, Zed.

*

– S'il te plaît ! Réveille-toi ! S'il te plaîîît !

Une douce lumière ambrée filtrait à travers les paupières de Zed. Une douleur vive lui vrillait encore la poitrine, mais elle s'atténuait rapidement.

Zed prit une inspiration hoquetante. Il avait l'impression de respirer pour la première fois depuis une éternité. Il avala une nouvelle goulée d'air et fut aussitôt pris d'une violente quinte de toux.

– Doucement, lui conseilla une voix au-dessus de lui. Tout va bien.

Zed ouvrit les yeux.

Micah était agenouillé auprès de lui, son regard noir rendu encore plus intense par la concentration. Ses mains étaient pressées sur la poitrine de Zed, et une clarté dorée s'écoulait de ses paumes tournées vers le bas, comme s'il avait tenu une minuscule fenêtre ouverte sur une chaude journée de printemps.

– Il est vivant ! déclara le jeune garçon, les yeux toujours rivés sur sa tâche.

– Tu as réussi ! s'exclama Brock, stupéfait. Tu l'as *vraiment* guéri.

Micah leva les yeux au ciel. Zed avait encore du mal à respirer – ce qui le gênait pour rire –, mais il sourit à Micah, qui le gratifia en retour d'un petit sourire satisfait.

– Brock ! s'écria Liza. Elle revient ! On a besoin de toi !

Zed regarda autour de lui. Les cinq amis se trouvaient dans la chambre du focaliseur, où ses amis avaient dû le traîner tant bien que mal. C'était une grande pièce vide, entièrement dallée de pierre. En son centre, le focaliseur flottait au-dessus d'un socle surélevé, luisant d'une lumière violette. Zed se rappela le curieux mélange de menthe et de soufre qu'il avait senti la première fois : deux odeurs qui n'allaient pas du tout ensemble.

Brock se hâta de rejoindre Liza et Jayna, arc-boutées contre la porte. Juste à temps ! Il y eut un énorme fracas de l'autre côté du vantail, et les trois compagnons manquèrent de peu d'être projetés au sol.

Liza recouvra ses esprits la première et examina la porte.

– Elle ne tiendra pas, conclut-elle, tâchant de réprimer la panique que Zed décelait derrière cette constatation. Ces maudits tentacules sont capables de briser l'acier. Nous n'avons plus qu'à nous tenir prêts. Comment va-t-il ? demanda-t-elle en se tournant vers son frère.

Micah fronça les sourcils.

– À ton avis ? Il vient de se faire estourbir par un tentacule briseur d'acier...

– En fait, je vais bien, l'interrompit Zed.

La douleur avait presque entièrement disparu et il respirait de nouveau normalement. Il essaya de se redresser en position assise, mais la main de Micah resta fermement plaquée sur sa poitrine.

– Pas question ! décréta celui-ci. Je n'ai pas fini d'en remontrer à ton ami qui a la langue si bien pendue.

– Micah, intervint Liza, je te préviens, si tu t'évanouis parce que tu es trop têtu pour admettre qu'il est temps d'arrêter de *guérir*...

Un horrible crissement se fit entendre de l'autre côté de la porte, puis un bruit de métal qui se déchire. Jayna poussa un cri et s'écarta précipitamment pour aller se réfugier derrière Liza, à l'instant précis où un tentacule gluant perçait le battant avec la même facilité que s'il s'était agi d'un vulgaire morceau de parchemin.

– Tout le monde derrière moi ! cria Liza avec de grands gestes de la main.

Elle leva son bouclier. Comme s'il allait se révéler plus efficace contre la créature qu'une porte blindée !

Micah proféra une bordée de jurons, mais retira sa main de la poitrine de Zed. Avec l'aide de Brock, il remit le garçon sur ses pieds, et tous les trois s'entassèrent derrière le bouclier brandi de Liza.

En quelques instants, le monstre qui avait été Brenner eut démoli la porte métallique. Ses maigres pattes – elles avaient la couleur de l'ivoire – craquèrent lorsqu'il passa son horrible tête par l'ouverture qu'il venait de pratiquer, tandis que ses tentacules se tortillaient autour de lui, telle une auréole de vers de terre.

Une lueur de folie dans son regard affamé, la créature s'acharna à se faufiler à travers ce qui restait de la porte. Zed ne reconnaissait plus rien en elle de la Mère Lumineuse. Il ne refoula qu'à grand-peine une vague de nausée.

Liza fit signe à ses amis de reculer lorsque le monstre se dressa de toute sa hauteur, tel un gigantesque faucheux. Ses pattes grêles cliquetaient sur le sol de pierre.

– Brenner, l'interpella Liza nerveusement, si vous êtes encore là... si vous m'entendez...

Le tentacule jaillit avec la rapidité de l'éclair, mais les mains de Jayna s'étaient déjà levées, et un écran lumineux semi-transparent se déploya juste à temps pour intercepter le coup.

– Tiens, remarqua Micah, on dirait que cette tête coupée refuse de t'écouter.

– Je suis presque à court de mana, murmura Jayna.

En voyant Brenner incliner avec curiosité sa face grimaçante pour observer sa proie, Zed craignit qu'elle pût encore les entendre malgré tout.

– Res... restons groupés, conseilla Brock, sa dague pointée vers la créature. Si on ne se sépare pas, tout ira bien.

En général, Brock était doué pour donner le change. Mais personne au monde n'aurait su mentir avec assez de conviction dans les circonstances présentes. La situation était désespérée, et tous le savaient. Zed vit Liza tendre le bras dans son dos et saisir la main de Brock.

Il baissa les yeux sur ses propres mains et aperçut un scintillement sous sa chemise. La chaîne elfique brillait d'une curieuse lueur verdâtre qui semblait émaner du métal lui-même.

Alors, son rêve lui revint en mémoire. De même que les yeux flamboyants de Makiva. Et sa promesse. « Il brûle, Zed. »

– Tout va bien se passer, chuchota-t-il. Je peux protéger tout le monde.

– Zed..., commença Brock.

Zed savait que son ami allait tenter de parlementer. Ou de l'arrêter. D'aussi loin qu'il se souvînt, Brock le gardait sous son aile, le défendait contre les petites brutes, les nobles et même les Dangers. Mais son ami ne pouvait le protéger de ça.

Zed ne lui donna donc pas l'occasion d'essayer. Sans un mot, il se détacha du groupe, sous les cris de ses amis éberlués qui le suppliaient de revenir.

Le regard furieux du monstre se détourna de ses compagnons pour se poser sur lui. Le sourire de Brenner fendit sa bouche mutilée, et elle lança un hurlement qui n'avait rien d'humain. Ses pattes squelettiques se ruèrent en avant, glissant sur le sol dallé à une vitesse prodigieuse.

Zed se jeta sur le côté, ses paumes levées dirigées droit vers la créature. Il lui fallait seulement mettre un peu de distance entre elle et ses amis. Il avait juste besoin de...

Il trébucha.

On aurait dit que la scène se déroulait au ralenti. Le pied de Zed se prit dans quelque chose – il ne sut même pas quoi. Il tenta de se remettre d'aplomb, mais il avait déjà perdu l'équilibre, et son autre pied se déroba sous lui. Il tomba en avant, les mains tendues pour amortir sa chute, et se rendit compte qu'il allait mourir.

Son épaule heurta le sol avec un craquement sinistre et une explosion de douleur. Au-dessus de lui, la créature lâcha un cri de triomphe.

Zed attendit qu'elle frappe, se rappelant avec terreur l'intensité de la brûlure qu'elle lui avait déjà infligée.

Mais le coup ne vint jamais. À la place, Zed entendit Brock crier :

– Ohé ! *Ohé !*

Il leva les yeux juste à temps pour voir son ami plonger sa dague dans la tête de la chose au-dessus de lui.

Celle-ci brailla à tue-tête. Ses yeux exorbités allèrent de Zed à Brock, ses tentacules se regroupèrent avant de s'abattre d'un seul coup.

Brock lâcha son arme pour se protéger la tête de ses mains.

Liza se précipita en avant, la bouche ouverte sur un rugissement féroce.

Zed leva les mains et concentra ses pensées sur le feu.

Et le feu jaillit de ses paumes en une immense colonne verte, qui inonda la chambre d'une lumière émeraude. En un instant, les flammes avalèrent le monstre, ne laissant qu'une tache floue au cœur de la fournaise. Il mugit à pleins poumons, mais bientôt même ses cris se consumèrent dans le brasier.

Une seconde plus tard, Liza saisissait Brock à bras-le-corps pour l'éloigner de la créature à l'instant où les pattes de celle-ci flanchaient sous elle. La bête s'effondra sur le sol en une gerbe de flammes verdâtres, à l'endroit précis où Brock se tenait une seconde plus tôt.

Le feu ne tarda pas à crachoter dans la paume de Zed, mais le Danger était toujours la proie des flammes. Ses pattes claquaient frénétiquement contre le dallage, ses tentacules s'agitaient dans tous les sens. Il réussit à se décoller du sol, fila à travers la pièce, manquant de peu de s'écraser au passage contre le focaliseur.

Puis, avec un craquement répugnant, une de ses pattes se scinda en deux et il s'écroula de nouveau par terre.

Les tentacules de la créature se tortillaient sous elle, comme pour tenter d'échapper au sort qui s'acharnait sur le reste de son corps. Mais les flammes qui le dévoraient ne se comportaient pas comme un feu ordinaire. Elles épousaient avidement la forme de la bête sur toute sa longueur, l'engloutissant avec une rapidité surnaturelle.

Quelques instants plus tard, il ne restait plus de la créature qu'une carcasse calcinée et fumante.

Zed la regarda d'un air hébété. Une immense fatigue s'empara de lui. Le sortilège avait épuisé chaque once de sa mana. Les ténèbres se pressaient à la lisière de sa vision.

Ce fut à ce moment-là que les adultes débarquèrent.

Dehors, une clameur s'éleva, des bruits de pas retentirent. La porte défoncée s'ouvrit à la volée avec un grincement métallique, et Zed vit apparaître les boucles blondes et le visage ahuri de Lotte. Elle était suivie d'Hexam et de plusieurs Fils de la Pierre, l'épée au clair.

Tous contemplèrent avec stupéfaction le spectacle qui s'offrait à leurs yeux, bouche bée devant l'amas carbonisé qui continuait de se consumer sous les braises verdâtres.

Les chevaliers encerclèrent le Danger, leurs épées prudemment pointées sur lui.

Liza et Brock étaient affalés en un tas gémissant à quelques pas de là. Jayna, adossée au mur du fond, sanglotait entre ses mains. Micah fixait d'un œil hagard la masse fumante qui avait été naguère la maîtresse de sa guilde.

– Qu'est-ce... qu'est-ce que c'est que ça ? demanda Lotte d'une voix rauque.

Son regard tomba sur Zed, toujours étalé par terre, à l'endroit même où il était tombé.

Nous venons de sauver la cité, songea-t-il.

Il ouvrit la bouche pour formuler sa pensée à voix haute, mais le monde se fondit dans l'obscurité, et le garçon s'évanouit.

Chapitre seize

Brock

C'était une belle journée de fin d'été à Pierre-franche. Une brise rafraîchissante, chargée de chants d'oiseaux et de fragrances fleuries, soufflait des profondeurs invisibles de la forêt au-delà des barrières de protection.

Sons et senteurs, lumière et vent. Rien d'autre ne pouvait franchir les écrans magiques restaurés. Un jour nouveau et paisible s'était levé sur la cité, et cela grâce à la guilde des Aventuriers.

Ces derniers avaient donc toutes les raisons de faire la fête.

Lorsque Brock sortit dans la cour d'entraînement, il la trouva transformée. Des banderoles aux couleurs vives avaient été accrochées à la clôture et suspendues au toit adjacent, mais de manière si désordonnée qu'on aurait dit qu'un panier de draps dépareillés, emporté par le vent, avait atterri dans la cour. L'établi de l'armurier avait été débarrassé de ses outils et croulait à présent sous une multitude de petits gâteaux et un grand saladier plein à ras bord de punch. La plupart des mannequins d'exercice étaient coiffés de chapeaux festifs.

Mais ce fut le nain, dans la cour, qui fit naître immédiatement un sourire sur le visage de Brock.

– Jett ! s'écria-t-il en saisissant son ami à bras-le-corps pour le serrer entre ses bras.

– Doucement, s'esclaffa le nain. Je ne suis pas encore tout à fait d'aplomb.

Brock s'écarta pour contempler son ami. Jett prenait appui sur une béquille en bois sculpté et, bien qu'encore un peu pâle, il avait enfin quitté son lit et paraissait solide et en bonne santé.

– Tu as quelque chose de différent, remarqua Brock, les yeux plissés.

Jett lui lança un regard condescendant et leva sa jambe gauche, qui se terminait juste au-dessous du genou. Son pantalon était soigneusement fermé par une épingle.

– Oui, quelque chose a changé, convint-il d'un ton enjoué. Et je ne réussis pas tout à fait à mettre le pied dessus.

Brock fronça les sourcils, ne sachant que répondre. Percevant son malaise, Jett éclata de rire.

– Ça va, Brock. J'ai perdu une jambe, et j'aurais préféré que cela ne m'arrive pas, dit-il en agrippant l'épaule de son ami. Mais c'est tout ce que j'ai perdu et, en fin de compte, ce n'est pas tant que ça. Tu comprends ce que je veux dire ?

– Oui, je crois.

Devant la bonne humeur lisible dans les yeux de Jett, Brock sentit le nœud dans son estomac se desserrer.

– Parfait, approuva le nain. Parce qu'il suffit d'un seul pied pour botter des fesses, et j'ai bien l'intention de le prouver.

La cour se remplissait peu à peu d'Aventuriers. Certains allaient se servir des rafraîchissements, tous gratifiaient Brock et Jett d'un sourire entendu ou d'une tape sur l'épaule. La fête devait célébrer la promesse du roi Pierrefranche de faire une déclaration publique au sujet de la menace récente qui avait pesé sur les barrières de protection et des jeunes apprentis qui l'avaient neutralisée. Plusieurs semaines s'étaient écoulées, les plaies et les bosses avaient guéri et, aujourd'hui, leur héroïsme serait enfin reconnu.

Brock ne pouvait s'empêcher de jubiler à la pensée qu'il avait préservé la sécurité de Pierrefranche – et si cette joie redoublait à l'idée qu'on allait rendre hommage à ses prouesses, eh bien, il ne se sentait pas obligé de s'en excuser.

Zed aussi méritait assurément la reconnaissance de la ville. Le garçon sortit de la Maison, vêtu de sa plus belle tunique – celle-là même qu'il avait portée pour la cérémonie du Recrutement – et Brock s'émerveilla de constater à quel point son ami avait peu changé extérieurement depuis ce jour-là. Qui aurait pu deviner que le jeune demi-elfe, si petit et si frêle, avec son sourire un peu niais, se révélerait si redoutable face aux Dangers ?

Dans son impatience à les rejoindre, Zed trébucha, faillit s'étaler par terre, mais recouvra vite son équilibre.

– Jett ! s'exclama-t-il. Tu t'es rasé la barbe !

Brock laissa échapper un petit rire. Évidemment, c'était exactement cela qui l'avait frappé chez le nain. Les quelques touffes de duvet hirsute qui, il y avait peu de temps encore, ornaient le menton de Jett avaient disparu.

Le nain haussa nonchalamment les épaules.

– Hank m'a assuré que les poils tondus repoussaient deux fois plus forts.

Zed entoura de son bras l'épaule de Jett et l'attira contre lui.

– On peut en dire autant des nains, fit-il. Ça fait plaisir de te revoir debout. La béquille de Liza te va comme un gant.

– C'est Liza qui l'a fabriquée ? demanda Brock, sans réussir à masquer son étonnement.

La béquille était sculptée de main de maître : elle représentait un dragon, la source mythique des grands feux de forge du peuple nain.

– Oui, je sais, répondit Zed, c'est à se demander s'il y a quelque chose qu'elle ne sache pas faire !

Pourtant, ce n'étaient pas les aptitudes de la jeune fille à travailler le bois qui suscitèrent en Brock une soudaine pointe de jalousie.

La cour était presque pleine à présent. Brock aperçut Liza, en compagnie de son frère, lequel insistait bruyamment sur la nécessité de soigner une malheureuse ecchymose qu'elle s'était faite lors de ses exercices d'entraînement. C'était devenu entre eux un sujet familier de chamaillerie : Micah se révélait très protecteur à l'égard de sa sœur – et peut-être un peu trop empressé à faire étalage de ses talents de guérisseur. Elle, pour sa part, n'avait aucune envie de se laisser dorloter.

Liza surprit le regard de Brock qui l'observait et leva la main en guise de salut. Mais au même instant Frond entra dans la cour à grandes enjambées, et Brock se figea. La maîtresse de la guilde se dirigea vers une plateforme en planches dressée de guingois – ça ressemblait un peu à une estrade –, et son regard froid survola la foule, ne s'attardant qu'à peine sur Brock.

Depuis qu'elle était rentrée, après avoir passé une nuit dans les cachots du roi, elle n'avait pas prononcé un mot sur le rôle que Brock avait joué dans son emprisonnement. Mais elle ne cessait de le regarder comme si elle s'apprêtait à mettre le sujet sur le tapis. Brock avait l'impression d'avoir en permanence une hache suspendue au-dessus de sa tête, une lame tranchante qui, inévitablement, tomberait quand il s'y attendrait le moins. Cela faisait des semaines qu'il n'avait pas dormi une seule nuit tranquille.

Cela dit, ils étaient peu nombreux à jouir d'un sommeil paisible. L'horreur de ce qui était arrivé à Mère Brenner les hanterait encore longtemps. Comme Hexam l'avait expliqué, la guérisseuse avait été victime d'un penanggalan – une sorte de parasite démoniaque qui lui avait rongé l'intérieur du corps et perverti l'esprit. Il était impossible de savoir combien il était resté de la véritable Brenner à la fin, mais, au cœur de la nuit, Brock imaginait cette femme, naguère si douce et bienveillante, regarder autour d'elle avec des yeux d'outre-monde, crier intérieurement de désespoir en se voyant accomplir des actes horribles contre sa volonté.

Faisant preuve d'un rare esprit de collaboration, les Fils de la Pierre, les Éclats d'Argent et les Aventuriers avaient œuvré de concert dans les jours qui avaient suivi la mort de Brenner. Tandis que les mages soumettaient tous les membres de la Voie d'Or à un examen rigoureux conçu par Hexam, des chevaliers avaient ratissé les rues pour effectuer un recensement des sans-guilde, aidés dans leur tâche par les Aventuriers, qui autrefois avaient été eux-mêmes des parias. Alors qu'aucun guérisseur n'avait été contaminé, il s'avéra que d'innombrables sans-guilde avaient disparu en moins d'une année. Brock se doutait qu'on ne saurait jamais précisément combien il y avait eu de victimes parmi les pauvres de Pierrefranche, combien avaient été infectés, chassés et forcés de vivre parmi les Dangers, en attendant le jour où les barrières magiques tomberaient.

Jour qui, grâce à la Mer d'Étoiles, ne devrait jamais arriver.

Frond considéra l'estrade branlante d'un œil noir, comme pour la défier de s'écrouler sous son poids. Dès qu'elle eut grimpé dessus et assuré son équilibre, elle promena son regard sur la cour autour d'elle, sur les banderoles aux couleurs criardes et sur les chapeaux pointus.

– Qui est responsable de ça ? grogna-t-elle.

– Ah, oui, commença Lotte, qui s'approcha de la plateforme mais hésita à y monter. Nous pouvons féliciter les organisateurs de notre petite fête, j'ai nommé : Syd et Fife !

Elle jeta à Frond un regard lourd de sous-entendus tandis que quelques applaudissements peu enthousiastes fusaient parmi l'assistance.

– Ils sont les seuls à s'être portés volontaires et ont accompli un exploit remarquable avec des moyens très limités, souligna-t-elle.

Frond toisa les deux garçons qui, en bordure de la foule, esquissaient de petites révérences.

– Bien joué, leur dit-elle avec raideur. Je suis impressionnée par votre travail et je vous en remercie.

Elle grimaça un sourire. L'effet fut terrifiant.

– On dirait qu'elle s'apprête à les avaler tout crus, chuchota Jett.

– Je crois qu'elle essaie de se montrer plus aimable, répondit Zed à voix basse. J'ai entendu Lotte lui faire la leçon à propos de l'importance de remonter le moral des troupes.

– Plutôt efficace comme méthode, intervint Brock. Si elle me sourit comme ça, je serai le premier à me proposer pour patrouiller en dehors des murs. N'importe quoi pour lui échapper !

– Nous avons beaucoup à célébrer, déclara Frond en s'adressant aux Aventuriers rassemblés. Le roi vient de promulguer un décret reconnaissant notre rôle dans le désamorçage de la crise récente. Il sera placardé dans toute la ville dès aujourd'hui.

Elle déroula un petit parchemin portant le sceau personnel du roi, se racla la gorge et lut :

– « Oyez, oyez ! Le roi Pierrefranche a décidé de

rendre grâce, ce jour, à la guilde des Aventuriers pour service rendu à la cité. »

Puis il y eut un long silence. Tous attendaient que Frond continue. Finalement, un courageux s'écria :

– C'est tout ?

– C'est tout, confirma Frond.

Un sourd grondement s'éleva. La mine renfrognée, Brock se tourna vers Zed, qui haussa les épaules.

Mais tous les regards se reportèrent sur Frond lorsqu'elle leva le parchemin devant son visage – et s'en moucha le nez, bruyamment et salement. Puis elle froissa le rouleau désormais trempé et le laissa tomber à ses pieds. Lotte se frotta le front, comme si sa migraine était brusquement revenue, mais ne souffla mot.

– Nous ne le faisons pas pour la gloire, lança Frond. Ni pour une petite caresse sur la main. Nous le faisons parce que cela doit être fait. Et nous le faisons bien. Mais ça, vous n'avez pas besoin de vous l'entendre dire, ni par moi ni par le roi.

Elle descendit de la plateforme, juste au moment où Brock pensait qu'elle avait fini de s'échauffer et allait passer aux choses sérieuses. Mais pour les Aventuriers réunis là le discours laconique de Frond était plus que suffisant. Ils levèrent leurs coupes, leurs poings, leurs épées, et poussèrent des acclamations enrouées. Zed joignit sa voix aux leurs et asséna une bourrade sur l'épaule de Brock.

La fête démarra alors pour de bon. Syd et Fife avaient réussi à persuader une barde de venir y prendre part. La femme entreprit d'exhorter la foule à taper dans les mains au rythme d'une mélodie populaire vantant la splendeur de la lointaine cité elfique de Llethanyl, dernière de son espèce et fidèle alliée de Pierrefranche.

Brock parcourut l'assistance des yeux à la recherche de Liza, bien décidé à la taquiner au sujet de la béquille de Jett. Mais, comme son regard glissait sur les guerriers, dont certains faisaient presque le double de sa taille, il tomba sur une scène qui chassa toute autre pensée de son esprit.

Dame Gray. Oui, c'était bien elle, qui se faufilait parmi les Aventuriers avec la grâce insouciante d'un chat domestique. Et personne, semblait-il, ne la remarquait. Brock fut tenté de saisir le bras de Zed et de lui désigner la femme du doigt, histoire de s'assurer qu'elle n'était pas le fruit de son imagination.

Mais, pour une raison mystérieuse, il sentit que ce serait la pire chose à faire.

Dame Gray croisa son regard, et il frissonna, comme si le soleil avait soudain cessé de briller au-dessus de sa tête.

Pourtant, lorsqu'elle lui fit signe, il la suivit à l'intérieur sans y réfléchir à deux fois.

*

La femme semblait aussi à l'aise dans la cuisine sale et exiguë de la guilde que dans la salle du Conseil royal. Elle s'affairait à ranger le désordre que Syd et Fife avaient semé derrière eux lors de leurs préparatifs effrénés.

– Arrêtez, lui dit Brock. Je sais que vous n'êtes pas une servante.

Elle haussa les épaules, posa une dernière tasse sale à côté de l'évier.

– Vous seriez surpris de voir le nombre de portes qui s'ouvrent pour quelqu'un en tablier gris. N'avez-vous pas eu vous-même recours à cette ruse ?

– Notre guilde n'a pas de domestiques, rétorqua Brock. Ça n'a aucune chance de marcher ici.

Elle eut un nouveau mouvement d'épaules, aussi insouciant et gracieux qu'un pas de danse longuement répété.

– Il se trouve que la chance est de mon côté aujourd'hui, déclara-t-elle. Et du vôtre aussi.

Elle extirpa un rouleau de parchemin de sa manche et le lui tendit. Brock s'en saisit et, sans la quitter des yeux, le déroula.

– Qu'est-ce que c'est ?

Elle ne répondit pas. Il parcourut rapidement le document et sentit le sang refluer de son visage.

– Ce n'est pas... C'est impossible.

– Vraiment ? Bizarre, je vous avais pris pour un garçon habitué à obtenir tout ce qu'il voulait.

Elle avait raison. C'était exactement ce qu'il avait désiré. Ce qu'il avait demandé. Ce fragile morceau de parchemin, froissé et corné, était un décret royal annulant son incorporation au sein de la guilde des Aventuriers – ainsi que celle de Zed. Il annonçait leur nouvelle affectation sans ambiguïté, sans présenter d'excuses ni offrir d'explications. Le document était signé de la main du roi.

Brock s'efforça de demeurer imperturbable. Il cligna des yeux. Il inspira un grand coup. Puis il déchira le parchemin en deux par le milieu.

– Ho, ho ! gloussa dame Gray.

– J'ai changé d'avis, déclara crânement Brock en redressant les épaules. Nous sommes chez nous dans la guilde des Aventuriers. Nous comptons pour quelque chose ici. Et Frond est… Elle a des manières grossières, brutales et effrayantes. Mais je commence à croire qu'elle est exactement le chef dont cette ville a besoin.

Comme la femme ne réagissait pas, il ajouta :

– Il se peut que je ne puisse jamais l'aimer, mais je la respecte et…

Elle leva une main pour lui imposer silence et, par réflexe, Brock se tut.

– Vous avez choisi les mots justes, concéda-t-elle. Mais le ton manque encore de conviction. Vous feriez bien de répéter un peu plus avant que quelqu'un d'autre vous pose la question, hum ?

Brock rougit. Toujours cette petite flamme de colère qui se ravivait en lui !

– *Qui* êtes-vous, en vrai ?

– Je représente le pouvoir réel derrière la guilde des Marchands. Je suis la première parmi les Ombres.

– Jamais entendu parler de vous.

– Ah, mais c'est justement l'astuce. Cachées bien en évidence, et présentes depuis le début. On ne surnomme pas Dox Eural, le Prêteur sur gages, n'est-ce pas ? Ni Dox le Marchand.

– Non, c'est Dox... l'Assassin, risqua Brock.

Elle opina de la tête.

– Il n'a jamais vraiment changé, notre Dox. Il est exact qu'il a fondé la guilde des Marchands pour permettre à Pierrefranche de demeurer viable et autonome. Mais il a compris mieux que personne que certaines tâches essentielles devaient être effectuées... en coulisses. Alors, les Ombres de Dox se chargent du travail qui ne peut être accompli au grand jour. Nous veillons à la survie de Pierrefranche, et peu importe si nos méthodes sont douteuses.

– Douteuses, répéta Brock. Vous... tuez des gens ?

– Très rarement. Les assassinats poussent la société dans une direction très particulière. Je préfère de loin... la persuasion. En général, je récolte surtout des secrets.

Et, parmi ceux que j'ai récemment découverts, j'ai appris que votre ami de sang elfique montrait un certain penchant pour la magie interdite. Je me trompe ? Le genre de... talent que la guilde des Mages ne manquerait pas de détecter en un clin d'œil. Et, la minute d'après, ils le jetteraient en pâture aux Dangers.

Elle désigna le document déchiré dans ses mains et conclut :

– Je comprends que vous refusiez une telle proposition maintenant.

Brock sentit son ventre se tordre.

– Comment... ?

Le reste de sa phrase resta coincé dans sa gorge nouée. Il lui fallut quelques secondes pour reprendre sa respiration.

– Vous ne devez en parler à personne, lâcha-t-il enfin.

Il ne tenta même pas de masquer son désespoir. Il imagina la fureur des habitants de la ville, la promptitude avec laquelle ils se retourneraient contre Zed s'ils avaient la moindre idée de ses aptitudes, s'ils le savaient capable de détecter la magie démoniaque, de l'utiliser même, comme il l'avait fait avec le bâton. Ils le sortiraient de son lit et le tailleraient en pièces.

Si horrible que fût cette pensée, elle conduisait inévitablement à une autre, plus sinistre encore :

Que ferait Zed s'il se voyait obligé de se défendre ?

Quelles forces obscures pourrait-il déchaîner ?

– D'accord, abdiqua-t-il, les dents serrées comme pour arracher sa peur à la racine. Indiquez-moi ce que vous voulez, et je le ferai.

Elle ne sourit pas. Elle ne manifesta aucune satisfaction. Elle se contenta de hocher la tête, comme si Brock venait de dire quelque chose qu'elle savait déjà, et qu'elle connaissait bien.

– Inutile de vous inquiéter, Brock. Ce n'est pas aussi terrible que vous le pensez. Je veux juste apprendre la vérité sur ce qui est arrivé à Mère Brenner.

– Là, je peux vous aider, répondit Brock avec un sourire amer. Des tentacules lui sont sortis de la tête. Il fallait voir ça ! Arrêtez-moi si vous avez déjà entendu cette histoire.

La femme ne sembla pas trouver cela drôle du tout.

– Réfléchissez. À quel moment la maîtresse de la Voie d'Or a-t-elle pu être contaminée par un démon ? Je vous donne un indice : je peux vous assurer que jamais, de toute sa vie, elle n'a mis les pieds en dehors des barrières magiques.

– C'est donc qu'elle a été infectée à Pierrefranche. Mais... mais les barrières de protection n'ont pu se dégrader qu'après sa contamination. Alors, comment... ?

Brock se remémora sa toute première nuit au sein de la guilde. Il se rappela l'affreux naga étalé sur la table d'autopsie dans l'atelier d'Hexam. Il savait pourquoi les Aventuriers l'avaient rapporté à la Maison. Les assistants de l'archiviste avaient pu extraire une antitoxine du venin de la créature. C'était ce qui avait sauvé la vie de Jett et pourrait encore sauver d'autres vies à l'avenir.

Il savait pourquoi ils l'avaient rapporté. Mais il ne s'était jamais demandé *comment.*

– La guilde des Aventuriers peut faire entrer des monstres de ce côté-ci des barrières. Par morceaux... en guise de trophées. Ils le font tout le temps.

Dame Gray acquiesça d'un air entendu.

– Quelqu'un a introduit clandestinement la graine qui a causé le pourrissement de Brenner. C'était peut-être un accident. Mais je ne le pense pas. Je crois qu'il y a un traître parmi les Aventuriers.

Son regard se durcit, toute trace d'enjouement s'était envolée.

– Et il ne me plaît pas d'ignorer à qui j'ai affaire. Pas le moins du monde. Vous, messire Dunderfel, allez donc m'aider à remédier à cette situation.

Brock n'avait pas le choix en la matière – pas s'il voulait préserver le secret de Zed. Une nouvelle obligation lui pesait désormais sur les épaules, telle une lourde chaîne. Il poussa un gros soupir.

Au même instant, un son étrange retentit. C'était la sonnerie d'un cor, mais pas le genre de cor que Brock connaissait : une note grave, continue et lugubre, qui résonnait non loin de là, du côté du portail principal des remparts.

– Qu'est-ce que c'était ? demanda-t-il.

Lorsque la note retentit de nouveau, elle s'était quelque peu rapprochée.

– Une chose rare, répondit la dame en souriant.

– Vous l'avez déjà entendue ?

– Trois fois. La dernière, c'était il y a douze ans. C'est un appel, une salutation amicale... et ça vient de l'extérieur des murs.

Brock mit un moment à saisir ce qu'elle voulait dire. La guilde tout entière était réunie dans la cour d'entraînement. Personne n'était censé se trouver à l'extérieur aujourd'hui.

Du moins, personne de Pierrefranche.

Lorsqu'il comprit enfin, un frisson le secoua de la tête aux pieds. Sans accorder un autre regard à dame Gray, il tourna les talons et sortit en courant. Il craignait que Zed ne fût déjà parti, mais ses amis étaient encore tous dans la cour. Ils l'attendaient.

Zed semblait sur le point d'exploser. Il sautillait d'un pied sur l'autre, une lueur hystérique brillait dans ses yeux.

– Brock ? Tu as entendu ?

Brock hocha la tête.

– Les elfes sont arrivés ! ne put s'empêcher d'annoncer Zed malgré tout.

– Ils ont au moins plusieurs mois d'avance, commenta Jayna.

– Oui, répliqua Micah, mais pour se repérer dans le temps ils doivent sûrement observer l'ondulation des herbes sur la plus haute de leurs collines par les nuits de pleine lune, alors soyez un peu indulgents avec eux.

Liza lui flanqua une tape sur l'épaule, sans grande conviction toutefois.

– Je ne sais pas à quoi ressemble le calendrier elfique, admit-elle gaiement. Mais rendez-vous compte : nous allons pouvoir interroger de vrais elfes ! Aujourd'hui !

– Est-ce qu'on devrait... ? commença Zed.

– Vas-y, l'encouragea Jett. Va les voir ! Nous te rattraperons plus tard.

Surexcité, Zed opina de tout son corps, empoigna la main de Brock et partit comme une flèche.

Brock se laissa entraîner. Ils sortirent de la cour, filèrent rejoindre la foule des habitants de la cité qui avaient quitté leurs maisons pour se diriger tranquillement vers le portail. Zed se faufila parmi eux, tête baissée, sans jamais relâcher la main de son ami. À chaque pas, Brock sentait ses appréhensions se dissiper. Les paroles de dame Gray, les effrayantes images qu'elles avaient suscitées, la terrible promesse qu'il avait faite – rien de tout cela n'avait sa place à la lumière du jour. Pas de ce jour-là, en tout cas.

Jouant des coudes, Zed et Brock se frayèrent un passage jusqu'au premier rang du rassemblement, face à une rangée de chevaliers chargés de tenir la foule à l'écart du portail. Les minutes s'écoulaient. Zed se trémoussait sur la pointe des pieds. Il arrivait toujours plus de monde sur la place. Brock aperçut le parfumeur et une dizaine d'autres marchands, qui, dans leur fébrilité, avaient abandonné leurs éventaires. Il vit des nobles, dans leurs beaux atours, côtoyer des paysans en blouse de travail. Il remarqua un groupe de serviteurs à la lisière de la foule, qui venaient de la Haute-Ville. La mère de Zed se trouvait parmi eux, et Brock agita frénétiquement la main dans sa direction.

– Zed ! appela-t-elle en accourant vers eux.

Le garçon se précipita pour la serrer dans ses bras. Zed accroché à son cou, elle tournoya sur elle-même en riant aux éclats.

– Oh, Zed, tes *cheveux*...

Brock nota alors une certaine agitation au sommet de la muraille. Les Fils de la Pierre en faction semblaient engagés dans une querelle animée. Aucun ne faisait mine de vouloir activer le mécanisme d'ouverture du portail.

– Quelque chose ne tourne pas rond, maugréa une voix familière.

Brock se retourna et vit Frond arriver derrière lui et bousculer sans ménagement les chevaliers pour pouvoir passer. Elle se dirigea à grands pas vers l'escalier de bois et grimpa deux à deux les marches fichées dans le mur.

Brock la regarda échanger quelques mots avec les sentinelles sur le chemin de ronde, puis leur taper sur le casque avec agacement. Les yeux fixés sur l'horizon, au-delà du mur, elle s'empara des commandes du mécanisme et actionna la manivelle de toutes ses forces.

Malgré l'empressement de Frond, les battants du portail ne s'ouvrirent qu'avec lenteur. Une lenteur atroce. Brock se mordillait anxieusement la lèvre, tandis que les vantaux s'entrebâillaient en grinçant. Alors apparut un elfe, planté derrière le seuil.

Il était grand et clair de peau. Une cascade de cheveux blond pâle lui tombait sur les épaules et dans le dos. Il avait des yeux d'un vert lumineux, des pommettes saillantes et des lèvres fines, qu'il gardait étroitement serrées. Brock était incapable de déchiffrer l'expression de l'elfe, mais il ne put retenir un sourire en voyant ses oreilles pointues.

À côté de ces oreilles-là, celles de Zed étaient insignifiantes.

Alors que les battants du portail continuaient à tourner sur leurs gonds, l'elfe leva une main, tandis que se montraient à ses côtés un deuxième elfe, puis un troisième. Le geste n'était pas vigoureux – c'était moins un salut amical qu'une supplication.

– Habitants de Pierrefranche, cria-t-il, juste assez fort pour se faire entendre malgré les grincements du portail. Nous implorons votre aide !

– Oh, non, murmura Zed.

Et, comme Brock s'apprêtait à se tourner vers son ami, il vit ce que Zed avait vu.

– Oh, non, répéta-t-il.

Maintenant que les portes étaient ouvertes en grand, ce que Brock découvrit, ce n'était pas les dix ou douze ambassadeurs elfiques attendus. Il n'y avait aucun chariot chargé de marchandises exotiques ni de remèdes inconnus. À la place, des centaines d'elfes se pressaient derrière la muraille, tandis que, de seconde en seconde, des centaines d'autres affluaient de la lisière des arbres. Sales, maculés de sang, pitoyables, ils se cramponnaient aux maigres biens qu'ils avaient réussi à emporter. Quelque part au milieu de la multitude, un bébé pleurait.

– Llethanyl est tombée aux mains des Dangers, annonça le chef des elfes. Pierrefranche est notre seul espoir.

Kobold

Origine : démon (Enfers)
Niveau de menace : bas
Résistance : aucune

La tentative récente de Syd et de Fife pour adopter un oisillon abandonné s'est révélée extrêmement imprudente.

Ces créatures reptiliennes vivent en bande et rôdent dans les régions boisées à l'extérieur de Pierrefranche. Ce sont des charognards qui savent se servir d'outils rudimentaires – principalement des armes.

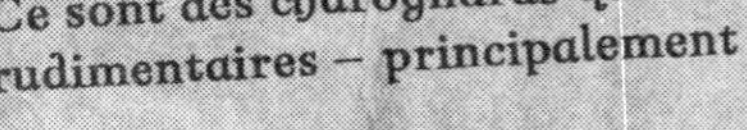

Rares exemples de sorcellerie. Semblent se limiter à des sorts d'attaque.

Naga

Origine : démon (Enfers)
Niveau de menace : élevé
Résistance : à l'acide

Le mystère de la différence entre rein et vésicule biliaire n'a toujours pas été résolu.

Le naga est un chasseur solitaire d'origine démoniaque. Il paralyse ses proies à l'aide d'un puissant venin à action rapide, sécrété par les glandes situées dans sa gorge. Capacité innée à jeter des sorts (sorcellerie).

Blob

Origine : abomination (Astra)
Niveau de menace : moyen
Résistance : aux dommages physiques

Mange n'importe quoi, y compris les autres Dangers. Pouvons-nous nous servir de ça ?

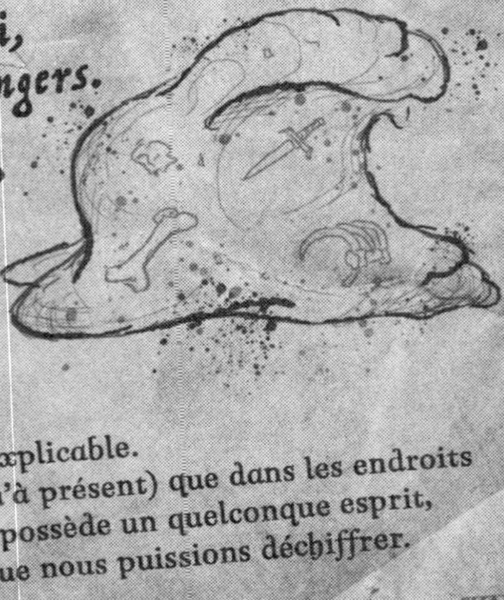

Totalement à part, inexplicable.
Ne se rencontre (jusqu'à présent) que dans les endroits exigus et obscurs. S'il possède un quelconque esprit, ce n'est pas le genre que nous puissions déchiffrer.

Penanggalan

Origine : démon (Enfers)
Niveau de menace : maximum
Résistances : inconnues

*Frond,
il nous faudrait
peut-être une nouvelle
grille d'évaluation
des menaces après ça.*

Comme une monstrueuse maladie infectieuse, cette créature accomplit son œuvre maléfique lentement et insidieusement, en vidant le corps et l'esprit de sa victime jusqu'à ce qu'il ne reste que l'instinct de destruction… et le désir de contaminer les autres.

Remerciements

La route a été longue pour faire publier ce livre, mais aucun aventurier ne part en campagne seul. Nous tenons donc à remercier les personnes talentueuses qui nous ont accompagnés tout au long de cette aventure et qui ont contribué à rendre ce livre meilleur – et possible !

Tout d'abord, merci à David Levithan, sans qui nous n'en serions pas là aujourd'hui. David, nous te serons éternellement reconnaissants pour tes conseils, tes encouragements et ton amitié – et, bien sûr, pour tes séminaires d'écriture. Tu es un maître de guilde exemplaire !

Nous aimerions aussi remercier nos agents – Ammi-Joan Paquette pour Zack, et Josh et Tracey Adams pour Nick – de nous être restés fidèles au fil des années. Il a fallu du temps pour parvenir à ce résultat, et, sans votre inébranlable confiance, cela aurait pu ne jamais arriver. Nous vous exprimons toute notre gratitude pour votre patience et votre enthousiasme.

Merci à tous ceux qui, à Disney-Hyperion, ont participé à cette magnifique aventure. Merci particulièrement à Kieran Viola, notre brillante éditrice, qui a amélioré le manuscrit chaque fois qu'elle y a touché – comme par magie ! Nous n'aurions pu choisir meilleur guide pour nous conduire dans cette quête. Les illustrateurs Phil Caminiti, Manuel Sumberac et Virginia Allyn, qui ont dessiné la jaquette du livre et la carte de Pierrefranche, nous ont magistralement équipés pour affronter un marché plein d'embûches. Nous adorons leurs superbes illustrations. Merci également à tous les assistants, directeurs éditoriaux, éditeurs, lecteurs-correcteurs et responsables de fabrication qui travaillent si dur en coulisses ; ainsi qu'aux équipes chargées des droits d'édition, des ventes, du marketing et de la publicité, qui s'appliquent inlassablement à rapprocher les livres de leurs lecteurs. Nous travaillons tous les deux dans le monde de l'édition et savons qu'il faut une petite armée pour qu'un livre puisse voir le jour. Merci d'avoir partagé votre créativité et votre expertise avec nous.

Nous avons collé ce manuscrit sous le nez de presque tous les amis que nous avons jamais eus, à différents stades de sa rédaction. Merci à tous nos premiers lecteurs de nous avoir fait part de leurs impressions. Un immense merci à Rafi Mittlefehldt – qui a peut-être été notre premier fan, au moment où nous en avions tellement besoin –, à Billy Merrell, Tony Sarkees et Preeti Chchibber. Merci au fabuleux atelier d'écriture de Nick – Laura et Michael Bisberg, Gavin Brown, Mallory Kass, Grace Kendall, Laura Jean Ridge –, sans oublier ses membres honoraires : Matt et Josie. Votre perspicacité et votre joyeuse compagnie ont rendu le travail d'écriture beaucoup moins intimidant et beaucoup plus amusant. (Les pizzas ont pas mal aidé, aussi !) Et merci à Rosemary Brosnan et encore une fois à Grace, dans un autre contexte ; vous nous avez donné l'impression d'être des gens importants dans une période particulièrement angoissante. Nous sommes encore touchés par votre enthousiasme.

Merci aux membres de notre groupe de Donjons et Dragons, qui nous ont patiemment écoutés chaque semaine leur parler de notre livre : Travis Berklund, Scott Blair, Eddie Doherty, Lee Edwards et Teri Yoshiuchi.

Merci à nos parents et à nos frères et sœurs : Melanie et Terry Clark, et Matthew Collin Clark pour Zack ; Lou Eliopulos, Claudia French, Jason Eliopulos et Lindsay Eliopulos pour Nick. (Plus Katie et Kayla, Cole et Luke, Kathy, John et Amma.) Merci d'avoir cru en nous et d'avoir lu ce livre, de nous avoir encouragés tout au long des hauts et des bas inévitables de la vie. Nous avons beaucoup de chance que nos familles nous soient d'un si grand soutien. Ce livre vous est dédié.

Et enfin, merci, Andrew Harwell et Zack Lewis, d'avoir été nos compagnons d'aventure. Ce voyage a été tellement plus amusant grâce à vous !

Voie d'Or
Eclats d'Argent
Fils de la Pierre
Ombres
Sanctuaire druidique
Temple de la Voie d'Or
Direction de Llethanyl
La Guilde des Aventuriers

N
La cité de
PIERREFRANCHE
Terrains agricoles
Parcelles boisées
Guilde des Chevaliers
Guilde des Marchands
Tour des Éclats d'Argent
Haute-Ville
Où est Makiva ?
Basse-Ville
Guilde des Aventuriers
Attaque des kobolds !
Routes incertaines

Le gardien des tempêtes

de Catherine Doyle

Traduit de l'anglais (Grande-Bretagne)
par Sidonie Van den Dries

Chaque génération, un Gardien des tempêtes est choisi par l'île d'Arranmore. Son devoir est de protéger à tout prix la puissante magie de l'île, car elle est le dernier rempart contre les forces obscures qui menacent le monde.

Qui sera le prochain élu ?

Fionn Boyle aurait préféré rester à Dublin plutôt que de passer ses vacances avec son agaçante grande sœur chez leur énigmatique grand-père, Malachy. Pourtant, à peine le garçon de onze a-t-il débarqué sur l'île d'Arranmore que d'étranges incidents s'enchaînent... Il découvre bientôt que l'endroit est magique et que son grand-père est le Gardien des Tempêtes. Mais le temps est venu pour le vieil homme de passer le relais, et l'île est sur le point de choisir un nouveau Gardien. Alors que la lutte pour devenir l'élu s'engage, les profondeurs d'Arranmore s'agitent. Attendant son heure depuis des siècles, une présence maléfique prête à tout pour raviver les feux d'une guerre ancestrale a été réveillée par l'arrivée de Fionn...

Dragon Park : L'académie Saint-Hydre

de Thomas Verdois

Sur une île au beau milieu de la mer du nord vivent des créatures légendaires qui attirent des visiteurs du monde entier : les dragons. Bienvenue à Dragon Park !

En combinant différents ADN d'insectes et d'animaux, Lucas Belrêve, un généticien, a réussi l'impossible : il a donné vie aux dragons !

Aujourd'hui, Dragon Park fête ses 10 ans ! L'arène est pleine à craquer de visiteurs venus assister à la grande parade des dragons. Tandis que Louison Belrêve exécute des loopings sur le dos de Néphryte, son petit frère Nino rêve de faire sa rentrée à l'académie Saint-Hydre, l'école d'apprentis dragonnautes.

Soudain, une gigantesque explosion retentit dans le parc. Le Volcan de Cristal est pris d'assaut par de terrifiantes créatures ailées. En essayant de protéger la reine Volcaon, Nino est transpercé par le dard d'un des monstres. Ces derniers prennent la fuite avec deux œufs de dragons...

Magikids

de Neil Patrick Harris

Traduit de l'anglais (États-Unis) par Vanessa Rubio-Barreau

Le célèbre acteur Neil Patrick Harris vous entraîne dans une aventure magique ! (Et il vous confie ses secrets pour réussir de véritables illusions !)

Depuis la mort de ses parents, Carter vit avec son oncle, qui l'oblige à arnaquer les gens grâce à des tours de magie. Car le jeune garçon est doué, très doué même. Avec lui, les pièces disparaissent et réapparaissent en un éclair, les cartes surgissent de nulle part... Dégoûté après une escroquerie de trop, Carter s'enfuit, et se réfugie dans une fête foraine. Malheureusement, là aussi, on trompe et on vole les gens. Mais une rencontre inattendue lui redonne bientôt espoir : comme lui, cinq magiciens en herbe souhaitent mettre fin aux mauvais tours des illusionnistes sans scrupules. Avec beaucoup de courage et un brin de malice, la petite bande d'amis décide de contre-attaquer. Et comme pendant un bon tour de magie, les choses peuvent changer d'une seconde à l'autre !

Cet ouvrage a été mis en pages
par DV Arts Graphiques à La Rochelle

Impression réalisée par La Tipografica Varese Srl, Varese
en février 2020
pour le compte des Éditions Bayard

Imprimé en Italie